용호상박

청풍 新무협 판타지 소설
FANTASTIC ORIENTAL HEROES

용호상박 1
청풍 新무협 판타지 소설

초판 1쇄 찍은 날 § 2008년 7월 14일
초판 1쇄 펴낸 날 § 2008년 7월 17일

지은이 § 청풍
펴낸이 § 서경석

편집장 § 문혜영
편집책임 § 최하나
편집 § 정서진 · 유경화

펴낸곳 § 도서출판 청어람
등록번호 § 제1081-1-89호
등록일자 § 1999. 5. 31
어람번호 § 제2-1533호

주소 § 경기도 부천시 원미구 심곡1동 350-1 남성B/D 3F (우) 420-011
전화 § 032-656-4452 팩스 § 032-656-4453
http://www.chungeoram.com
E-mail § eoram99@chollian.net

ⓒ 청풍, 2008

ISBN 978-89-251-1396-8 04810
ISBN 978-89-251-1395-1 (세트)

※ 파본은 구입하신 서점에서 교환하여 드립니다.
※ 저자와 협의하여 인지를 붙이지 않습니다.
※ 이 책은 도서출판 청어람과 저작자의 계약에 의해 출판된 것이므로,
   무단 전재 및 유포 · 공유를 금합니다.

龍虎相搏 용호상박

1

천하제일의 암욱

청풍 新무협 판타지 소설
FANTASTIC ORIENTAL HEROES

目次

	작가 서문	6
	서	11
제1장	검은 호랑이군단	13
제2장	와룡의 후예들	65
제3장	태생적 앙숙	101
제4장	천마혈성(天魔血星)	137
제5장	무창! 무창으로	163
제6장	벙어리 신녀(神女)	193
제7장	암습자의 정체	231
제8장	요술 부적, 그리고 주문	263
제9장	운명의 그날 밤	291
제10장	마른하늘에 날벼락	319

작가 서문

　용호상박을 집필하면서 자의 반 타의 반 두 배로 불어난 건 흡연량과 스트레스다.
　두 명의 주인공을 하나의 작품에 동시에 등장시킨다는 게 생각했던 것보다 훨씬 만만치 않았던 탓이다.
　용호상박의 전형을 보여주는 극강의 앙숙.
　상극의 캐릭터가 이끌어갈 스토리는 자못 흥미진진했고 필자에겐 넘치는 의욕을 불러일으켰다.
　그러나 그것은 이상이었을 뿐, 현실은 무자비한 정신력의 소모와 희생을 요구했다. 얼핏 흥미진진하게만 비쳐졌던 그들의 이야기는 한글창에 조금씩 실체를 드러내면서 적지 않은 중압감을 안겨주었다.
　말 그대로 극단적으로 판이한 캐릭터를 각각 그럴듯하게 그려내고 오밀조밀 양념을 섞어 조려내는 작업은 선풍기 바람 앞에서 아이스크림을 빨아 먹듯 만만한 작업이 아니었던 것이다.

　이렇게 만만찮은 작업을 책으로 엮어보고자 감히 작심을 한 것은, 인간의 이중성을 다루어보고자 하는 거창한(?) 욕심에서 비롯되었다.

사람은 누구나 내면의 이중성을 품고 있질 않던가.

개중엔 '지킬 박사와 하이드'처럼 극단적인 이중성을 지닌 경우도 있다(아마 필자의 경우도 그런 범주에 들 것이다).

그러한 극단적인 이중성을 두 개의 캐릭터에 나눠서 대결 구도를 만들어보면 어떨까 싶었다. 서로 못 잡아먹어 안달인 앙숙의 대결 구도, 용호상박.

강한 자만이 살아남는 약육강식의 법칙이 철저히 적용되는 강호의 세계엔 두 명의 절대자가 존재할 수 없다. 오직 한 명의 최강자가 존재할 뿐.

그러나 지닌바 힘과 세력이 대등한 천하무쌍의 앙숙이 동시대에 존재한다면 얘기가 달라진다. 용호상박의 강호를 양분하고 있는 검은 호랑이군단과 와룡의 후예들이 바로 그러한 경우다.

앙숙이란, 하루가 멀다 하고 으르렁거리고 치고받아야 제격이다.

하지만 그것만으론 부족하다. 좀 더 재미있고 극적인 무협으로 탄생하기 위해선.

그래서 내린 결론이 앙숙을 울며 겨자 먹기로 손을 잡게 만들어 보자는 것이었다. 용호가 손을 잡지 않고선 결코 강호의 평화로운 미래는 없다는 절대적 위기 상황으로 그들을 내몬 것이다.
　거부할 수 없는 '천명(天命)'이란 이름하에 유례없이 황당한 시험판으로 내몰린 용호는 과연 어떻게 대처를 해나갈까?
　그들의 성향이 물과 기름처럼 극단적으로 판이하기에 호기심과 재미는 자연히 두 배가 되지 않을까?
　두 배의 호기심과 재미를 위해 필자는 필자대로 두 배로 불어난 꽁초와 스트레스를 감수하며 나름 발버둥을 쳤다.
　솔직히 말해 아쉬움과 후회는 남는다.
　하지만 분명한 건 노력을 했다는 사실이다.

　그리고 언제나 그렇듯 평가는 대여점에서건 어디서건 책으로 만나게 될 독자제현의 손에 맡긴다.
　애초에 흥미진진했던 소재, 두 배의 호기심과 재미를 촉발시킨 이야기를 제대로 맛깔나게 살리지 못했다면 그 비판은 고스란히 필자의 몫이다. 그 반대의 경우 역시도.

　필자에게 용호상박은 휘파람이다.
　무협 글쟁이란 이름의 까마득한 泰山을 등반하는 여정.

이따금씩은 편안히 엉덩이 깔고 주저앉아 휘파람을 불러보는 것도 좋으리라. 지나온 길을 찬찬히 둘러보면서.

용호상박은 그런 휘파람과 같은 작품이다. 바로 그곳까지 땀 흘리며 올라온 자취를 돌아보는 보람도 있을 테고 곧 정상이 머지않았다는 설렘과 희망도 있을 것이다.

탈고라는 이름의 정상을 밟기까진 아직도 만만찮은 여정이 남았지만, 지금부터는 좀 더 홀가분하게 올라가 볼 참이다.

부족한 필자의 여정에 크고 작게 길잡이 역할을 해주신 최하나 주임을 비롯한 청어람의 관계자들에게 진심 어린 감사를 전한다. 아낌없는 조언과 충고로 여정을 지켜봐 준 박현 선배와 성훈 형님에게는 알싸한 쇠주 한잔으로 고마움을 때울 예정이다.

2008년 7월 1일
어설픈 장마의 끝자락에서
청풍(青楓) 拜上.

✽ 용호상박(龍虎相搏)이란, 힘과 세가 필적한 두 양숙이 맞상대를 하여 박 터지게 승부를 겨루는 것을 이름이다.

　천하의 앙숙(怏宿) 중에 그 으뜸은 용호지간(龍虎之間)이로다. 장강에 줄을 긋고 으르렁거리는 용호 덕에 오히려 강호무림이 평화롭다 하나, 이 일을 어찌할꼬? 하늘의 기운이 심상치가 않음을……. 이 보잘것없는 늙은이에게 현천상제(玄天上帝)께서 마지막 업을 주셨음이다. 얼마 남지 않은 늙은이의 기운을 다해서라도 그들이 손을 잡도록 만들어야 하리라. 장래에 닥쳐올 혈륜(血輪)의 겁(劫)으로부터 강호를 지켜낼 유일무이한 방법이 바로 그것일지니.

　　　　　　　―무림태사(武林太師) 천기자(天技子).

第一章
검은 호랑이군단

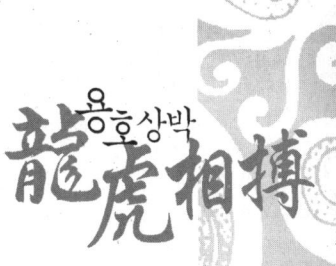

용호상박 龍虎相搏

곽대웅(郭大雄)은 명색이 일파를 이끄는 방주였다.

그것도 사람보다는 불곰에 더 가까운 위풍당당한 체구의 소유자였다. 그럼에도 불구하고 그는 평원의 초입에 들어서는 순간, 후들거리는 아랫도리를 진정시키기 위해 안간힘을 써야 했다.

"후으읍!"

뜨는 해와 지는 해가 다 보일 듯한 광활한 대평원.

그 아득한 평원 한가운데에 보란 듯 위풍당당하게 버티고 선 거성 하나가 있었다.

"대흑천(大黑天)……!"

하늘을 찌를 듯 치솟은 망루, 그 꼭대기에서 거침없이 펄럭이는 검고 거대한 깃발이 얼어붙은 곽대웅의 동공으로 빨려들어왔다.

꼴깍!

마른침을 삼키는 곽대웅의 심장이 쿵쾅쿵쾅 요동을 쳐댔다.

장강(長江)을 경계로 남북으로 판도가 나뉜 당대의 강호무림!

이른바 남흑천북백림(南黑天北白林), 혹은 남천북림이라 일컬어지는 당대 무림에서, 장강 이남의 패자로 군림하는 '검은 호랑이군단' 흑천의 본거지를 목도한 바, 그 누구의 심장인들 멀쩡하랴.

검은 호랑이들의 소굴답게 눈앞의 거성은 본래 검은 돌로 쌓았는지 아니면 돌을 검게 칠했는지 몰라도 거무스름한 빛깔을 띠고 있었다. 거기에 시커먼 먹장구름으로 뒤덮인 하늘과 짝을 이뤄 한층 더 공포스런 분위기를 연출했다.

'쪼, 쫄지 말자, 곽대웅! 우리 편이야. 저 무시무시한 곳에 있는 괴물들은 우리 편이라고. 그리고 넌 우리 편에게 도움을 청하러 온 것이고.'

곽대웅은 아랫도리에 힘을 주었다. 그러다 저도 모르게 뒤를 돌아보았다. 곧장 그의 얼굴이 찌그러졌다. 십여 명 남짓한 자신의 수하들이 모조리 하얀 석고상으로 변신해 있었기 때문이다.
 '어이그, 이 머저리들!'
 곽대웅은 부리부리한 눈을 치떴다가 맥없이 어깨를 늘어뜨렸다. 자신도 쪼는 마당에 수하들이라고 별수있으랴.
 곽대웅은 그렇게 위안을 삼고 움츠린 어깨를 억지로 부풀렸다. 그리곤 평원 저편에 버티고 선 거성을 향해 씩씩하게 걸음을 내찼다. 그런 그의 뒤를 얼어붙었던 수하들이 비척비척 따라붙었다.
 서서히 흑천성과의 거리가 가까워졌다.
 눈앞으로 다가올수록 위풍당당한 위용에서 전해지는 압박감 또한 더해갔다.
 '휴우! 크긴 정말 무식하게 크군.'
 곽대웅은 시커먼 흑천성을 올려다보면서 눈을 끔벅였다.
 어디 무식한 것이 크기뿐이겠는가?
 터를 잡은 위치만 봐도 그랬다.
 본래 성이라 하면 적의 침입에 대비하는 차원에서 험준한 산악이나 절벽을 끼고 세우는 것이 상식.
 그러나 흑천성에는 그런 상식조차 통하지 않았다.
 ―이 널찍한 땅을 두고 뭐 하러 쥐새끼처럼 숨어서 터를 닦아?
 검은 호랑이들의 맹주 도왕(刀王) 장팔봉(張捌峰)의 한마디에 흑천은 이 광활한 평원에 터를 잡았다고 했다.

좋게 평하면 호기롭고 나쁘게 평하면 단순무식한(?) 수장의 취향은 화려함과는 거리가 먼 성의 외양과 내부 구조에서도 여지없이 드러났다.

한입에 잡아먹을 듯한 눈빛의 흑의도객들이 지키는 육중한 성문을 허겁지겁 통과하자면, 수백 명이 한꺼번에 날고뛰어도 남아돌 널찍한 연무장이 떡하니 등장한다.

그리고 그 뒤론 크기와 모양이 제각각인 수십여 채의 전각이 열과 줄을 무시한 채 자유분방하게 자리 잡고 있다.

"크하하하!"

"이 자식, 죽고 싶어!"

거친 앙소와 고함 소리가 터져 나오는 전각들 사이를 바짝 쫄아서 통과하자니 다시 시커먼 성곽이 눈앞을 가로막는다.

천하의 호굴(虎窟) 중에서 가장 무섭다는 호굴, 바로 흑천의 주인들이 먹고 자는 내성(內城)이었다.

'휘유우!'

곽대웅은 커다랗게 심호흡을 했다.

호랑이를 잡으려면 호굴로 직접 가야 된다 했던가?

자신이 잡으러 온 입장이 아니란 것이 이렇게 기쁠 수가 없다.

'난 도움을 청하러 온 거라구!'

곽대웅은 자신의 처지를 재차 상기시키며 걸음을 뗐다.

그렇게 주춤주춤 내성으로 들어서던 찰나 그와 그의 꽁무

니를 따르던 수하들은 헉 소리와 함께 다시 멈춰 서야 했다.
 가장 먼저 눈에 들어온 건 거대한 연못이었다.
 배를 띄워도 될 만큼 넓은 연못에서 팔뚝만 한 잉어들이 첨벙첨벙 기세도 좋게 뛰어놀고 있었다.
 일설에는 흑천주 장팔봉과 그의 아들이 술을 마시다가 수영 내기를 하기 위해 만들었다고 했다.
 그리고 그 연못의 양쪽으론 아름드리 버드나무가 늘어선 대로가 길게 이어졌고, 양쪽 대로가 다시 합치는 정중앙에 궁궐을 방불케 하는 육중한 삼층 전각이 떡하니 버티고 서 있었다.
 '흑, 흑천궁……!'
 곽대웅은 덜컥 가슴이 내려앉았다. 애써 힘을 실은 아랫도리가 다시 후들거리기 시작했다. 입만 벙긋해도 흑천궁이 커다란 아가리를 벌리고 달려들 것만 같았다.
 '흐으.'
 곽대웅은 질끈 눈을 감았다가 떴다.
 그래도 명색이 일파를 이끄는 방주란 오기를 되살렸다.
 있는 대로 눈을 부릅뜬 그가 다시 수하들을 이끌고 얼어붙은 발을 내찰 때였다.
 "사, 살려주십쇼, 소천주!"
 "나가 죽어, 이 자식아!"
 어디선가 터져 나온 고함에 곽대웅은 제자리에 그대로 얼어붙었다.

다음 순간,

콰앙!

굉음과 함께 흑천궁 삼층 창문이 박살나더니 검은 인영 하나가 비명과 함께 튀어나왔다.

"으아아아아!"

허공에 길게 포물선을 그리며 비상한 흑의장한.

비상의 끝은 요란스런 발버둥을 동반한 추락이었다.

잉어가 뛰어놀던 연못으로 추락하는 흑의장한을 곽대웅과 수하들은 멀거니 쳐다보았다.

첨버덩!

삼 장이나 치솟은 물줄기.

그것을 신호로 또 다른 비명 소리가 꼬리를 물고 울려 퍼졌다.

"사, 사람 살려!"

부서진 창밖으로 잇달아 튕겨져 나오는 흑의장한들.

도합 여섯 명의 장한은 앞선 장한이 그랬듯 허공에서 발버둥을 치다가 차례로 연못으로 곤두박질쳤다.

풍덩! 첨버덩!

"어푸푸푸!"

연못에서 허우적거리는 장한들은 마치 사흘 밤낮을 두들겨 맞은 듯한 몰골이었다. 넋 놓고 그 몰골을 쳐다보던 곽대웅은 마치 자신의 삭신이 쑤시는 것 같은 착각에 빠졌다.
 그때 어디선가 나지막한 음성이 들려왔다.
 "똥파리, 열 셀 동안 튀어와."
 흠칫 고개를 든 곽대웅의 눈에 박살난 창가에 어른거리는 얼굴이 보였다. 미처 얼굴을 제대로 확인하기도 전에 황당한 광경이 벌어졌다.
 "아이고오—!"
 허우적거리던 장한들이 갑자기 튕기듯 연못 밖으로 튀어나오는가 싶더니 눈썹이 휘날리도록 흑천궁 안으로 도로 달려들어 가는 것이 아닌가?
 그리고 잠시 후 요란한 비명 소리가 다시 울려 퍼지기 시작했다. 물론 출처는 창문이 박살난 바로 그 방 안이었다.
 곽대웅은 부들부들 떨기 시작했다.
 '그, 그냥 돌아갈까, 도움 청하러 왔다가 나부터 맞아 죽기 전에?'
 자신은 사람에게 도움을 청하러 왔지, 저렇게 무식하고 포악한 맹수에게 도움을 청하러 온 것이 아니었다.
 바로 그 순간 곽대웅은 문제의 맹수와 눈이 딱 마주치고 말았다.
 '헉······!'
 어느 틈엔가 창가에 다시 등장한 얼굴.
 이십 장의 거리를 무색하게 만드는 무시무시한 안광.

곽대웅은 꼴깍 침을 삼켰다. 다리가 후들거리는 와중에 누군가의 이름 석 자가 뇌리를 간질거렸다.
호왕폭도(虎王暴刀) 장충걸(張忠傑)!
검은 호랑이군단 흑천의 작은 주인이자 난폭과 무식의 대명사란 자리를 아버지 장팔봉에게도 양보하지 않는다는 인물.
불과 약관의 나이에 초절정의 수준을 넘어 무극(無極)의 경지에 든 천골무재지체(天骨武才之體)의 소유자!
호왕폭도의 눈이 뒤집히면 천하에 사납기로 으뜸인 도왕 장팔봉보다도 무섭다 했던가?
'으흐흐!'
곽대웅은 몸서리를 쳤다.
그리곤 냅다 허리를 반으로 접으며 목청이 터져라 외쳤다.
"대웅방 방주 곽대웅! 대흑천성 소천주를 뵙습니다아—!"
정적이 흘렀다.
잠시 후, 심드렁한 목소리가 허공에서 들려왔다.
"뭐야, 저건?"

드넓은 대전(大殿) 안.
곽대웅은 얌전히 무릎을 꿇고 있었다.
꿇으라고 해서 꿇은 게 아니라 그를 직접 본 순간 그냥 자동으로 취해진 동작이다.

그렇게 얌전히 무릎을 꿇은 채로 곽대웅은 보고를 마쳤다.

등골에 식은땀이 줄줄 흘렀다. 어떻게 말을 했는지 기억조차 나질 않았다.

"……."

곽대웅은 정적 속에서 가슴을 졸였다.

말보다 주먹이 먼저 나간다는 누군가의 법칙은 생각하고 싶지 않았다. 대전 바닥에 깔린 불곰 융단—마치 자신의 살가죽처럼 느껴지는—도 그래서 애써 외면하고 있었다.

대전 한쪽 구석에서 머리를 처박고 있는 일곱 장한의 모습도 물론.

그렇게 심장이 바짝바짝 타 들어갈 무렵, 마침내 그의 음성이 들려왔다.

"어이, 곰."

곽대웅은 번쩍 얼굴을 쳐들고 부동자세를 취했다.

"옛, 소천주!"

한껏 부릅뜬 곽대웅의 동공이 바쁘게 흔들렸다.

그 흔들리는 동공으로 대전 정면 단상의 큼지막한 호피 태사의와 그 의자에 떡하니 걸터앉은 청년이 비추어졌다.

전형적인 호형지상(虎形之像)의 외모.

민소매 흑피 상의 밖으로 드러난 강철 같은 구릿빛 어깨와 팔뚝, 그리고 묶지 않고 늘어뜨린 흑발 사이로 내비치는 강렬한 안광이 호형지상과 완벽한 조합을 이룬다.

하지만 곽대웅은 '장충걸'이란 이름보다 청년에게 더 잘 어울리는 건 없을 거라고 생각했다.

"분명 고루신마란 말이지?"

"그렇습니다!"

커다랗게 고개를 주억거리는 곽대웅의 눈에 분기와 두려움이 함께 어렸다. 인근 방파들에 이어 자신의 대웅방을 습격했던 해골 같은 괴물과 그의 수하들을 떠올리면 지금도 소름이 끼쳤다.

"그 마물이 아직 살아 있었나?"

충걸은 어이없다는 표정으로 중얼거렸다.

수년 전, 닥치는 대로 인명을 살상하고 죽은 시신의 시기(屍氣)를 섭취하여 공력을 배양하는 고루마공으로 무림을 경악시켰던 마물 고루신마(骷髏神魔).

그놈의 재수없는 마물은 자신의 아버지 장팔봉의 도에 두 쪽이 나 황천으로 떠나지 않았던가?

"틀림없는 고루신마였습니다. 듣기론 살아남은 수하들의 도움으로 대법을 펼쳐 되살아났다고 합니다."

"대법?"

충걸이 히죽 웃었다.

"그놈의 마물이 아직 정신을 못 차렸구먼."

그러면서 부서진 창문 밖을 힐끔 돌아보며 말했다.

"들으셨수? 심히 쪽팔리시겠습니다. 도왕의 칼을 맞고도 살아난 괴물이 있으니."

"큥!"

난데없이 대전을 뒤흔드는 콧방귀 소리.

멍하니 지켜보던 곽대웅이 질겁했다.

자라목이 된 그의 눈에 창밖을 향해 피식 웃는 충걸이 보였다.

"어쩌시려우? 직접 손보실라우?"

"이놈아, 새파란 아들놈 두고 이 나이에 내가 하리?"

쩌렁한 호통에 지진이라도 난 듯 대전이 춤을 추었다.

"쿡쿡."

묘한 웃음을 흘리던 충걸은 갑자기 웃음을 뚝 그치고 씹어 뱉듯이 말했다.

"이번엔 확실히 재워야겠군."

"아주 박살을 내버려."

허공을 울리는 나직한 노호성.

듣고 있던 곽대웅은 무심코 고개를 끄덕였다.

무식하기 짝이 없는 표현이지만 또한 정확한 말이었다.

도검불침의 불사지체(不死之體)를 이룬 고루신마를 잡는 방법은 오로지 흔적도 없이 부숴 버리는 것뿐일 테니까.

'한데……'

곽대웅은 문득 충걸을 쳐다보며 미간을 모았다. 반사적으로 떠오르는 걱정이 있었다.

'호왕폭도가 고루신마를 잡을 수 있을까?'

삼 년 전보다 더 강해졌다는 희대의 마물 고루신마.

천골무재지체로 초절정을 넘어 무극의 경지에 들어섰다는 호왕폭도.

'으음……!'

언뜻 견줘보자면 거의 대등한 수준이 아닐까도 싶다. 어쩌면 노련한 노마물이 유리할지도.

그렇게 곽대웅이 열심히 셈을 하는 동안 충걸은 누군가를 부르는 중이었다.

"똥파리."

말이 떨어짐과 동시에 대전 한쪽에서 머리를 처박고 있던 장한들 중 한 명이 튕기듯 일어섰다.

"옛! 비호대주 오동팔!"

씨잉―

바람처럼 날아온 흑의장한이 부동자세로 섰다.

그 서슬에 움찔한 곽대웅은 잔뜩 부어터진 몰골의 장한을 보며 눈을 끔벅였다.

'저자가 진짜로 오동팔……?'

호랑이군단 흑천의 무력 집단은 세 개다.

비호대(飛虎隊)와 맹호대(猛虎隊), 그리고 가장 강하다고 알려진 화호대(火虎隊).

곽대웅의 기억이 정확하다면 오동팔이란 이름은 비호대를

맡고 있는 대주 이름이 확실했다.

'직위 불문하고 하루가 멀다 하고 얻어터지고 산다더니.'

곽대웅은 갑자기 오슬오슬한 한기를 느꼈다.

한기를 촉발시킨 장본인의 음성이 들려온 건 그때.

"반성 좀 했냐?"

"옛!"

충걸은 오동팔을 향해 슬쩍 눈을 부라렸다.

"술은 양껏 퍼마셔라. 하지만 술 먹고 사고 쳤단 소리가 또 들리면 그땐 목을 따버린다."

"명심하겠슴돠—!"

대전이 떠나가라 소리치는 오동팔.

부어터진 두 눈에 진심이 담겼다.

그런 그에게 충걸이 턱짓을 했다.

"애들 데리고 가봐. 그리고 가는 길에 대머리한테 전해라. 애들 삼십만 준비시키라고."

"화호대주에게… 말입니까?"

"대머리 말고 화호대주가 또 있냐?"

슬그머니 되묻던 오동팔이 자라목이 되었다. 하지만 언제 그랬냐 싶게 용감히 목을 뽑으며 외쳤다.

"제가 가겠습니다, 소주!"

"……."

빤히 오동팔을 쳐다보던 충걸이 피식 웃었다.

"똥파리."
"옛!"
"너, 고루신마랑 붙어서 이겨?"
"……!"
오동팔의 얼굴이 벌겋게 달아올랐다.
그런 그에게 충걸이 손가락을 퉁 튕겼다.
따악!
"아이쿠!"
지풍(指風)에 얻어맞은 오동팔이 이마를 싸쥐고 나뒹굴었다. 그리곤 벌렁 다시 일어나더니 쏜살같이 밖으로 튀어나갔다. 머리를 박고 있다가 엉거주춤 일어난 장한들이 후닥닥 그 뒤를 따랐고.
"똥파리, 제법 빨라졌는데."
충걸은 한 방 더 튕기려던 손가락을 내리며 씩 웃었다.
이윽고 웃음을 지운 그가 눈을 틀었다.
멍하니 입을 벌리고 섰던 곽대웅이 급히 입을 다물었다.
충걸이 물었다.
"그놈의 마물이 어디 짱 박혀 있다고?"
"무이산입니다!"
곽대웅의 숨 가쁜 대답.
충걸은 잇새로 뱉듯이 말했다.
"간만에 몸 좀 풀어보자고."

곽대웅은 눈을 끔뻑였다.
장충걸의 하얀 이가 호랑이 송곳니로 보인 탓이었다.

                *   *   *

푸스스스……!
사이한 기운이 꿈틀거리는 괴기스러운 석실.
넓은 석실의 가장자리엔 수십여 개의 시커먼 관이 늘어져 있고 그 속에 누워 있는 시신들이 괴기스러운 분위기를 더했다.
하지만 석실 중앙의 원형 석단에선 그보다 더 끔찍한 광경이 펼쳐지는 중이었다.
석단 위에 반듯이 누워 있는 한 구의 시신.
생전에 무림인이었음을 알려주듯 시신의 체격은 건장했다.
그런 시신의 머리 위로 기괴한 웃음소리가 흘러나왔다.
"카카카……."
등골을 오싹하게 만드는 괴소와 함께 시신의 아랫배로 다가오는 하얗고 긴 손톱.
사람의 것이라 할 수 없는 소름 끼치는 손톱의 주인공은 무덤에서 갓 나온 백골을 연상시키는 괴인이었다.
백골괴인의 손톱이 시신의 배꼽 아래, 정확히 단전 위에서 멈췄다.
 순간,
 푹!
 끔찍한 소리와 함께 괴인의 손톱이 단전 속으로 자취를 감췄다. 그리고 뒤를 이은 믿지 못할 광경.
 츠츠츠츠……!
 시신의 단전에서 피어오른 검붉은 기운이 백골괴인의 손톱을 타고 올라가 몸을 휘감기 시작했다. 점점 짙어진 혈무는 이내 완전히 괴인을 에워쌌다.
 "크카카카!"
 혈무 속에서 괴소가 터졌다.
 득의양양한 백골괴인의 앙소였다.
 목불인견의 의식이 이어지길 일각여.
 서서히 혈무가 가시기 시작했다. 혈무에 가려져 있던 백골괴인과 석단 위의 처참한 광경이 모습을 드러냈다.
 건장한 몸은 간데없이 뼈와 가죽만 남은 시신. 그와 반대로 백골괴인의 동공 없는 백안에선 붉은 마기가 횃불처럼 타오르고 있었다.
 "덩치 값도 못하는 놈."
 퍽!
 석단 위의 시신을 걸레처럼 팽개친 백골괴인이 갈고리 같은 손톱을 허공에 쳐들었다. 그러자 관이 늘어져 있는 뒤쪽에서 스슥 하는 소리와 함께 시신 하나가 둥실 떠올라 날아왔다.

"콰악!"

가공할 격공섭물(隔空攝物)로 손아귀에 쥔 새로운 시신은 무복 차림의 중년 여인이었다.

"암고양이처럼 날뛰면서 내 수하를 도륙한 년이렷다. 크크……."

백골괴인은 먹음직스런 먹이를 대하듯 시신을 노려보았다.

곧이어 그의 손에서 던져진 여인의 시신이 석단 위에 늘어졌다.

"암고양이의 음탕한 기운을 맛봐야겠군."

백골괴인이 다시 손톱을 쳐들었다. 손톱이 노린 곳은 앞선 시신처럼 단전이 아니라 하복부였다.

"흐으."

괴인의 마안이 음욕으로 번들거렸다.

그가 막 손톱을 내리찍기 직전이었다.

"주군!"

성스러운 의식을 방해하는 돌연한 외침.

멈칫한 백골괴인의 눈에서 살광이 폭주했다. 그 눈이 천천히 석실 입구로 향했다.

"감히 어떤 놈이 본좌의 행사를 방해하느냐?"

일순 석실 밖이 조용해졌다.

잠시 후 잔뜩 움츠린 목소리가 더듬더듬 들려왔다.

"죄, 죄송합니다. 급한 보고를 드려야 해서……."

백골괴인이 손톱으로 석실 입구를 가리켰다. 그러자 거짓말처럼 석문이 드드드 열리기 시작했다.

열린 석문 밖에는 복면을 한 혈의인이 서 있었다.

백골괴인과 시신을 목격한 혈의인이 즉시 바닥에 부복했다.

"주군께 용서를!"

백골괴인의 눈에서 살광이 다시 폭주했다.

"멍청한 놈."

끔찍한 손톱이 부복한 혈의인을 향했다.

백골조를 본 혈의인의 눈이 공포로 물들었지만 이미 그의 몸은 석실 안으로 빨려 들어오고 있었다.

"사, 살려주십시오!"

혈의인이 허공에서 버둥거리며 부르짖었다.

그러나 그 외침의 여운이 가시기도 전에 백골괴인의 손톱이 혈의인의 머리를 파고들었다.

푸욱!

"끄아아아!"

혈의인의 거센 몸부림에도 백골조는 요지부동.

파스스스슷!

기이한 소리와 함께 혈무가 피어올랐다.
끔찍한 광경의 재현이었다.
혈무 속에서 혈의인의 몸이 오그라들기 시작한 것이다.
털썩!
가죽만 남은 혈의인이 바닥으로 나뒹굴었다.
"크흐흐."
백골괴인이 만족스런 괴소를 흘릴 때였다.
스슷.
석실 입구에 또 다른 기척이 일었다.
백골괴인의 살기 띤 눈이 다시 홱 틀어졌다.
"본좌가 일을 치를 땐 방해하지 말라 했음을 잊었느냐?"
좀 전의 혈의인 때완 달리 다소 누그러진 살기.
새로 등장한 인물이 그의 오른팔 격인 독두혈마부(禿頭血魔斧) 적도(狄導)였기 때문이다.
걸레처럼 널브러진 혈의인을 스친 적도의 눈이 백골괴인을 향했다. 평소와 달리 초조함으로 번들거리는 눈빛이다. 혈마부를 날려 상대의 목을 치면서도 눈 하나 깜짝 않는 대머리 살귀 적도의 모습이 아니었다.
"주군, 놈들이… 오고 있습니다."
초조함은 쇠를 긁는 듯한 목소리에서도 배어났다.
"……."
백골괴인은 이맛살을 찌푸렸다.

검은 호랑이군단 33

놈들이라니? 대체 어떤 놈들이기에 적도란 놈의 목소리가 바짝 얼었단 말인가?

"놈들이, 그놈들이 오고 있단 말입니다."

성마르게 입술을 달싹이는 적도의 대머리에 시뻘건 핏발이 섰다. 그 꼴을 보니 백골괴인은 버럭 노기가 치솟았다.

"그러니까 그놈들이 누구냔 말이다, 이 병신아!"

평소 같았으면 얼른 꼬리를 말았을 인간이다. 그런데 그 적도란 인간이 지금은 질세라 맞고함을 질러대고 있었다.

"검은 호랑이! 흑천의 검은 호랑이들이 오고 있단 말입니다!"

"……!"

적도의 대머리를 단박에 박살 내려고 손을 쳐들었던 백골괴인은 천천히 손을 내렸다.

"검은 호랑이……!"

긴장은 찰나에 불과했다.

백골괴인의 전신에서 곧 흉흉한 기운이 피어오르기 시작했다.

"누가 왔느냐? 도왕이냐?"

적도가 급히 고개를 흔들었다.

"그건 아직……."

말이 끝나기도 전에 팟 하고 경풍이 일었다.

적도의 치뜬 눈앞에 이미 백골괴인은 사라지고 없었다.

적도는 급히 신형을 날려 백골괴인을 쫓았다.

잠시 후, 백골괴인과 적도는 장원 지붕 위에 나란히 서 있었다. 능선 아래로 펼쳐진 삭막한 평원의 전경이 한눈에 들어오는 곳이었다.

"······!"

백골괴인과 적도의 살기 띤 시선이 머문 곳.

평원의 끝자락, 지평선이었다.

가물가물한 그곳을 안력을 끌어올려 주시하자니 마침내 시야에 잡히는 것이 있었다.

아지랑이인 듯 희뿌옇게 피어오르는 먼지.

그리고 아련히 들려오는 기이한 쇳소리.

그그그그······.

"저놈의 소리."

적도가 이를 갈며 중얼거렸다.

팔뚝에 소름이 돋게 만든 의문의 쇳소리는 점점 선명해지고 있었다. 그와 함께 피어오르는 먼지도 크기를 더해갔다.

긴장된 정적이 흘러갔다.

의문의 소리와 먼지도 크기를 더해갔다. 그리고 마침내 그 뚜렷한 정체를 하늘 아래 드러냈다.

"······!"

백골괴인과 적도는 평원 저편을 무섭게 노려보며 옴짝달싹하지 않았다.

삭막한 평원 끝자락 가득 뭉클뭉클 피어오르는 먼지구름과 기분 나쁜 쇳소리. 그것을 만들어낸 범인은 다름 아닌 시퍼런 칼날이었다.

칼집도 없이 질질 땅을 끌고 있는 수십여 자루의 묵강도(墨鋼刀), 그리고 그 묵강도의 도파를 꼬나 쥔 채 오와 열도 없이 건들건들 걸어오는 검은 그림자들.

천하에 칙칙한 묵빛의 도를 쓰는 이는 한곳밖에 없다.

거기에 검은 옷까지 맞춰 입는 무리도.

굳이 도파에 새겨진 호랑이 문양을 보지 않아도 그들이 누군지 모르는 이는 천하에 없을 것이다.

"검은 호랑이… 흑천……!"

백골괴인이 입술을 달싹였다.

그때 적도가 거칠게 소리쳤다.

"도왕이 아닙니다!"

백골괴인의 눈꼬리가 꿈틀했다.

안력을 끌어올린 그의 눈에 검은 그림자의 선두에 선 인영이 빨려 들어왔다.

적도를 보는 듯 훤한 민머리의 우람한 거구.

눈에 띄게 큰 대도를 질질 끌고 있는 그에겐 결정적으로 적도와 다른 점이 있었다. 한쪽 눈을 가린 검은 안대가 그것이었다.

"독안화호(獨眼火虎) 조춘(趙椿)!"

적도가 다시 일갈했다.

어느새 기세등등해진 그의 고리눈에서 살벌한 안광이 번뜩였다.

"고작 독안화호란 말이지."

백골괴인의 음산한 목소리에도 비웃음이 담겼다.

평원 끝에 등장한 검은 호랑이들을 노려보는 그의 전신에서 무시무시한 살기가 피어오르기 시작했다.

죽었다가 다시 부활한 고루신마의 독문무공 고루마공의 재현이었다.

평원의 반대편 끝을 가로막은 건 험준한 능선이었다.

바로 그 능선을 등진 으스스한 협곡에 고루신마와 그 졸개들의 소굴이 웅크리고 있었다.

조춘은 평원의 중간 지점에서 걸음을 멈췄다.

뒤를 따르던 흑의도수(黑衣刀手)들도 걸음을 멈췄고, 동시에 땅을 끌던 쇳소리도 멎었다.

"분위기 한번 죽여주는군."

환두대도를 손으로 짚고 선 조춘은 사이한 기운이 물씬 풍기는 협곡을 노려보며 중얼거렸다.

머리털과 눈썹도 없고 한쪽 눈마저 검은 안대로 가려진 외모는 보기만 해도 오금이 저릴 모습. 거기다 외눈에서 이글이글 타오르는 안광은 말 그대로 눈이 하나뿐인 화호(火虎)를 연상케 했다.

  뒤쪽에 늘어선 서른 명의 흑의도수들이 발산하는 기운 역시 조춘의 그것과 비슷했다. 흑천의 세 마리 호랑이 중에서도 화호만이 보여줄 수 있는 특유의 기운이었다.

  "흠."

  조춘은 살벌한 안광을 발하며 면밀히 주변을 쓸어보았다.

  고루신마의 소굴은 십여 장 높이의 목책으로 둘러싸여 철통같은 방비를 구축한 상태. 그리고 목책과 평원 사이에는 제법 폭이 넓은 강이 가로질러 장애물 역할을 하고 있다.

  강변의 무성한 갈대숲을 쏘아보면서 조춘은 거리를 가늠했다. 자신들이 서 있는 평원에서 강까지는 삼십여 장, 강에서 목책까지가 다시 사십 장 남짓.

  "일단 저놈부터 건너고 봐야겠군."

  길을 가로막은 강의 풍경은 그다지 아름답지 못했다.

  누런 흙빛의 강물과 강변을 뒤덮은 무성한 갈대숲은 고루신마의 소굴 못잖게 으스스한 분위기를 자아냈다.

  조춘은 힐끔 독안을 틀었다.

  "청운! 청각!"

  말과 동시에 두 명의 흑의도수가 눈앞에 등장했다. 날랜 체구에 눈빛이 예리한 청년들이었다. 특이한 건 외모가 똑같은 쌍둥이라는 것.

  "네들이 수고 좀 해야겠다."

조춘은 눈으로 전방의 강을 가리켰다.
청운과 청각이 나란히 씩 웃으며 대답했다.
"반 각만 주십쇼!"
파박!
조춘의 대답도 듣지 않고 청운, 청각이 신형을 박찼다.
곧장 강변으로 내달리는 쌍둥이의 뒷모습을 조춘은 말없이 주시했다. 청운, 청각은 화호대의 척후 전문이다. 한 몸처럼 움직일 만큼 교감이 뛰어난 쌍둥이라 기민한 척후 임무엔 안성맞춤이었다.
"우리도 슬슬 가볼까."
기세 좋게 달려가는 쌍둥이 형제를 보며 조춘은 다시 걸음을 뗐다. 버티고 섰던 화호도수(火虎刀手)들이 뒤따라 건들건들 따라붙었다.
느긋하게 걸음을 옮기는 동안에도 조춘은 쌍둥이 형제의 움직임을 놓치지 않았다.
그사이 단숨에 삼십여 장을 달려간 청운, 청각은 어느새 갈대숲 앞에 내려서고 있었다. 소리없이 도를 뽑아 든 그들이 익숙한 몸놀림으로 갈대숲 안으로 사라졌다.
스슷, 스스슷.
미약한 기척이 이십여 장의 거리를 가로질러 들려올 뿐 장내는 고요했다.
잠시 후, 귀에 익은 휘파람 소리가 들려왔다.

"⋯⋯!"

조춘의 미간이 꿈틀했다.

갈대숲이 이상없다는 청운, 청각의 신호였다.

다시 정적이 내려앉았지만 긴장감은 한결 누그러졌다. 지금쯤 쌍둥이는 강물 속을 정찰하고 있을 터이고, 얼마 지나지 않아 두 번째 휘파람이 들려올 것이다.

"노마물이 강물에 장난을 치진 않았나 보군."

조춘은 힐끔 고루신마의 소굴을 일별한 뒤 중얼거렸다.

느긋한 발길을 따라 점차 갈대숲이 가까워졌다.

대략 십여 장의 거리.

문득 깨닫게 된 건 그때였다.

'⋯⋯!'

청운, 청각이 장담한 반 각은 이미 지났다.

하지만 여전히 두 번째 신호는 감감무소식.

조춘의 독안이 보일 듯 말 듯 굳어졌다. 그는 속으로 다섯을 셌다. 하지만 다섯을 채 다 세기도 전 그의 우람한 신형은 지면을 박차고 있었다.

파파파파!

검은 질풍이 일었다.

파악—

간발의 차이로 갈대숲을 뚫은 조춘과 화호도수들이 강변으로 날아내렸다. 그들의 눈이 일제히 커졌다.

강물은 시뻘건 혈천(血川)으로 변해 있었다. 그 핏물 위에 낯선 시신들이 둥둥 떠다니고 있었다.

몸에 착 달라붙는, 비늘 달린 옷을 입은 정체불명의 수귀들. 그 수가 무려 이십여 구에 달했다.

"……!"

조춘의 눈이 무섭게 타올랐다. 그 외눈이 잡아먹을 듯 강물 위를 쓸었다. 보였다. 수귀들의 시신들 속에서 도드라지는 한 쌍의 검은 무복.

청운과 청각은 나란히 붙어 물 위에 떠 있었다.

피 묻은 묵강도를 굳건히 손에 쥔 채로 웃고 있었다.

"이런… 바보 같은 놈들."

누군가 이를 갈았다.

몇 명의 화호도수가 강물로 뛰어들었다. 남은 수귀들을 샅샅이 뒤져 목을 벨 작정이었지만 그들에게 가해지는 더 이상의 위협은 없었다.

청운, 청각의 목숨과 맞바꾼 값이었다.

"흐으."

청운과 청각의 시신을 강변에 눕힌 화호도수들이 고루신마의 소굴을 노려보며 활활 분노를 불태웠다.

"대주, 제가 가겠습니다."

"저를 보내주십시오."

성난 화호들이 선발을 자청하고 나섰다.

대꾸없이 고루신마의 근거지를 쏘아보는 조춘의 어금니가 씰룩거렸다. 잿빛 안개에 휩싸인 마물의 소굴은 철탑 같은 목책 뒤에 숨어 음산한 기운만 발산할 따름이다.

문제는 역시 목책. 놈들이 목책 뒤에 숨어 어떤 방비를 해 두었는지 확인하는 것이 우선이었다.

"죽일 놈의 마물들."

조춘은 지그시 이를 갈았다.

그의 눈이 대기하고 있는 화호도수들을 향했다.

선발된 인원은 셋이었다.

"네들보고 목책을 부수란 게 아니다. 놈들의 움직임을 보기 위한 것이니 위험하다 싶으면 바로 돌아오란 말이다."

세 명의 화호가 대답 대신 묵강도를 들어 보였다.

"가라!"

명이 떨어지기가 무섭게 자리를 박찬 화호들.

넓게 사이를 벌리고 질주해 가는 그들의 뒷모습에서 선명한 분노가 읽혔다.

'……!'

조춘은 뚫어지게 수하들을 주시했다.

파파팟!

질풍처럼 치달린 수하들이 단숨에 거리를 반으로 좁혔다.

목책까지 남은 거리는 약 이십여 장!

쥐 죽은 듯 꼼짝도 않던 목책 위로 붉은 그림자들이 등장한 건 그때였다.

"쏴라!"

와락 터져 나온 살기 띤 일갈.

그리고 뒤를 이은 섬뜩한 파공음.

쉐쉐쉐쉐쉐!

하늘이 찰나지간 검붉은 구름으로 뒤덮였다.

지켜보던 조춘의 눈에 핏발이 섰다.

"쇠뇌……!"

위협적인 살상력으로 무림에선 금지된 병기. 그 물건이 떡하니 놈들의 손에 나타난 것이다.

그리고 그 목표는 달랑 도를 든 자신의 수하들.

한 대만 맞아도 뼈와 살이 통째로 꿰뚫릴 강전(鋼箭)이 달려가던 화호도수들의 머리 위로 폭우처럼 쏟아지고 있었다.

"이놈들!"

질주를 멈춘 화호도수들은 빗발치는 강전 속에서 어지럽게 묵강도를 휘둘렀다.

까앙! 까강!

일반 화살보다 몇 배는 더 큰 강전의 파괴력은 상상 이상이었다.

서너 대의 강전을 튕겨내고 난 묵강도가 걸레처럼 변해 버렸다.

"이익!"

까가강!

더 이상 막고 있을 수만은 없었다. 막 날아든 쇠뇌를 튕겨낸 화호도수들이 부릅뜬 눈길을 교환했다.

"가자!"

"개자식들, 죽인다!"

버럭 고함을 친 화호도수들이 일제히 신형을 튕겼다.

파파파팟!

쉐쉐쉐쉐쉐!

빗발치는 쇠뇌 속으로 다시 질주를 시작한 세 명의 화호.

퍼억!

"큭!"

목책을 십여 장 남겨둔 곳에서 한 명의 화호가 무릎을 꿇었다. 그가 어깨를 관통한 강전을 이를 악물고 뽑아낸 찰나, 또 한 발의 강전이 머리를 꿰뚫었다. 튕겨진 그의 몸이 일 장을 날아가 떨어졌다.

"끄으으……."

일어나려고 기를 쓰던 화호도수가 결국 움직임을 멈췄다. 부릅뜬 두 눈을 목책 코앞으로 달려간 동료들에게 못 박은 채로였다.

"이놈들!"

이미 동료가 쓰러진 걸 알고 있는 두 명의 화호도수는 울분을 터뜨렸다.
 코앞으로 육박한 목책은 하늘을 찌를 듯 높았다.
 하나 그들의 눈에 두려움은 없었다.
 걸레로 변한 묵강도를 쳐든 그들이 젖 먹던 힘을 다해 박차고 날아올랐다.
 쉐쉐쉐쉐!
 성난 화호들이 날아오르기 무섭게 빗발친 강전의 폭우!
 퍼억!
 날아오르던 화호 중 한 명이 휘청하는가 싶더니 십여 발의 쇠뇌가 순식간에 그의 몸을 꿰뚫었다.
 실 끊어진 연처럼 그가 추락했다.
 "끼야아아!"
 마지막 남은 화호의 포효였다.
 그의 어깨에도 강전 하나가 덜렁거리고 있었다.
 오륙 장 남짓한 허공에서 그가 목책을 발끝으로 찍었다. 다시 솟구치는 그의 머리 위로 거친 앙소가 터져 나왔다.
 "크하하! 죽으려고 발악을 하는구나!"
 화호도수의 핏발 선 눈에 들어온 건 악독한 표정의 대머리중년인과 그의 손에 쥐어진 시퍼런 도끼였다.
 "용쓰느라 수고했으니 선물을 주마! 크하하!"
 화호도수의 눈이 커졌다.
 대머리중년인이 장난처럼 도끼를 튕겨낸 직후였다.

패액—
눈앞을 덮쳐 오는 시퍼런 그림자.
본능이 경고를 날렸다.
이를 악문 화호도수는 전력으로 도를 쳐냈다.
허공을 쓸어온 도끼바람과 도기가 충돌했다.
쾅!
허공에 비산한 붉은 피보라.
목이 사라진 화호도수가 날개 잃은 새처럼 추락했다.
그의 손에는 박살난 묵강도가 악착같이 쥐어져 있었다.
"크핫핫핫!"
목책 망루에서 울려 퍼진 기세등등한 앙소.
피 묻은 도끼를 움켜쥔 적도였다. 도끼에 묻은 피를 보란 듯이 혀로 핥은 그가 평원 저편을 오시하며 소리쳤다.
"화호의 피 맛이 꿀맛이로구나! 눈알이 하나밖에 없는 화호의 피 맛은 어떨지 궁금한데 말이다! 크하하하!"

조춘은 웃었다.
"크크."
대머리살귀 적도의 도발은 한 자도 빠짐없이 접수되었다.
터지기 직전의 심장에 차곡차곡 쌓인 그 망발의 대가를 죽은 수하들의 몫까지 얹어 돌려줄 생각이었다.
"독두마부, 네놈의 마빡은 이제 내 것이다."

뿌드득.

조춘은 이를 갈면서 앞으로 나섰다.

적도에게 빚을 갚기 전에 먼저 쇠뇌부터 처리해야 했다.

그래서 직접 나선 것이다. 독까지 바른 강전의 폭우 속에 수하들을 더 이상 내몰 순 없으니까.

"대주, 저희도 함께 가겠습니다!"

자신처럼 분노한 수하들은 쉽게 물러서지 않았다.

조춘은 폭발 직전의 살기를 숨기지 않고 드러냈다.

"비켜라."

"대주!"

"내가 목책에 올라 쇠뇌를 제압하면 그때 오란 말이다, 이 자식들아!"

불을 뿜는 듯한 조춘의 호통에 결국 화호도수들은 물러설 수밖에 없었다.

딱 한 사람만을 제외하고.

"얼씨구."

검은 무복을 펄럭이며 비장하게 버티고 섰던 조춘.

그의 외눈 꼬리가 와락 하늘로 솟구쳤다.

"얼씨구? 감히 어떤 자식이?"

홱 돌아선 조춘의 독안이 서서히 커졌다.

어느 틈엔가 바닷물이 갈라지듯 양쪽으로 갈라선 화호도수들. 그리고 그 가운데로 검은 피풍의와 흑발을 휘날리며 건

검은 호랑이군단 47

들건들 걸어오는 장신의 청년.

구릿빛 어깨에다 저렇게 건방지게 도를 걸칠 수 있는 사람은 조춘이 알기로 단 한 사람밖에 없었다.

"소… 주……!"

지금껏 어디서 놀다 이제 나타나느냐고 버럭 고함을 질러주고 싶었지만 차마 그러진 못했다.

"때맞춰 오셨군요, 소주."

"내가 원래 시간관념은 칼이지."

충걸은 히죽 웃었다.

입맛을 다신 조춘은 와락 눈을 치떴다.

"지켜보고 계십시오. 속하가 당장 저놈의 목책을 뒤엎어 버리겠습니다."

결의에 찬 조춘의 얼굴을 빤히 쳐다보던 충걸은 전방의 목책을 힐끔 일별한 뒤 다시 조춘을 보았다.

"독두마부 저놈의 마빡이 네 거라며?"

"예에?"

"기껏 달려가다가 독강전 맞고 골로 가버리면 저놈은 누가 잡아?"

"……!"

조춘이 하나밖에 없는 눈을 끔벅였다.

충걸은 그 눈에다 대고 턱짓을 했다.

"비켜."

"소, 소주!"

"목책 뒤엎고 곧장 고루신마 잡으러 갈 테니까, 그때 애들 데리고 와서 쓸어. 독두마부 저놈도."

"그렇지만……!"

조춘은 자신의 수하들이 그랬듯 쉽게 물러서지 않았다.

이어진 광경 또한 비슷했다.

"쳐 맞고 비킬래, 그냥 비킬래?"

횡—

눈 깜짝할 사이에 조춘의 벽이 사라졌다.

훤히 뚫린 길을 충걸이 걸어갔다.

정확히 일곱 걸음을 걸어간 그가 제자리에 멈춰 섰다. 그리곤 가볍게 미간을 좁힌 채 전방을 응시했다.

휘이이……!

바람에 혈향이 묻어오는 장내를 천천히 쓸어보던 충걸의 눈이 어딘가에 머물렀다. 화호도수들의 주검이 싸늘히 식어가고 있는 곳이었다.

"흑천은 빚을 백배로 갚지."

충걸은 어깨에 걸치고 있던 도를 내리며 중얼거렸다.

"고로, 네들은 다 죽었다 이거야."

싸늘한 미소가 얼핏 나타났다 사라진 찰나,

스팟!

충걸의 신형이 꺼지듯 사라졌다.

"헛……!"

긴장한 채 충걸을 주시하고 있던 조춘과 화호도수들의 눈이 찢어질 듯 커졌다. 그 눈에 빨려 들어온 건 충걸이 아니었다.

콰아아아아—

바람, 평원을 가로질러 목책을 향해 돌진하는 무시무시한 검은 바람이었다.

찢어질 듯 눈이 커진 사람은 또 있었다.

"저… 미친……!"

목책을 향해 무섭게 돌진해 오는 미친 인간.

검은 태풍이 몰아치면 저런 광경이 아닐까?

부르르.

적도는 저도 모르게 도끼를 쥔 손을 떨었다.

이십 년 강호 생활에 이런저런 인간을 다 만나보고 죽여봤지만 저런 무식하도록 가공할 신법은 본 적이 없다.

말로만 들어본 신법 하나만 빼고.

"…노호탄주(怒虎彈走)!"

적도는 일그러진 얼굴로 중얼거렸다.

천하에 가장 단순무식하고 빠르다는 검은 호랑이집단의 독문경공.

도왕 장팔봉? 아니면 호왕폭도 장충걸?

콰아아아—

누군지 확인하기도 전에 검은 바람은 눈 깜짝할 사이에 목책 앞으로 육박했다.

퍼뜩 정신을 차린 적도는 악을 썼다.

"쇠뇌를 쏴! 모조리 쏘란 말이다!"

넋을 놓고 있던 혈의인들이 부랴부랴 쇠뇌를 발사했다.

쉐쉐쉐쉐쉐!

순식간에 허공을 뒤덮은 강전의 폭우!

하나 그 절반은 검은 바람의 속도를 따라잡지도 못했고 나머지 반은 검은 바람의 손짓 한 번에 파리 떼처럼 튕겨져 날아갔다.

순간,

"크하아—!"

사나운 포효와 함께 검은 바람이 지면에서 솟구쳤다.

적도는 그제야 보았다. 바람의 진면목, 검은 피풍의를 휘날리며 하늘로 날아오르는 흑발청년의 모습을.

"호, 호왕승천(虎王昇天)!"

적도는 하늘을 보며 정신 나간 사람처럼 중얼거렸다.

단 한 번의 도약으로 십 장이 넘는 목책 위로 날아오를 수 있는 흑천의 신법은 호왕승천뿐이고, 그런 미친 신법을 펼칠 사람은 단둘뿐이다.

물론 적도는 그 둘을 모두 상대하고 싶은 생각이 눈곱만큼도 없었다. 그들을 상대해야 할 사람은 자신이 아니라 장원 안에서 모종의 작업을 하고 있는 고루신마였다.

충걸이 하늘에서 도를 쳐드는 모습을 보자마자 뒤도 안 돌아보고 달아난 이유도 그 때문이었다.

"비켜, 이것들아!"

길을 가로막는 수하들을 닥치는 대로 후려갈기면서 달아나는 적도의 뒤통수에서 벽력같은 포효가 터져 나왔다.

"맹—호—탄—강—!"

쩌적 하는 소리에 적도는 저도 모르게 얼어붙은 듯 멈춰 섰다. 그리곤 천천히 돌아보는 눈에 두 쪽으로 쩍 갈라진 하늘이 빨려 들어왔다.

'헉!'

하늘을 쪼갠 뒤 곧장 목책을 덮쳐 오는 뇌전!

도끼가 백 자루가 있어도 막지 못할 무지막지한 도강이었다.

적도는 재고 자시고 할 것 없이 목책 아래로 몸을 날렸다.

그가 막 떠난 자리에 뇌전이 떨어졌다.

꽈앙—

"으아악!"

쇠뇌에 달라붙어 있던 혈의인들이 사방으로 튕겨져 날아갔다. 그 밑에선 두 쪽으로 나뉜 목책이 드드드 갈라지고 있었다.

끼하앗!

지축을 뒤흔드는 함성.

대기하고 있던 조춘과 화호도수들이 질주를 시작했다.

그와 동시에 쪼개진 목책 끝으로 검은 인영이 날아내렸다.

파락!

곧 무너질 듯 위태로운 목책 위에서 난장판이 된 장내를 오시하던 충걸은 번쩍 눈을 빛냈다.

목책 저 아래, 다리를 절룩거리면서도 기를 쓰고 달아나고 있는 민머리 뒤통수 하나가 빨려 들어온 직후였다.

충걸은 코웃음을 친 뒤 그 자리에서 훌쩍 날았다.

"가긴 어딜 가, 찾는 사람 놔두고?"

순식간에 허공을 가른 충걸의 손이 물고기를 낚아 올리듯 적도의 뒷덜미를 잡아채 내던졌다.

휘익—

"으어어!"

발버둥을 치며 날아간 적도의 몸이 나뒹군 곳은 정확히 무너진 목책 입구.

철퍼덕!

"으으."

허리를 짚고 비틀거리며 일어서던 적도는 곧바로 가슴이 철렁 내려앉았다.

"이노옴—!"

눈알이 하나밖에 없는 또 다른 호랑이 한 마리가 아가리를 쩍 벌리고 달려들고 있었기 때문이다.

"나도 몸 풀러 가볼까."

충걸은 적도를 몰아치는 조춘에게서 눈을 뗀 뒤 돌아섰다.

목책 안쪽, 으스스한 분위기를 풍기는 장원.

그곳 어딘가에 웅크리고 있을 노마물을 잡으러 갈 시간이었다.

장원 안은 밖에서 볼 때보다 한층 더 음침했다.

"분위기 죽여주는군."

충걸은 장원 안을 쓸어보며 혀를 찼다.

괴괴한 안마당을 어슬렁어슬렁 걸어가던 그가 갑자기 걸음을 멈추었다. 안으로 들어갈수록 더욱 짙어지던 사이한 기운. 그 출처는 안채 옆에 자리한 지하 석실이었다.

츠츠츠츠……!

도를 어깨에 걸친 채 버티고 선 충걸과 석실 입구에서 새어나오는 정체불명의 기운이 맹렬한 기 싸움을 벌였다.

충걸은 천천히 입술 끝을 비틀었다.

"나와라."

"……."

정적 속에 정체불명의 기운이 파장을 일으켰다.

다음 순간,

크르르…….

기분 나쁜 음향과 함께 석실 입구가 열리기 시작했다.

석실 입구를 노려보던 충걸의 얼굴이 찰나지간 굳어졌다가 어이없다는 표정으로 변했다.

"뭐야, 이건?"

석실 입구에서 모습을 드러낸 괴영.

현생에서 볼 수 없는 사기를 뭉클뭉클 이끌고 기어나온 그것은 사람이 아닌 강시(殭屍)였다.

그것도 하나가 아니라 무려 다섯.

"크으으."

문드러진 입에서 괴음을 흘리는 강시들.

눈은 죽었는데 몸은 살았다. 뻣뻣한 몸을 가진 일반 강시가 아니라면 생전에 무공을 익힌 자의 주검으로 만든 혈강시가 분명했다.

"죽었다 살아났다더니 아주 골고루 하는구먼."

충걸은 어딘가에서 지켜보고 있을 고루신마에게 콧방귀를 날렸다. 그 와중에도 눈은 슬금슬금 다가오고 있는 강시들에게 꽂혀 있었다.

"네들 팔자도 참 어지간하다."

죽어서도 꼭두각시 노릇을 해야 하는 강시들의 사나운 팔자를 깔끔히 정리해 줘야 할 때였다.

크르르…….

어느 틈에 코앞까지 다가온 강시들이 일제히 도약할 태세를 취한 찰나,

"일단 맛보기로."

충걸은 말이 떨어지기가 무섭게 어깨에 걸치고 있던 도를 벼락같이 쳐냈다.

호왕무적도형의 제일형 노호구타(怒虎毆打).

섬전처럼 뻗어나간 도기가 강시들의 몸을 사정없이 후려갈겼다.

떠더더더덩!

"크으윽!"

저만치 날아간 강시들이 뒤엉켜 나뒹굴었다.

하지만 그들은 곧 비틀거리며 다시 몸을 일으켰다.

살가죽이 터져 나갔을 뿐 멀쩡한 모습이었다.

충걸은 입맛을 다셨다.

"맛보기가 너무 약했나?"

말과 동시에 다시 무식하게 도를 내질렀다.

푸악—

시퍼런 도기의 그물망이 허공을 뒤덮었다.

호왕무적도형의 제이형 만호창망(萬虎創網).

수십 가닥의 도기로 화한 호랑이의 발톱이 강시들의 돌덩이 같은 육신을 꿰뚫었다.

콰콰콰콱—

"크워어억!"

시커먼 피를 뿌리며 날아간 강시들.

"……!"

충걸의 눈빛이 변했다. 팔다리가 날아간 강시들이 어기적거리며 재차 몸을 일으키고 있었던 것이다.

"크으으!"

열받은 강시들이 포효했다.

그와 동시에 다섯 구가 한꺼번에 도약했다.

쉬이익—

썩은 악취가 단숨에 코앞으로 육박해 왔다.

하지만 질세라 훌쩍 솟구친 충걸의 신형은 어느새 강시들의 반대편에 내려서고 있었다.

"본래 박살 내는 게 내 특기다, 이것들아."

생전의 무공을 하는 혈강시는 목이 잘려도 죽지 않는다.

그런 괴물을 제압할 방법은 오직 하나뿐이었다.

"맹—호—탄—강—!"

철탑 같던 목책을 일도에 박살 냈던 무시무시한 파괴력의 재현. 시퍼런 도강지기(刀罡之氣)가 우르룽 하는 벽력음과 함께 강시들을 휩쓸었다.

꽈아앙—

장원 마당이 통째로 날아갔다.

흔적도 없이 박살난 강시들의 육편이 시커먼 먹장구름 속에 뒤섞여 있었다.

폭발음과 먹장구름으로 장원 전체가 휩싸인 그 순간,

쐐액—
"웃!"
섬뜩한 파공음과 짤막한 신음성이 동시에 일었다.
파바박!
먹장구름 밖으로 튕기듯 빠져나온 인영이 있었다.
충걸이었다.
부릅뜬 그의 눈이 천천히 왼쪽 옆구리로 향했다.
"……!"
예리한 칼날에 긁힌 듯한 흔적.
조금만 늦게 피했더라면 긁힌 게 아니라 늑골이 통째로 뜯겨져 나갔을 것이다. 하지만 긁힌 것도 우습게볼 게 아니었다. 상처 부위가 시커먼 독기로 번져 가고 있었기에.
"쿡쿡."
충걸은 괴이하게 웃었다.
웃으면서 도를 들어 곧장 내리그었다.
써억!
살점이 움푹 베여 나간 상처에서 시커멓게 죽은피가 튀었다.
눈 하나 깜짝 않고 옆구리를 지혈한 뒤 충걸은 거칠게 침을 뱉었다. 그리곤 이글이글 타오르는 눈을 들었다.
암습을 노린 장본인의 모습이 동공 속으로 빨려 들어왔다.
"황천 갔다 왔다더니 꽁수만 배우셨나."

나지막한 으르렁거림에 폭발 직전의 살기가 배어 나왔다.
고루신마는 말없이 충걸을 노려보았다.
흰자위뿐인 그의 마안엔 불신의 빛이 번들거리고 있었다.
'어떻게 이런 새파란 놈의 공력이……!'
스치기만 해도 죽는 백골박조를 맞고도 놈은 멀쩡했다.
검은 호랑이의 호신강기 금호산벽(金虎散壁)의 위력.
그 막강한 위력에 놀란 건 이번이 두 번째이다. 물론 첫 번째는 눈앞의 애송이와 같은 피를 가진 인간이었고.
'자식 놈이 특별한 몸뚱이를 타고났다더니……!'
고루신마는 살기와 긴장감을 버무려 독기로 갈았다.
그때 살벌한 음성이 다시 그의 귓전을 두들겼다.
"우리 꼰대가 그러더라고. 삼 년 전엔 딱 이 초만 썼다고."
말을 끝낸 충걸이 발을 박찼다.
스슷!
고루신마가 무릎도 굽히지 않고 뒤로 미끄러졌다.
멈칫한 충걸이 히죽 웃은 순간,
쐐액—
벼락처럼 튀어나간 그는 어느새 고루신마를 베어갔다.
고루신마가 마안을 치떴다.
피할 틈이 없어진 그는 전력으로 백골조를 휘둘렀다.
꽈꽈꽈꽝!
어지럽게 터져 나온 폭음 속에서 두 개의 인영이 튕기듯 갈라섰다.

"이런 젠장."

잔뜩 인상을 구긴 채 입맛을 다신 건 충걸이었다.

맞은편에서 휘청거리고 있는 고루신마는 두어 군데에 혈흔이 내비칠 뿐 여전히 말짱한 모습이었다.

"꼰대가 이 꼴을 보면 아주 좋다고 넘어가시겠군."

아버지 장팔봉과 내기를 하고 온 참이었다.

삼 초 만에 고루신마를 잡느냐 못 잡느냐.

이미 삼 초씩을 주고받았으니 내기는 물 건너간 셈이다.

"쿡쿡."

웃음소린 흘러나왔지만 충걸의 표정은 웃고 있지 않았다.

걸치고 있던 검은 피풍의가 그의 손에 홱 날아갔다. 돌덩이로 빚은 호랑이 같은 얼굴에 뜨거운 기운이 피어오르기 시작했다.

구성으로 끌어올린 호왕천경(虎王天經).

늘어뜨린 흑발이 사납게 펄럭거리고 그 아래로 횃불처럼 타오르는 두 눈이 드러났다.

"……!"

흠칫한 고루신마의 마안이 빠르게 흔들린 찰나,

팟!

누가 먼저랄 것도 없이 동시에 신형을 뽑아 올린 두 사람.

콰앙—

재격돌한 충걸과 고루신마가 회오리를 일으키며 하늘로 솟구쳤다. 검은 천공에서 꼬리를 물고 폭음이 일었다. 끝없이 이어질 것 같던 폭음이 어느 순간 짤막한 단말마로 뒤바뀌었다.

"크윽!"

피보라가 일었다.

시커멓게 죽은피를 뿌리며 날아간 것은 고루신마의 한쪽 팔이었다.

파락!

충걸이 내려섰다.

맞은편엔 잘린 팔을 붙든 고루신마가 비틀거리고 있었다.

"크으으……."

고루신마는 악독한 표정으로 이를 갈았다.

그 살기 띤 시선을 태연히 받아내며 충걸은 턱짓을 했다.

"마무리 짓자고."

그리곤 쾅 하고 발을 굴러 지면에 꽂아 넣었다.

"……!"

지면에 틀어박힌 충걸의 발을 노려보던 고루신마가 다시 충걸의 얼굴을 보았다.

하얀 마안이 번뜩인 순간 그가 쇄도해 왔다.

충걸은 하늘을 쪼갤 듯 도를 높이 쳐들었다.

그 상태로 백골조를 앞세우고 들어온 고루신마를 베었다.

쩌억!

찰나지간 하늘이 시커멓게 변한 듯했다.

역한 악취가 코를 찔렀다.

충걸은 여전히 땅에 발을 틀어박은 채로 철탑처럼 서 있었다.

"냄새 한번 우라지게 고약하네. 퉤!"

충걸은 피가 섞인 침을 뱉었다.

눈앞엔 깨끗이 양단된 고루신마의 시신이 시커먼 핏물 속에 잠겨 있었다.

"이 꼴로 황천에 갔다 다시 돌아왔단 말이지?"

충걸은 가볍게 도를 고쳐 쥐며 중얼거렸다.

그 말을 증명이라도 하듯 으스스한 광경이 펼쳐졌다. 고루신마의 양단된 시신이 다시 붙으려고 기를 쓰고 꿈틀거리기 시작한 것이다.

"지긋지긋한 마물 같으니."

눈을 부라린 충걸은 고쳐 쥔 도를 홱 그었다.

도첨에서 일어난 파란 불꽃이 꿈틀거리는 고루신마의 시신으로 쏟아져 갔다.

화르르!

고루신마의 양단된 시신이 불길에 휩싸인 순간, 소름 끼치는 비명 소리가 불길 속에서 메아리쳤다.

"황천길 꽤나 요란스럽군."

코웃음을 치면서도 충걸은 꼼짝 않고 불길을 노려보았다.
얼마간 이어지던 비명이 서서히 잦아들었다.
마침내 남은 건 구역질 나는 악취뿐이었다.
"퉤."
충걸은 다시 침을 뱉었다. 입맛이 썼다.
바닥에 내팽개친 피풍의를 집으려다 충걸은 멈칫했다. 찡그린 얼굴이 향한 곳은 독기의 흔적이 남은 옆구리였다.
"젠장, 쪽팔리게시리."
갑자기 술이 당겼다.
독기 찌꺼기야 내력으로 청소하면 될 일이지만 쓴 입맛을 달래는 덴 술보다 좋은 게 없다. 기왕이면 화끈한 화주면 더 좋을 테고.
마지막으로 눈도장을 찍듯 장내를 쓸어본 뒤 충걸은 신형을 돌렸다. 도를 어깨에 척 걸치고서 터벅터벅 장원을 걸어 나설 무렵, 때를 맞춰 장원 입구로 우르르 달려들어 오는 이들이 있었다.
"소주—!"
조춘과 일단의 화호도수들이었다.
충걸은 가늘게 눈을 떴다. 조춘의 이마에 도끼에 스친 듯한 상처가 선명했다.
"대머리 마빡에 피가 났으면 그놈은 안 봐도 훤한데."
충걸은 씨익 웃었다.

아무래도 오늘은 화주가 제법 많이 필요할 듯싶었다.
어깨에 걸쳤던 도를 번쩍 쳐들고 기세 좋게 소리쳤다.
"돌아가는 대로 술독 부숴라! 오늘은 전부 먹고 죽는 거다!"
조춘과 화호도수들의 입이 하마처럼 쩍 벌어졌다.

龍虎相搏 용호상박

하남 남쪽의 천중산(天中山).
숲은 숲이되 여느 숲과 다르다.
마치 말로만 듣던 선경지림(仙境之林)을 보는 듯했다.
이슬 머금은 초록 수림이 계곡에서부터 산허리까지 펼쳐지고, 신선이 손수 빚어낸 듯한 새하얀 백무가 수림 전체를 신비로이 감싸고 있다. 맑고 청아한 새소리와 은은한 향기를 머금은 미풍까지 어우러진 풍경은 한 폭의 그림과도 같다.
그러나 이 아름다운 안개 숲에 붙여진 이름이 따로 있다는 것을, 그 이름이 바로 장강 이북 강북무림의 패자를 가리키는 '백림(白林)'이란 사실을 안다면, 하늘이 두 쪽 난다 한들 그 누구도 발을 들이지 않을 것이다.

와룡(臥龍)의 후예들의 산실 백림.

겁없이 침범하는 이가 없으니 백림은 언제나 고요하고 평화로웠다.

그 고요하고 평화로운 숲 속 깊은 곳으로 들어가면 숲이란 말이 무색하게 수십여 채의 전각군이 꽃길을 따라 등장한다.

전각군을 지나 좀 더 안쪽으로 들어서면 오색 무지개가 드리워진 폭포수와 산천어가 뛰노는 연못이 모습을 드러내고, 바로 그 옆에 아름다운 장원 한 채가 자리를 잡고 있다.

신비지림 백림의 주인이자 장강 이북의 최강자인 검제(劍帝) 예정문(芮正紋)과 그의 아들 와룡성검(臥龍星劍) 예국홍(芮國洪)이 기거하는 와룡산장이 바로 그곳이었다.

햇살 나른한 오후.

어디선가 차분한 낭송음이 흘러나오고 있었다.

나른한 오후, 햇살을 더욱 나른하게 만드는 낭송음의 출처는 와룡산장 뒤편의 후원이었다.

"와룡은 근본에 힘을 쓰니 근본이 서면 도가 생겨날 것이다. 건실한 와룡은 언제나 배움에 뜻을 둠이니, 배움에 게으르지 않도록 끊임없이 채찍질을 하라. 와룡의 눈을 멀게 하는 독약이 오직 둘 있으니, 욕심과 집착 대하기를 돌같이 하라……."

후원 한쪽을 병풍처럼 막고 선 절애.

올려다보면 눈이 아찔할 만큼 깎아지른 절벽을 마주 보고 나란히 가부좌를 틀고 앉은 세 명의 백의청년이 있다.

면벽 낭송은 한참 동안이나 이어졌지만 눈을 감고 정좌한 백의청년들의 자세는 조금도 흐트러지지 않았다.

하지만 중천에 떴던 해가 서녘으로 기울기 시작할 즈음, 토씨 하나 틀리지 않던 낭송음이 조금씩 흐트러지기 시작했다.

"끄응······."

급기야 맨 끝에 앉은, 눈매가 다소 고집스런 청년이 찡그린 얼굴로 몸을 뒤척였다.

'정말 미치겠네. 아침부터 밥도 안 먹이고 대체 몇 시진째야?'

청년 마정(馬頂)의 얼굴엔 불만이 역력했다.

곧바로 나직한 호통이 그의 귓전으로 날아들었다.

[마정, 똑바로 하지 못하겠느냐!]

움찔한 마정은 재빨리 자세를 바로 한 뒤 힐끔 곁눈질했다. 반대편 끝에 좌정한 청년의 눈 감은 얼굴에 노기가 서려 있었다.

연대책임으로 면벽참선을 함께 하고 있는 자신의 직속상관 벽룡검주(碧龍劍主) 주문락(周聞樂)이었다.

'쳇!'

마정은 코웃음을 쳤다.

그러자 기다렸다는 듯이 주문락의 준엄한 전음이 다시 들려왔다.

[못난 녀석, 우리가 무엇 때문에 면벽참선을 행하고 있는지 잊었단 말이더냐?]

마정의 얼굴이 붉게 달아올랐다.

'누가 모른대? 밥도 안 먹이고 지겨운 강론만 외고 있으니 갑갑해서 하는 소리지!'

어금니를 깨문 마정은 자신이 이 지겨운 면벽참선을 하게 된 이유를 떠올렸다.

벽룡검사들의 아침 수련 시간, 짝을 지어 비무를 하던 중 호승심을 못 이겨 저도 모르게 검에 살기를 드러내는 실수를 범했다.

예와 법도를 지상과제로 여기는 와룡의 계율은 욕심과 집착을 엄금했다. 호승심을 못 이긴 살기는 욕심과 집착에서 비롯된 대표적인 허물 중 하나였고.

문제는 그 광경이 하필이면 소림주의 눈에 띄었다는 것.

반듯하기로 천하에 이름난 소림주가 계율에 어긋난 행위를 놓칠 리 없었으니, 그 길로 바로 이 지겨운 면벽참선행이었던 것이다.

'젠장, 회룡검으로 옮겨 버리든가 해야지.'

와룡의 후예, 백림의 검단은 모두 세 개다.

벽룡검과 회룡검, 그리고 황룡검.

마정은 주문락이 이끄는 벽룡검 소속 검사였는데, 애초에 그가 원했던 곳은 악보(岳甫)가 이끄는 회룡검이었다. 고리타분한 원칙주의자 주문락과 달리 은근히 다혈질인 악보가 자신과 죽이 잘 맞았기 때문이다.

'악 검주님한테 부탁해서 수를 써봐야겠군!'

결심을 한 뒤 마정은 억지로 계율을 낭송했다. 주문락도 주문락이지만 멀찍이 떨어진 정자에서 책을 읽고 있는 소림주를 의식해서였다.

십 장 밖에 기어가는 개미 소리도 듣는다는 소림주다.

하루면 끝날 면벽참선을 사흘짜리로 불릴 순 없는 노릇이었다.

"욕심과 집착 대하기를 돌같이 하라……!"

마정이 들으란 듯이 목청을 높이고 있을 때였다.

"공자님……!"

어디선가 들려온 꾀꼬리 같은 음성.

마정은 번쩍 눈을 빛냈다.

'소림주의 시비 시아다.'

급 기대에 부푼 마정은 목청을 높이는 한편 잔뜩 청력을 돋우었다.

"무슨 일이냐?"

기품이 묻어나는 누군가의 목소리.

뒤를 이어 시아의 대답이 가물가물하게 들려왔다.

"림주께서 찾고 계십니다."

'옳거니!'

마정은 쾌재를 불렀다.

"아버님께서?"

"정인표국 국주께서 방림하셨는데 림주께서 함께 자리하라 이르셨습니다."

"양명 국주께서 방림을……?"

마정은 속으로 만세를 불렀다. 그러면서 이어 벌어질 정자의 광경을 앞질러 그렸다.

'설마 그냥 들어가지는 않겠지. 후후!'

멋대로 앞지른 추측은 곧 확신으로 변했다.

"바로 따라나설 테니 먼저 들어가도록 하여라."

"네, 공자님."

'그럼 그렇지!'

마정은 서둘러 자세 교정에 들어갔다. 흠 잡을 데 없이 진지한 자세와 표정에다 계율을 낭송하는 목소리에도 짐짓 깨달음의 무게를 실었다.

준비를 끝낸 얼마 후 기다렸던 음성이 들려왔다.

"모두 일어서시오."

미풍을 타고 부드럽게 허공을 울려온 목소리.

부드럽고 온화함 속에 고즈넉이 웅크린 와룡의 기운이 배어난다. 그 기운에 이끌리듯 일어선 세 사람은 돌아서서 포권

지례를 취했다.
 "주 검주."
 "하명하십시오, 소림주."
 "충분한 시간이 되었소?"
 고개를 숙인 주문락이 잠시 사이를 두었다가 굳게 다문 입을 열었다.
 "부끄럽습니다. 스스로를 돌아봄은 눈이나 입이 아닌 마음이거늘, 속하의 마음은 아직 스스로를 돌아보기에 부족할 따름인가 봅니다."
 주문락의 눈은 땅에 못 박혀 있었다. 수하들의 실수는 곧 자신의 부족함이라는 곧은 신념이 그대로 드러난 모습.
 옆에 선 수하 검사의 표정 역시 흐트러짐이 없다.
 내심 얼굴을 구긴 건 마정이 유일했다.
 '부족해? 한나절 동안 면벽참선을 하고도 부족하다고?'
 미치고 팔딱 뛸 노릇이었다.
 예국홍이 예고없이 질문의 대상을 바꾼 건 그때였다.
 "마정, 검에 살기를 담은 이유를 생각해 보았는가?"
 "……!"
 깜짝 놀란 마정은 눈만 끔벅였다. 그사이 예국홍의 질문은 그와 시비를 일으킨 동료 검사에게로 넘어갔다. 동료 검사는 주문락이 그랬듯 담담히 대답을 했고, 덕분에 마정의 얼굴만 시뻘겋게 달아올랐다.

"잊지 말기를 바라오. 욕심과 집착에서 비롯된 호승심으로 쳐낸 검날은 결국 자신에게 되돌아오게 된다는 것을."

부드러움 속에 감추어진 거부할 수 없는 힘이 세 사람의 얼굴을 조용히 들어 올렸다. 그들의 눈에 십여 장 저편, 정자에서 막 책을 덮고 일어서는 백의인영이 보였다.

찰나지간 장내가 환한 빛으로 물드는 듯했다.

분을 바른 듯이 뽀얀 피부에 붓으로 그려낸 듯 또렷한 이목구비.

단정한 눈썹 밑에서 정광을 발하는 두 눈은 깊이를 헤아릴 수 없고, 그림처럼 어울리는 새하얀 백의엔 한 송이 난초가 수놓아져 미풍에 살랑일 때마다 그 향에 취해 눈을 감게 한다.

가히 송옥, 반안의 현생이 아닐까 싶은 절세의 미남.

백림의 작은 주인 와룡성검 예국홍이었다.

"잊지 않겠습니다, 소주."

주문락이 예를 취하자 분위기에 압도된 마정은 덩달아 허리를 숙였다.

다시 고개를 들었을 때 예국홍은 정자에 없었다.

바람을 타고 둥실 미끄러지듯 후원 안으로 사라지는 중이었다.

'젠장, 차라리 몇 대 얻어터지는 게 낫지.'

마정은 가슴을 쓸어내리면서도 불만이었다. 그러다 재빨

리 다시 머리를 흔들었다.

'하루가 멀다 하고 얻어터진다는 무식한 호랑이 동네보다야 그래도 여기가 백번 낫지!'

이래도 불만, 저래도 불만이니 짜증이 치민다. 근엄한 표정으로 앞서 가는 직속상관 주문락을 보니 짜증은 더 커졌다.

일단 검단부터 옮기고 보자고, 마정은 번들거리는 눈빛에 결심을 품었다.

국홍은 이미 짐작을 하고 있었다.

섬서와 하남의 경계 지역에 위치한 정인표국의 국주 양명(楊明)이 백림을 찾은 건 이번이 두 번째였다. 지난번에 왔을 때 인근의 같은 표국인 칠성표국과의 갈등을 토로한 것을 기억하고 있다.

'상황이 심각한 지경에 이른 것이 아니면 좋으련만.'

하지만 불안감은 사실로 눈앞에 드러났다.

한 달여 만에 다시 만난 양명은 멀쩡하던 팔소매 한쪽이 헐렁한 모습이었고, 그런 그의 입에선 울분에 찬 음성이 터져 나왔다.

"화산 속가란 위세를 등에 업은 그자들의 횡포를 더 이상 두고 볼 수 없습니다! 부디 도와주십시오!"

국홍은 조용히 상석으로 시선을 틀었다.

"해답을 구하기가 간단치 않은 상황이로구나."

국홍과 흡사한 외모에 세월과 연륜의 풍모를 더한 백의장년인.

깊이를 가늠할 수 없는 눈빛만으로 장내를 압도하는 그의 이름 앞엔 검제란 별호가 따라붙는다. 와룡의 후예들을 이끄는 백림의 주인 예정문이 바로 그였다.

"이 역시 욕심과 집착이 낳은 부질없는 허물일 터. 세월에 티끌이 많이 묻었구나. 청정도량의 이름마저 욕심의 도구에 지나지 않는 시절이 되었으니."

예정문은 씁쓸한 얼굴로 미간을 찌푸렸다.

여전히 울분을 삭이지 못하고 있는 양명에게 머물렀던 그의 눈길이 조용히 틀어졌다.

"가보겠느냐."

국홍은 담담히 고개를 끄덕였다.

그 모습을 응시하던 예정문이 살짝 목소리에 힘을 실었다.

"쉽지 않을 것이다."

"노력해 보겠습니다."

"욕심에 눈이 먼 소인배는 말보다 검을 두려워하는 법이다."

국홍은 희미하게 미소 지었다.

"때론 열 자루의 검보다 한마디의 말이 두려울 때도 있지요."

그것이 무엇인지는 말하지 않았다.

예정문 역시 묻지 않았다. 담담히 빛나는 눈빛 속에 와룡의 기세를 품은 아들을 조용히 응시할 따름이었다.
'한마디의 말……?'
울분을 삭이다 만 양명 역시 젖은 눈을 끔벅이며 국홍의 얼굴을 뚫어져라 쳐다보고 있었다.

*   *   *

"과연 그들이 움직일까요?"
"움직일 테면 움직여 보라지."
"정인표국과는 차원이 다른 상대입니다, 국주. 와룡의 후예들, 백림이란 말씀입니다."
"흥! 와룡의 후예들이라고 별수있을까. 말로 해서 안 된다고 그들이 우리 칠성표국을 짓밟기라도 한단 말이냐?"
총표두 엽천의 불안감이 역력한 얼굴에다 서문굉은 자신만만하게 눈을 부라렸다. 믿는 구석이 있어서였다.
엽천을 쏘아보던 그가 슬쩍 곁눈질을 했다.
그곳엔 삼십대의 눈매가 날카로운 도인과 그보다 어린 두 명의 도인이 배석해 있었다. 나란히 청강검을 품은 모습이 형체 없는 칼날처럼 예리하기 그지없다.
"하지만 정인표국주가 국주님의 검에 팔을 잃었으니……."

"그래서 그들이 보복이라도 한다고? 할 테면 하라고 해. 이 서문굉이 그리 호락호락하진 않을 테니까."

화산 속가 출신으로 나름 검법에 자신이 있는 서문굉이다.

정인표국 양명에게 계획적으로 도발을 해 그의 팔을 베고 덤으로 표국 이권까지 뺏어온 것도 그런 자신감으로 이룬 결과물이었다.

그렇다고 서문굉은 생각만 해도 등골이 오싹해지는 백림의 와룡과 직접 검을 부딪고 싶은 생각은 눈곱만큼도 없었다.

그들을 상대해 줄 인물은 따로 있었다.

피 같은 돈을 후원금으로 바치고 초빙한 화산파의 검귀들이 있질 않은가?

"백림에서 와봐야 장로급이 올 테지. 집법장로인 사공추나 모용명 정도나 올까."

서문굉의 가늘어진 눈꼬리가 다시 화산파 도인들을 향했다. 특히 삼십대 도인을 곁눈질하는 눈빛엔 강력한 신뢰가 담겼다.

도인의 이름은 무각(武覺).

화산의 일대제자로서 이름 그대로 무공에 대한 깨우침이 남다른 인물로, 화산파의 별이라는 매화신성(梅花新星)의 주인공이 바로 그다.

설마 매화신성이 직접 오리라곤 기대하지 않았던 서문굉으로선 어깨에 힘이 들어간 건 당연한 결과였다.

'일단 상황을 보고…….'

서문굉은 당근과 채찍을 함께 준비했다.

정인표국과의 분쟁을 중재하고자 백림에서 사람이 올 것을 대비, 입이 떡 벌어질 환심용의 예물이 대기 중이다. 만약 당근이 안 먹힌다면 채찍을 꺼내 들고 배짱을 부리면 되는 것이다. 그것도 매화신성이라는 확실하고 강력한 채찍을.

상대가 백림의 장로급이라면 매화신성이 결코 밀리지 않을 것이라는 게 서문굉의 계산이었다. 설혹 밀린다 해도 매화이십사검의 일좌를 차지하고 있는 도웅, 도현이 가세한다면 얘기는 또 달라질 것이고.

거기다 그들과 함께 온 십여 명의 매화검수 또한 표국 안을 든든히 지키고 있질 않은가?

'흥! 한번 해보자고.'

북백림 남흑천의 강호무림.

와룡과 검은 호랑이에 밀려 옛날 같지 않은 정파의 위세지만 그래도 그중에선 남해보타문과 함께 가장 강하다는 곳이 화산이 아니던가.

수년간 암암리에 힘을 비축해 두는 와중에 매화신성이라는 걸출한 물건도 등장했고.

'후후.'

서문굉은 입가에 번지는 웃음을 막지 않았다.

그때 밖에서 누군가 황급히 달려오는 기척이 있었다.

"국주님!"

"무슨 일인데 호들갑이냐?"

총표두 엽천의 호통에 숨넘어가는 대답이 돌아왔다.

"그, 그들이 옵니다!"

"그들이라니?"

"백림! 와룡이 오고 있습니다!"

"뭐야?"

엽천이 서문굉을 홱 돌아보았다.

좌중의 분위기가 얼음장처럼 변했다.

서문굉이 찢어진 눈을 치뜨고 급히 물었다.

"몇 명이냐? 인솔자는 누구냐?"

"그게……"

머뭇거리던 말꼬리가 슬그머니 꼬리를 이었다.

"달랑 세 명입니다만……"

"뭐?"

서문굉은 호통을 쳤다.

"멍청한 놈! 고작 셋이 왔는데 경망스럽게 그 호들갑을 떨었단 말이냐!"

그러나 돌아온 반격도 만만치 않았다.

"하지만 인솔자가 주문락입니다."

"……!"

서문굉은 엽천과 눈을 맞췄다.

두 사람은 동시에 주문락이란 이름의 정체를 상기했다.

"주문락이라면 벽룡검주?"

급히 계산에 들어갔던 서문굉은 다시금 어깨를 부풀렸다.

벽룡검주면 자신이 예상한 장로급과 비슷한 수준인 것이다.

"흥, 그 정도야."

코웃음을 치며 슬쩍 눈꼬리를 틀었다.

변함없이 무표정한 무각의 얼굴.

그것을 자신감으로 읽은 서문굉은 짐짓 호기롭게 웃으며 엽천을 돌아보았다.

"벽룡검인지 창룡검인지 자네가 가서 모셔오라고. 그래도 귀한 손님이 오셨는데 앉아서 맞을 순 없잖은가? 후후."

주문락이 이곳에 들어서면 기가 죽을 것이라는 건 의심의 여지가 없었다.

그러나 잠시 후, 엽천을 따라 주문락이 들어선 순간 서문굉은 예상에 금 가는 소리를 들어야 했다.

"……!"

자리에 앉자마자 주문락과 무각은 팽팽한 기 싸움을 벌였다. 두 사람이 쏘아내는 기파로 허공이 난도질을 당했다. 검만 들지 않았을 뿐 피가 튀는 혈전을 방불케 했다.

그런데 문제는 주문락이 전혀 꿀리지 않는다는 사실이다.

도웅과 도현까지 무각에 합세를 했음에도.

와룡의 후예들

'이거… 내가 잘못 계산한 거 아냐?'

서문굉은 와락 불안해졌다.

지금 당장 삼 대 일로 검을 뽑아도 주문락이 전혀 밀릴 것 같지 않았다.

그래서 당근을 먼저 떠올렸다.

"허허, 오늘 노부의 눈이 호강을 하는군요. 천하를 위진하는 백림의 벽룡검주를 직접 만나게 되다니 말이외다."

적절한 너털웃음의 연출이었다.

분위기를 당근 쪽으로 일단 몰아가기 위한 방책이다.

주문락의 얼굴엔 자연스럽게 득의양양한 웃음이 떠올라야 할 테고.

"과찬이십니다."

눈 하나 꿈쩍 않는 주문락을 보며 서문굉은 입맛을 다셨다.

그리고 다시 주문락이 입을 열었을 때 저도 모르게 엉덩이를 들썩거렸다.

"국주께 전갈을 전하러 왔습니다."

서문굉의 미간이 빠르게 좁혀졌다.

"전갈이라… 하셨소이까?"

"그렇습니다. 본 림의 소주께서 정인표국에서 국주를 기다리고 계십니다."

서문굉은 눈을 끔벅였다.

잘못 들은 것인가 싶어 되물었다.

"누가 노부를 기다리신다고?"

"국주를 청하여 모시고 오라고 소주께서 직접 저를 보내셨습니다."

"……!"

서문굉은 마른침을 삼켰다.

주문락이 말한 소주가 두 명은 아닐 것이다. 자신이 아는 백림의 작은 주인은 '와룡성검' 한 명뿐이었으니까.

서문굉은 저도 모르게 눈을 틀었다.

무각의 얼굴이 곧장 빨려 들어왔다. 자신감의 증거라고 믿었던 무표정이 사라지고 없다. 눈에 띄게 굳어진 표정.

서문굉은 갑자기 오금이 저리는 것을 느꼈다.

"아니, 예 공자께서… 왜 그곳에서 노부를 기다리신다는 것인지……?"

"정인표국의 양 국주와 더불어 인근에서 가장 성공적으로 표국 운영을 하고 계신 분이기 때문이지요."

주문락은 무각과 달리 여전히 무표정을 고수했다.

그가 잠시 끊었던 말을 은근한 힘을 싣고 이었다.

"소림주께서는 두 분 국주와 함께 표국의 운영에 관하여 상의를 하고 싶어하십니다."

"표국의 운영에 관한… 상의?"

서문굉은 자신의 귀를 의심했다.

난데없는 청천벽력이다.

천하의 백림이 설마 표국에 관심이 있단 말인가?

하루아침에 거지로 나앉은 자신의 몰골이 번뜩 눈앞을 스쳤다. 상상은 친절한 주문락의 설명으로 현실이 되었다.

"소림주께서 이곳에서 직접 표국을 운영하실까 고려 중이시기 때문이지요."

'……!'

서문굉은 눈앞이 노래졌다. 뱃속이 메슥거리더니 아침에 꾸역꾸역 쑤셔 넣은 동파육이 거꾸로 올라오려고 요동을 쳐댔다.

원수가 외나무다리에서 만나면 이런 분위기이지 않을까?

정인표국 국주 양명과 칠성표국 국주 서문굉은 자리에 동석하자마자 살기 띤 눈싸움을 벌였다.

그러나 승자는 없었다. 양명은 노기를 억누른 채 눈을 감았고, 거의 동시에 서문굉은 슬그머니 눈을 피했기 때문이다.

그런 두 사람의 귓전을 담담히 두드리는 음성이 있었다.

"이렇게 귀찮은 걸음을 청하여 송구스럽습니다."

서문굉은 얌전히 자세를 취했다.

소문만 듣던 와룡성검을 직접 본 건 이번이 처음이었다.

귀가 따갑도록 접한 풍문의 주인공은 약관의 나이가 무색할 기도를 발산했다. 의지와 상관없이 눈을 내리깔게 되는 것도 그 때문이었다. 어쩌면 뒤에 버티고 있는 검제라는 배경의 압박감 때문인지도 모를 일이지만.

"별말씀을 다 하십니다. 소림주께서 이렇게 불러주시니… 노부는 그저 기쁠 따름이외다."

"국주께서 저를 부끄럽게 만드시는군요."

엷은 미소를 머금은 국홍은 흐트러짐이 없었다.

예와 법도란 이름으로 빚은 조각을 보는 듯했다.

그것이 서문굉을 더 안절부절못하게 만드는 요인이었다.

잠시 침묵이 흘렀다. 무언의 초조감과 긴장감이 짙어가는 가운데 국홍은 입을 열었다.

"평소 표국 운영에 관해 관심이 있었습니다. 아직 아버님께 말씀을 드리진 않았지만 나름의 계획은 세워둔 바 있지요."

"……"

양명은 지그시 눈을 감고 있었고 서문굉은 꿀 먹은 벙어리로 변했다.

"계획은 세웠지만 확신이 서질 않던 차에, 실제 표국의 분위기도 한번 살펴볼 겸 두 분 국주를 모시고 상의도 드릴 겸 이곳에 들렀습니다."

그러면서 국홍은 바람을 쫓듯 창밖으로 눈길을 주었다.

활짝 열린 창으로 넓은 장원 안마당이 한눈에 들어왔다. 삼엄한 기도를 발산하는 백의 무복의 검사들이 정인표국의 표행 마차 주위를 그림자처럼 지키고 선 모습도.

그 광경을 본 서문굉의 눈이 어지럽게 흔들렸다.

'저 무리가 표행을 나간다면… 천하의 산적과 마적들이 모조리 굶어 죽겠구나. 흰옷만 봐도 꼬리를 말고 말 테니.'

한편으론 표행 마차를 삼엄히 지키고 선 흰 옷의 와룡들이, 정인표국을 건드리면 누구든 용서치 않으리란 암중의 경고를 보내는 것 같기도 했다.

서문굉은 질끈 감았다가 뜬 눈을 슬그머니 옆으로 틀었다.

장원 한쪽에 서 있는 청의도인들이 보였다. 하나같이 와룡검사들을 외면하고 있는 그들의 모습에 서문굉의 갈증은 더 심해졌다.

"양 국주께서는 흔쾌히 도움을 주신다 하더군요."

이어진 국홍의 목소리에 갈증은 절정으로 치달았다.

"표국 운영에 문외한인지라 어려움이 많습니다. 모쪼록 서문 국주께서도 도와주시기 바랍니다."

온화한 미소를 머금고 포권을 취하는 국홍.

서문굉은 잔뜩 얼어붙었다. 핏발 선 눈엔 욕심과 집착 대신 불안과 초조가 가득했다. 그런 그가 갑자기 와락 달려가 국홍의 손을 움켜쥐었다.

"소림주, 왜 이러십니까?"

국홍은 묵묵히 미소로 답할 뿐이었다.

바짝 속이 탄 서문굉은 득달같이 소리쳤다.

"내가, 노부가 잘못했소! 정인표국의 이권을 다시 돌려주겠소이다!"

서문굉을 원독에 찬 눈으로 노려보던 양명이 자리를 박차고 일어서려 했다. 하지만 국홍의 시선을 받고 다시 자리에 앉아 질끈 눈을 감고 말았다.

"국주께서도 자리에 앉으십시오."

국홍은 무릎을 꿇은 서문굉의 어깨를 부드럽게 잡아 일으켰다. 내심 버티려던 서문굉은 무형의 힘에 이끌려 자리에 엉덩이를 붙였다.

침묵이 흘렀다.

좌중의 긴장감이 정점에 다다를 무렵 국홍의 음성이 차분히 장내를 울렸다.

"남의 것을 취하면 결국 또 다른 자가 내 것을 취하려는 욕심을 품게 마련입니다. 그것을 인지상정이라 한다 배웠습니다."

"……"

"정인표국의 양 국주께선 다른 것을 원하시는 게 아니지요. 본래 하던 일을 계속하시길 원하는 것입니다. 바로 함께 더불어 살기를 원하시는 것이지요."

양명의 굳게 다문 입이 파르르 떨렸고 서문굉은 땅이 꺼질 듯 한숨을 내쉬었다.

"또한 양 국주께서는 팔을 잃으신 것에 대한 원한도 그냥 잊겠다고 하셨습니다. 표국의 국주이기 이전에 한 사람의 무인으로서 말이지요."

서문굉은 떨군 고개를 들어 양명을 보았다.

노기를 참느라 창백해진 얼굴의 양명은 여전히 눈을 감고 있었다.

서문굉은 다시 한숨을 쉬었다. 결과적으로 따지면 손해를 본 건 양명뿐인 것이다.

"양 국주… 미안하오. 노부를 용서해 주시구려……."

양명의 눈꼬리가 씰룩거렸다.

그가 눈을 감은 채로 뱉듯이 입술을 달싹였다.

"지난일은 이미 모두 지웠소이다."

'……'

두 국주를 주시하던 국홍은 고개를 끄덕였다.

스스로의 말처럼 양명은 표국주 이전에 한 사람의 훌륭한 무인이었다. 자신에게도 깨달음이 적지 않았다.

"주제넘게 중재를 한답시고 왔지만, 두 분께 배움이 적지 않아 기쁠 따름입니다."

국홍은 미소와 함께 자리를 정리하고 일어섰다.

그렇게 막 세 사람이 방을 나서는 순간이었다.

"나는 정리가 되지 않았소이다만."

문밖 대청에서 기다리고 있는 이들이 있었다.

청강검을 품고 서 있는 세 명의 매화검인.

무각의 눈빛은 전에 없이 뜨겁게 이글거리고 있었다.
도웅의 분위기 역시 비슷했고 도현만이 초조한 기색이었다.
"사형, 우리가 굳이 관여할 필요는……."
"사제는 버릇없이 나서지 마라."
도현의 만류는 단칼에 싹둑 베어졌다.
무각이 국홍을 쏘아보며 선고하듯 말했다.
"빈도 명색이 화산인으로서 화산 속가인 칠성표국을 핍박하는 것을 그냥 두고 볼 수만은 없소이다."
일시지간 장내가 얼음장으로 돌변했다.
국홍은 침착히 입을 열었다.
"오해가 있으신 모양이군요. 소생은 정중히 부탁을 드렸을 뿐입니다."
"내 귀엔 핍박으로 들렸소."
"핍박이란, 스스로의 욕심을 위해 다른 이에게 위해를 가하는 행위를 뜻하는 것이지요. 소생은 사리사욕을 위해 두 분 국주를 위협한 적이 없습니다만."
"한 적이 있든 없든 내 귀엔 분명히 그렇게 들렸소."
국홍은 자신의 주장만 밀어붙이는 무각을 묵묵히 응시했다.
무각의 눈에 가득한 건 호승심이란 이름의 또 다른 욕심이었다.

와룡의 후예들 89

'아버님께 장담하였듯 말로써 정리가 되는가 싶더니 이런 황당한 경우가 발목을 잡는구나.'

고민이 아닐 수 없다.

칠성표국과 정인표국의 갈등은 계획대로 검을 들지 않고 해결이 되었다. 그런데 굳이 나서지 않아도 될 인물이 고집을 부리고 있는 것이다. 대화 자체가 불가능한 고집을.

"도장께선 무엇을 원하시는지요?"

국홍은 대답을 듣고 결정하리라 물었다.

"예 소협과 검을 겨루고 싶소."

기다렸다는 듯 돌아온 대답.

예상했던 답이다.

국홍은 마지막 가능성을 포기하지 않고 무각을 응시했다.

"부질없는 겨룸입니다. 길을 비켜주시지요."

"무인으로서 정당히 비무를 요청했소. 지금 빈도를 능멸하겠다는 것이오?"

"……."

국홍은 눈을 감았다.

예와 법도를 근본으로 삼는 와룡의 이름에 능멸이란 단어를 붙이게 될 상황은 전혀 기대하지 않았던 것이다.

그는 지그시 어금니를 깨물고 눈을 떴다.

"와룡은, 하찮은 미물도 능멸하지 않습니다."

무각이 기다렸다는 듯이 고개를 끄덕였다.

"듣던 중 반가운 소리로군. 나갑시다."

바람 소리를 일으키며 무각이 청을 나섰다.

뒤이어 내내 무각의 곁에서 눈에 힘을 주고 있던 도웅이 가볍게 코웃음을 치며 따라나섰고, 마지막으로 도현이 한숨을 내쉬며 그 뒤를 따랐다.

"가관이군요, 명색이 청정도량에서 도를 닦는다는 이들이."

국홍의 뒤에 그림자처럼 시립했던 주문락이 앞으로 나섰다.

형형한 안광에 노기가 역력했다.

"소림주의 손을 더럽힐 일입니다. 속하가 상대하겠습니다."

국홍은 가만히 고개를 저었다.

"그는 나에게 비무를 요청했소. 피한다면 더한 능멸이라 하겠지."

"……!"

주문락은 더 말을 하려다 결국 물러서고 말았다.

그 와중에 양명과 뒤에 서서 그 광경을 지켜보고 있던 서문굉은 조금 전 자신이 국홍의 앞에 무릎을 꿇고 빌었던 것을 살짝 후회하는 중이었다.

'만에 하나 무각이 이긴다면?'

그러면 자신만 바보짓을 한 꼴이다. 아버지의 위세만 믿고 목에 힘을 준 애송이에게 무릎까지 꿇고 싹싹 빌었으니.
'이런 망할.'
할 수만 있다면 다시 방 안으로 들어가서 처음부터 다시 하고 싶었다. 하지만 무각에게 애송이가 깨지는 것을 보고 난 뒤에 해도 늦진 않을 것이다.
그렇게 맘먹은 직후였다.
'헛!'
서문굉은 찢어질 듯 눈을 부릅떴다.
그가 보고 있는 곳은 대청 바닥이었다. 단단한 자단목으로 간 바닥, 정확히 이제 막 국홍이 발을 뗀 그 자리에 손바닥 두 개를 겹쳐도 남을 듯한 족적이 패어 있었다.
서문굉은 대청 밖으로 나서는 국홍의 뒷모습을 뚫어져라 쳐다보면서 중얼거렸다.
"잘못하면… 매화신성의 목이 달아나겠구나……."

휘이이……!
짙은 먼지를 머금은 바람.
흰색과 청색의 무복 자락이 나란히 바람을 맞고 팔랑였다.
긴장된 숨소리가 스며 나온 쪽은 청색의 옷자락, 매화검수들. 그들의 긴장한 손은 무의식중에 검파를 움켜쥐고 있었다.
하지만 그뿐, 옴짝달싹하지 못했다. 맞은편에 대치한 벽룡검사들이 뿜어내는 무형의 압박에 눌린 탓이다.

매화검수들의 불안정한 긴장감은 그들을 등지고 선 무각에게 고스란히 이입되고 있었다.

물론 무각으로선 전혀 달갑지 않은 것이었다.

삼 장의 거리 저편, 국홍의 기운을 받아내기도 버거운 상황이었기에.

'달라졌다. 마치 다른 사람처럼……!'

무표정을 유지하기 위해 안간힘을 썼음에도 무각의 얼굴은 눈에 띄게 일그러졌다.

대청 안에서 볼 때와 변함없는 모습의 국홍.

하나 전신에서 발산되는 태산 같은 기도는 전혀 차원이 다름이다.

'설마… 이 정도일 줄이야.'

의지완 상관없이 점점 호흡이 거칠어진다.

평정심을 잃은 결과였다.

누구도 검을 뽑지 않았지만 이미 승패가 난 싸움이었다.

그러나 무각은 받아들일 수 없었다.

옛날 같지 않은 화산의 위명을 다시 되돌려줄 재목이라고 찬사를 받는 자신이다. 그런 자신의 자존심은 검도 뽑지 않고 나온 결과를 결코 용납할 수 없었다.

'나는, 지지 않는다!'

흔들리던 무각의 눈이 이질적인 기운으로 번뜩이는 것을 국홍은 보았다. 얼음장도 태워 버릴 듯한 살기였다.

'평정심을 잃었구나.'

악화일로의 상황이었다.

맹목적인 호승심에서 비롯된 살기는 평정심의 검을 이길 수 없다. 하늘이 무너진다 하여도.

자신이 본 무각은 능히 깨달음을 얻을 수 있는 인물이었지만 결국 마지막 벽을 넘지 못했다. 국홍은 여기에서 그만두자고 입 안에서 맴돌던 전음을 씁쓸히 허공으로 흩었다.

현재의 무각에겐 오히려 살기에 불을 지피는 결과가 될 뿐일 테니.

더 이상 고민의 여지도 선택의 여지도 없다.

마음을 정리할 무렵 무각이 먼저 검을 뽑았다.

스릉!

평정심만 갖추었으면 나무랄 데 없을 기수식.

어디선가 독기를 머금은 매화향이 번져 오는 듯했다.

국홍의 호흡은 잠든 아기처럼 평온했다.

육성의 힘을 드러낸 와룡기천(臥龍氣天)은 이미 용천검식(龍天劍式)을 시전할 준비가 되었다. 시작은 발검으로부터 비롯될 것이다.

파앗……!

코끝을 자극하던 비릿한 향이 마침내 형체를 드러냈다.

가시덤불처럼 전신을 할퀴어오는 매화의 무리.

국홍은 검파에 걸린 손가락을 튕겼다.

슈팟―

일파, 이파, 삼파, 매화 군락을 쓸어가는 세 가닥의 백색 섬광.

천하에 어느 검공의 빠르기도 따르지 못한다 했다.

와룡산경, 와룡상인, 와룡산산으로 이어진 삼파쾌섬이 스친 곳에 산산이 찢긴 매화 이파리가 흩날렸다.

"후욱!"

무각의 일그러진 얼굴을 보았다.

핏기가 가신 얼굴에 남은 건 주체할 수 없는 살기.

국홍이 한숨을 뱉은 찰나 무각의 괴성이 덮쳐 왔다.

"으아아!"

일보에 삼 장을 건너뛴 무각의 검에서 어지러운 살화(殺花)가 너울거렸다. 하나 단 한 송이 죽음의 꽃도 국홍의 용영신보(龍影神步)를 쫓지 못했다.

악에 받친 살화의 군락 속에서 한 마리 와룡이 하얀 날개를 펼치고 춤을 추었다.

"으아아아―!"

꽃의 몸부림이 거세어졌다.

또 다른 한 무리의 매화가 기습적으로 살기를 보탠 건 그때였다.

"안 돼, 도옹―!"

"이익! 죽엇!"

세를 더한 매화검무.

살기로 빚어 만개한 매화의 향은 비리고 음험했다. 퇴색한 향은 온화하고 부드러운 용의 춤사위를 악착같이 할퀴고 들었다.

순간 와룡이 춤을 멈추었다.

기회를 잡고 득달같이 몰려든 꽃송이들, 그들을 향해 용이 새하얀 불을 뿜었다.

쩌어엉!

"크윽!"

"컥!"

잿더미로 화한 꽃송이들이 두 가닥의 신음을 남기고 자취를 감추었다.

"우웩!"

부러진 검을 짚은 채 무릎을 꿇은 무각이 검은 피를 토했다.

국홍은 나직이 한숨을 흘리며 검을 갈무리했다.

검신에 공력을 실어 후려치는 것은 검첨으로 찌르는 것보다 훨씬 어려웠다. 무각의 내상이 가볍진 않아 보였지만 그나마 가슴에 혈흔이 내비치는 것 외엔 별다른 외상이 없는 것이 다행이었다.

문제는 예고 없이 싸움에 가세한 무각의 사제 도웅이었다.

"도웅! 정신 차려!"

그는 도현의 품에서 죽은 듯이 늘어져 있었다.

중한 내상을 말해주는 시퍼런 얼굴에다 늑골이 드러날 만큼 외상도 깊었다. 국홍은 일보에 도현의 곁으로 날아갔다.

"잠시 비켜주시겠소?"

도현이 입술을 깨물고 물러났다.

국홍은 즉시 도웅의 맥을 짚었다. 미약하나마 맥이 뛰고 있었다. 곧바로 명문혈로 내력을 주입하자 퍼렇게 얼어붙었던 얼굴에 서서히 핏기가 돌아오기 시작했다.

"소림주, 이제 제가……."

어느 틈에 다가온 주문락의 손엔 금창약과 면포가 들려 있었다. 국홍은 대답 대신 금창약과 면포를 받아 들고 도웅의 외상을 직접 치료했다.

"기혈이 제자리를 잡긴 했지만 절대 안정이 필요할 것입니다."

국홍은 도현에게 도웅을 넘기며 말했다.

적의를 품었던 도현의 눈빛이 누그러졌다.

"…고맙습니다."

국홍은 고개를 숙여 답례하고 돌아섰다.

등 뒤로 도현의 나지막한 목소리가 들려왔다.

"도웅의 일… 대신 사과드리겠습니다."

멈춰 선 발길이 무거워졌다.

국홍은 짤막히 숨을 뱉은 뒤 다시 발길을 옮겼다. 사제들의 부축을 받고 있는 무각 쪽이었다.

강렬한 적의를 품고 노려보던 매화검수들이 무각을 가로막고 섰다. 그러나 국홍의 흔들림없는 눈빛을 이기지 못하고 결국 뒤로 물러섰다.

"상세는 어떻습니까."

한 사발의 검은 피를 토한 것으로 무각의 이성을 마비시킨 살기가 남김없이 비워졌길 바라는 마음이었다. 그러나 무각의 독기 어린 얼굴을 본 순간 국홍의 바람은 씁쓸히 허공으로 흩어졌다.

"이 빚을… 잊지 않을 것이다… 쿨럭……!"

아직 검은 피는 남아 있었다. 원독에 찬 살기도 여전히.

더 이상 얘기를 나눈다는 건 부질없음이다.

국홍은 한마디만 남기고 자리를 물러섰다.

"살기에서 자유로운 비무라면 언제든 소생도 마다하지 않겠습니다."

무각의 깨달음을 위한 마지막 한마디.

그 역시 부질없었다.

먼 산을 노려보는 무각에게 포권을 한 뒤 국홍은 돌아섰다. 한쪽에서 지켜보고 있던 양명이 서둘러 달려왔고, 그 뒤를 서문굉이 잔뜩 기가 죽은 얼굴로 따라붙었다.

"허허… 과연 명불허전, 와룡성검이시오."

양명은 매화검에 한쪽 팔을 잃은 원을 깨끗이 털어버린 듯 너털웃음을 흘렸다. 그의 소매를 허전하게 만든 장본인 서문 굉은 웃는 것도 우는 것도 아닌 얼굴로 국홍의 눈치를 살폈다.

"두 분의 표국, 창성하시길 바랍니다."

"벼, 벌써 가시려고……?"

더듬거리며 묻는 서문굉에게 희미한 미소를 남긴 채 국홍은 신형을 돌렸다.

휘이이…….

바람이 불었다.

한 올의 먼지를 찾아볼 수 없는 정(淨)하고 고즈넉한 바람이었다.

국홍과 주문락, 그리고 정연히 열을 지어 그 뒤를 따르는 벽룡검사들이 바람 속으로 걸어갔다.

"화산의 위명을 되찾을 별이라고 떠받들던 인물이 장난처럼 깨졌으니… 존심 강한 장문인이 방방 뛰겠군."

서문굉은 바짝 마른 입술을 축였다.

그가 알기로 화산 장문 태천 도장은 '북백림남흑천'으로 불리는 작금 무림의 현실을 가장 고까워하는 인물 중 하나였다.

"그래 봐야 뾰족한 수는 없겠지만."

본산에서 어떤 지령이 와도 서문굉은 동참하고 싶은 생각이 눈곱만큼도 없었다.

그 계기를 제공한 장본인들, 새하얀 백의를 팔랑이며 걸어가는 한 무리의 와룡이 잔뜩 가늘어진 그의 눈에서 멀어져 가고 있었다.

龍虎相搏 용호상박

"할아버지, 강호무림에서 가장 강한 사람은 누구인가요?"

또랑또랑 울려 퍼진 소동의 목소리에 소란스럽던 무창제 일루가 조용해졌다. 소동과 마주 앉은 초로의 노인이 빙긋이 웃으며 입을 열었다.

"가장 강한 사람이라? 옳거니, 십오존(十五尊)을 꼽을 수 있겠구나."

"한 명이 아니라 열다섯 명인가요? 그들이 누군데요?"

반문하는 소동의 눈이 반짝였다.

어느새 객잔 내의 중인들도 호기심에 찬 이목을 만담노소(漫談老小)에게 집중시키고 있었다.

"전통의 구파와 남해보타문의 장문인, 그리고 오대세가의 가주들이 바로 그들이란다."

"아항, 그래서 열다섯 명이군요? 그럼 그 십오존은 모두 실력이 비슷한가요?"

"흠, 난감한 질문이로군. 전통으로 말하자면 소림과 무당이 으뜸이겠으나, 본래 무공이란 익히는 사람의 자질에 따라 다른 법이라 딱히 누굴 꼽기가 곤란하구나."

"그래도 굳이 꼽자면 소림과 무당의 장문인이 가장 강하단 말씀이신 거죠?"

고집스럽게 답을 요구하는 소동의 질문에 노인이 설레설레 머리를 저었다..

"허어, 그 녀석 하곤. 엄밀히 말하자면… 현재로선 화산과 보타문 장문인이 그중 가장 낫다 할 수 있겠지."

"아, 그렇군요. 화산과 보타문 장문인이 최강인 거군요!"

소동이 손뼉을 딱 마주치며 소리쳤다.

객잔 내 대부분의 중인들이 고개를 끄덕였다. 노인의 말은 어김없는 사실이었기 때문이다.

그때 노인이 웃으며 고개를 저었다.

"아직 아니다, 인석아. 그건 어디까지나 중원무림만을 얘기했을 경우고, 세외로 나가면 그에 못지않게 강한 이들이 또 있단다."

"정말요? 그게 누군데요?"

"바로 세외사마(世外四魔)라 불리는 자들이지."

갑자기 객잔이 조용해졌다.

소동이 겁먹은 얼굴로 노인에게 물었다.

"사마라면 모두 나쁜 사람들인가요?"

"흔히 그렇게 알려져 있지만 할아비도 이름만 알 뿐 직접 본 적은 없으니 뭐라 말할 수가 없구나. 서장 홍교의 혈륜법왕, 북녘 달단의 천사혈랑, 요동의 동해용왕, 그리고 저 머나먼 천산(天山)의 명왕신교 교주가 바로 세외사마이지."

"왜 다른 사람들은 이름이 있는데 명왕신교 교주만 이름이 없나요?"

"정체가 밝혀지지 않았기 때문이란다."

소동이 고개를 갸웃했다.

"그럼 그 세외사마가 중원무림의 십오존보다 더 강한가요?"

"흠, 글쎄다. 그럴지도 모르지."

소동이 골똘히 생각에 잠겼다.

호기심에 찬 장내의 이목 속에 소동이 걱정스런 표정으로 노인에게 물었다.

"그럼… 세외사마가 한꺼번에 침공하면 중원무림이 위험할 수도 있겠군요?"

노인이 껄껄 웃으며 소동의 머리를 쓰다듬었다.

"할아비가 보기에 그럴 일은 없을 것 같구나."

"어째서요?"
"중원무림엔 십오존만이 있는 게 아니니깐 말이다."
"아니면요?"
"남왕(南王)에 북제(北帝)라, 장강 이남엔 도왕과 검은 호랑이들이 버티고 있고 장강 이북엔 검제가 이끄는 와룡의 후예들이 웅크리고 있으니 그 누가 감히 중원무림을 넘볼 수 있겠느냐? 허허."
"아항!"
소동이 반색하며 손뼉을 쳤다.
"그렇다면 강호무림에서 가장 강한 사람은 바로 도왕과 검제이군요!"
노인이 미소로 대답을 대신했다. 그들의 얘기에 귀를 기울이고 있던 중인들 역시 당연하다는 듯 앞 다투어 고개를 끄덕였다.
"그렇단다. 강호무림의 최강자는 바로 도왕과 검제이지."
노인이 머리를 쓰다듬자 소동이 다시 눈을 반짝였다.
"할아버지, 그런데 흑천의 호랑이와 백림의 와룡은 왜 그렇게 서로 못 잡아먹어 안달인 걸까요?"
"허허, 세상천지가 다 아는 걸 몰라서 묻느냐? 물과 기름이 사이가 좋을 순 없지. 하늘이 점지한 앙숙이란 바로 용호를 두고 하는 소리가 아니겠느냐."
"음… 그들이 천하에 둘도 없는 앙숙이 된 특별한 사연이라도 있나요?"

"사연이라……. 태어나면서부터 물과 기름으로 태어났는데 무슨 사연이 필요할까. 태생 자체가 상극이지. 만나면 무조건반사로 으르렁거리는 태생적 앙숙이라 해야겠구나."

"태생적 앙숙? 음, 하긴 용과 호랑이가 사이좋게 손잡고 뛰어놀 사이는 아니죠. 헤헤."

배시시 웃는 소동에게 노인이 머리를 끄덕여 보였다.

"용호가 동시대에 났다는 것 자체가 공교로운 노릇이지. 게다가 작은 용과 작은 호랑이가 모두 천골무재지체를 타고 난 것까지도 말이다. 그들 덕분에 오히려 강호가 평화로운 호사를 누리고 있긴 하지만. 허허……."

"용이 없었으면 호랑이의 세상이 되었을 테고, 호랑이가 없었으면 용의 천하가 되었겠군요."

해맑은 소동의 웃음을 끝으로 만담은 끝을 맺었다.

하지만 만담노소가 떠난 객잔은 그들이 남긴 안줏거리로 한층 더 시끌벅적해졌다.

"이봐, 자넨 누구 편이야? 백림이야, 흑천이야?"

"나? 딱 보면 몰라? 내 성질엔 화끈한 호랑이가 짱이지!"

"쯧쯧, 그럴 줄 알았다. 단순무식한 성질이 어디 가겠어?"

"큿! 그렇게 지껄이는 네놈은 고리타분한 와룡이 좋다고 할 좀팽이지."

"뭐, 고리타분? 네놈은 예의법도하고 고리타분한 거하고 구분도 못하냐? 하긴 아는 거라곤 무식밖에 없는 놈이 예의법도를 알 리가 없지. 흥!"
"뭐야? 너 지금 말 다 했어?"
"다 했다. 어쩔 테냐?"
"이놈의 좀팽이 같은 자식이!"
퍼억!
쿠당탕탕!
난리가 벌어졌다.

금방까지 정겹게 술잔을 나누던 두 친구가 박 터지게 치고받고 싸움을 붙었건만 다른 이들은 거들떠보지도 않았다. 싸우거나 말거나 저마다 목소리를 목청껏 높여 얘기 나누기에 바빴다.

모르는 이가 보면 황당하다 하겠지만 아는 이들은 아무렇지도 않게 여길 풍경이다.

장강 이남과 이북을 경계 짓는 완충지로서 중요한 거점인 바로 이곳 무창, 그 무창의 대표적인 객잔 무창제일루에선 어느덧 일상사가 돼버린 풍경인 것이다.

강북과 강남의 완충지 역할을 하는 지역이다 보니 와룡과 검은 호랑이들의 직접적인 충돌은 흔하지 않았지만 그 대신 용호를 각기 지지하는 이들의 투덕거림은 하루가 멀다 하고 일어났다.

막 치고받던 두 친구가 점소이들에 의해 밖으로 끌려 나간 뒤에도 두어 차례의 싸움이 더 있었다.

모두 같은 주제였다. 용이 세냐, 호랑이가 더 세냐?

그 와중에 다른 자리에선 조금 다른 주제로 술안주를 삼는 치들도 있었다.

"아무리 수장들이 상극이라 하더라도 말이야, 밑의 수하들까지 앙숙처럼 으르렁대는 건 이해가 안 간단 말이지. 걔들은 그냥 웃으면서 지낼 수도 있잖아?"

"쯧쯧, 그건 네 생각이고. 용호가 강호를 양분한 지 벌써 십 년이다. 그 세월이면 밑의 똘마니들도 고스란히 우두머리의 성정을 빼다 박기에 충분한 시간이란 말이야."

"아무리 그래도 그렇지."

"뭐가 그래도 그렇지야? 머리가 있으면 생각 좀 해보라고. 너 같은 좀팽이 같으면 단순무식한 우두머리 밑에서 밥 먹고 살겠냐? 아마 하루도 못 배기고 곡소리를 낼걸."

"······!"

"결국 그 나물에 그 밥이다 이거야. 붙어살다 보면 몸통이나 꼬리는 자연스럽게 대가리를 닮게 되어 있다 이 말이다."

"흠, 그 말에도 일리가 있긴 한데… 그래도 그중엔 궁합이 안 맞아서 속으로 골병든 치들도 없진 않겠지?"

"아예 없진 않겠지. 그래 봐야 일부에 불과하겠지만."

"당연히 그래야겠지. 골병든 치가 많으면 딴마음을 먹게 마련일 테니. 그게 인간의 속성이잖아."

"속성 같은 소리 하고 앉았네. 칼 같고 빈틈없는 와룡에다 무식하고 포악한 호랑이 밑에서 어지간히 딴마음 먹겠다. 딴마음의 딴 자만 꺼내도 바로 제삿날이지."

"하긴 그것도 그러네. 흐흐."

"그나저나 따분하다, 따분해. 왜 이리도 시간이 안 가는지 원, 젠장. 아직도 두 달이나 더 기다려야 한다니."

"두 달? 두 달 뒤에 뭐가 있는데?"

따분하다고 인상을 구기던 친구가 어이없다는 표정을 지었다.

"이봐, 구경 중에 제일 재밌는 구경이 뭐야?"

"그야 싸움 구경이지."

"천하에 가장 재미있는 싸움 구경은?"

"……!"

뒤늦게 맞은편의 사내가 와락 눈을 치떴다.

"뭐야? 벌써 두 달밖에 안 남은 거냐?"

"쯧쯧. 느리다, 느려."

때를 맞춰 객잔 여기저기서 동시다발의 외침이 터져 나왔다.

"용호지쟁!"

남북의 두 앙숙 백림과 흑전이 일 년에 한 번씩 정기적으로 무창에서 힘겨루기를 벌이는 비무대회이자, 천하제일의 구경거리인 용호지쟁(龍虎之爭)!

운명의 그날이 어느덧 일 년을 훌쩍 넘어 두 달 뒤로 다가

온 것이다.
"가만, 지금까지 전적이 어떻게 되지?"
"작년에 흑천이 졌으니까 백림이 승을 하나 앞서지."
"흐흐, 검은 호랑이들이 바짝 독이 올랐겠구나. 올해는 정말 볼만하겠는데."
"어차피 한 해씩 이기고 졌으니 올해는 흑천이 이기겠군. 두고 봐라. 아주 화끈하게 박살을 낼 테니까."
"흥, 어림도 없는 소리! 와룡은 놀고 있다더냐?"
아연 열띤 응원전이 객잔에 펼쳐졌다.
고성이 오가고 한쪽에선 다시 싸움도 붙었다.
그때였다.
우당탕탕!
객잔 안의 소란을 단숨에 잠재울 기세로 뛰어들어 온 인영이 있었다. 거지 중의 상거지 몰골을 한 텁석부리 사내였다.
중인들의 놀란 시선을 한 몸에 받은 그가 두 팔을 번쩍 쳐들고 소리쳤다.
"붙었다! 용호가 붙었다아—!"
"……!"
중인들의 눈이 퉁방울로 변했다. 다음 순간 누가 먼저라 할 것 없이 자리를 박차고 일어선 그들이 한꺼번에 우르르 객잔 입구로 내달렸다.
"꾸에엑!"

홍분한 들소 떼에게 짓밟힌 상거지의 비명이 요란스레 메아리쳤다.

객잔 밖에는 십여 명의 무림인들이 살벌한 눈싸움을 벌이며 대치 중이었다.

각기 칠팔 명의 인원인데, 한쪽은 단정하고 반듯한 백의 무복 차림에 검을 찼고, 한쪽은 시커먼 흑의에 도를 쥐었는데 거칠고 왈패스런 분위기를 물씬 풍겼다.

극단적으로 대조적인 분위기를 연출하는 두 패의 무림인들을 순식간에 몰려나온 중인들이 까맣게 에워쌌다. 모처럼 직접 보는 두 앙숙의 대치 상황에 잔뜩 홍분한 그들의 얼굴이 벌겋게 달아올랐다.

술렁이던 장내가 고요해졌다.

일촉즉발의 침묵을 먼저 깬 건 백림의 와룡들이었다.

"쓸데없는 시비와 분란은 원치 않소. 길을 비키시오."

'오, 저 점잖고 품위있는 와룡의 기개!'

백림을 지지하는 군웅들의 소리없는 환호가 일었다.

"비켜? 이런 싸가지없는 친구들을 봤나? 지금 길을 처막고 있는 게 누군데 길을 비켜라 말아야?"

'오옷! 저 화끈한 호랑이의 강짜!'

이번엔 흑천 골수 지지자들의 열렬한 환호.

그러다 양측 지지자들은 나란히 혀를 찼다.

'쯧쯧, 이번에도 유치하게 길 막기 싸움이구먼!'

그러면서도 잔뜩 치켜뜬 두 눈엔 흥미와 호기심이 가득했다. 원인이야 유치하건 말건 중요한 건 과정과 결과인 것이다.

'붙어라, 붙어!'

양측 지지자들의 소리없는 응원에 힘입어 분위기는 더욱 험악해져 갔다.

"매번 백림은 양보를 해왔소. 하지만 이번은 얘기가 다르오. 엄연히 우리가 먼저 들어선 길을 그쪽이 막아선 것이 아니오?"

"양보? 먼저 들어서? 큭, 번데기 옆구리 터지는 소리 하고 자빠졌네. 어떤 인간이 그러디? 네들이 먼저 왔다고? 우리가 먼저야, 씨팔!"

흑천의 무사들을 대표한 주먹코 호랑이가 사납게 눈을 부라리고 으르렁거렸다. 백림 측을 대표한 점박이 와룡 역시 물러서지 않았다.

"경고하겠소. 말조심하시오."

주먹코 호랑이가 눈을 치떴다가 이내 히죽 웃었다.

"뭐라, 경고? 야, 들었냐? 반듯하신 와룡께서 경고라신다."

"푸하하하!"

흑천 무사들이 일제히 앙소를 터뜨렸다.

반면 백림 측의 분위기는 얼음물을 끼얹은 듯 싸늘하게 변했다.
 웃음을 뚝 그친 주먹코가 점박이를 잡아먹을 듯이 노려보았다.
 "어이, 좋은 말로 할 때 돌아가라. 앙?"
 점박이는 꿈쩍도 하지 않았다.
 그의 입에서 품위를 잃지 않은 마지막 경고가 흘러나왔다.
 "분란을 자초하겠다는 것이오?"
 주먹코의 눈에서 불똥이 튀었다.
 "이것들이 매를 버는구나."
 툭!
 주먹코가 차고 있던 도를 땅바닥에다 집어 던졌다.
 나머지 패거리가 기다렸다는 듯이 뒤따라 도를 집어 던졌다.
 "아주 뼈마디를 발라주마."
 우두둑! 뚜둑!
 주먹코를 위시한 흑천 호랑이들이 공권(空拳)으로 흉흉한 기세를 발산할 무렵, 점박이를 비롯한 백림 측 검사들이 수중의 검을 바닥에 내려놓았다.
 "후회하게 될 것이오."
 공권으로 마주 대치한 와룡에게서 만만찮게 삼엄한 기세가 피어올랐다. 장내가 급속히 전운에 휩싸였다.
 "후회는 개뿔!"

주먹코가 버럭 고함치며 선방을 날렸다.

그것이 시작이었다.

"와아! 백림! 백림!"

"흑천! 흑천!"

지지자들의 열광적인 응원 속에 장내는 아수라장으로 돌변했다. 말이 아수라장이지 일반인들의 개떼 싸움과는 차원이 다른, 넓은 대로가 뒤집힐 지경의 무지막지한 집단 공권박투였다.

우지끈! 쿵쾅!

그나마 완충 지역에서는 병장기로 맞서지 않는다는 암묵적인 합의가 있었기에 망정이지, 그렇지 않았다면 아예 피바다가 됐을 난리였다.

*   *   *

"그래서 어떻게 되었소?"

국홍은 뒷짐을 지고 땅거미 진 창밖을 응시했다.

평소에 없이 냉막한 표정이었다.

뒤쪽에 고개를 숙이고 시립한 백의검사들 중 볼에 큰 점이 있는 청년이 대답했다.

"결국 그자들의 도발을 참지 못하고 그만……."

"……."

국홍의 침묵은 중압감을 배가시켰다.
"백림의 이름에 누를 끼친 속하들을 벌해주십시오."
털썩……!
옷자락 날리는 소리가 일었다.
국홍은 천천히 신형을 돌려세웠다.
무릎을 꿇은 점박이와 동료 검사들.
수하들의 부서지고 깨진 몰골을 응시하는 얼굴에 희미한 노기가 어렸다.
"인내하여 명예를 지킨다는 것은 분명 쉽지 않은 일이오. 그러나 그 쉽지 않은 일을 해내는 것이 또한 참된 무인의 도리이자 근본이오."
"……."
고개 숙인 수하들의 처진 어깨가 눈을 찔렀다.
국홍은 나직이 숨을 뱉은 뒤 시선을 틀었다. 굳은 얼굴의 주문락이 시선을 받고 머리를 숙였다.
"수하들을 제대로 다스리지 못한 속하의 불찰입니다. 제가 책임을……."
"한 달간 외출 금지령을 내리도록 하시오."
흠칫 고개를 든 주문락. 놀란 기색이 역력한 그 얼굴을 못 본 척 국홍은 다시 뒷짐을 지고 창밖을 응시했다.
그 모습을 한동안 바라보던 주문락은 눈짓으로 수하들을 내보냈다. 수하들이 모두 나가고 난 뒤 국홍의 뒤로 다가가 시립했다.

"소주, 벌칙이 약소합니다."

마땅히 더 무거운 벌칙이 따라야 한다는 것이 주문락의 생각이었다.

그의 눈이 슬며시 커졌다.

국홍의 어깨 너머로 가벼운 웃음소리가 들려온 뒤였다.

"한 달 외출 금지면 충분하오. 내력을 쓰지 않고 정정당당히 맨주먹으로 맞붙었다 하질 않소."

"하지만……."

"물론 진짜 칼부림이었으면 얘기가 달라졌겠지만."

국홍이 돌아섰다. 입가에 엷은 미소가 어렸다.

"포악무도한 호랑이에게 당하고 살 수만은 없질 않겠소? 얌전한 용도 가끔씩은 성질이 있다는 걸 보여줄 필요도 있지."

"……!"

"기왕 보여줄 바엔 이기는 것이 좋을 테고."

주문락은 국홍의 보일 듯 말 듯한 미소를 뚫어져라 쳐다보았다.

세상 사람들은 백림의 와룡이 고리타분하다 말하지만 자신의 생각엔 어림 반 푼 어치도 없는 소리였다.

눈앞에 있는 국홍만 해도 언제든 하늘로 승천해 무시무시한 포효를 터뜨릴 능력을 지닌 잠룡이었다. 약관에 불과한 그에게 충복이 되고자 한 뜻도 그 때문이었고.

"명심하겠습니다."

주문락은 깍듯이 예를 취한 뒤 문을 나섰다.

그가 떠나고 남은 정적이 창밖을 응시하는 국홍의 뒷모습으로 내려앉았다.

"두 달이구나."

시간은 빨랐다.

쏜살과 같은 시간을 타고 갔다가 어느새 다시 돌아와 코앞에서 대기 중인 문제의 연례행사.

'용호지쟁……!'

두 앙숙 집단의 호승심이 한껏 치솟을 시기였다.

이번처럼 쓸데없는 다툼을 방지하기 위해서라도 당분간 수하들의 외출을 자제시키는 것이 좋으리란 생각이었다.

'인의와 자비는 검인(劍人)의 도리다. 정녕 피할 수 없는 경우에만 검을 뽑아야 한다. 그러나… 정녕 피할 수 없어 검을 뽑은 승부에서는 반드시 이겨야 한다. 그것이 또한 검인의 도리……!'

국홍은 점박이의 얼굴을 떠올렸다.

그의 말로는 지지는 않았다고 했다.

그 말은 곧 비겼다는 의미.

'……'

가슴이 뜨거워졌다.

소리 죽여 뱉어낸 숨에 후끈한 열기가 묻어 나왔다.

국홍은 호흡을 가다듬으며 하늘을 응시했다. 둥실 떠오른 달이 웃고 있었다. 문득 달 위로 누군가의 선 굵은 얼굴이 겹쳐진 순간 국홍은 눈빛을 굳혔다.

"어이, 확실하게 준비하라구. 작년 빚까지 얹어서 이번엔 아주 박살을 내줄 테니까. 핫핫!"

국홍은 지그시 어금니를 깨물었다.
피할 수 없는 싸움은 지지 않는다는 것이 도리라 했다.
반듯하고 고리타분한 용일지언정 자존심은 누구에게도 뒤지지 않는다.
"특히 그대와 같은 무뢰배에게는."
국홍은 손가락을 들어 검처럼 허공에 그었다. 앙소를 터뜨리던 장충걸의 얼굴이 사라지고 달이 제 모습을 찾았다.
달빛을 품은 국홍의 눈에는 평소에 볼 수 없던 신광(神光)이 어른거렸다.
"아버님께 상의를 드려보아야겠구나."
모종의 결심을 내렸다.
하지만 독단적으로 결정할 사안이 아니었다.
탁.
창문을 닫은 국홍의 신형이 소리없이 방을 나섰다.

예정문의 거처에는 두 명의 인물이 먼저 와 있었다.

예정문의 동생이자 백림의 수석장로 직을 맡고 있는 예중악(芮仲岳)과 집법장로인 사공추(司空秋)였다.

예중악은 예정문이나 예국홍과는 외모가 별로 닮지 않은 편이었다. 외모뿐만 아니라 성격도 판이했는데, 예정문 부자가 이지적이고 냉정하며 차분한 성품인 반면 예중악은 뼈대가 굵은 체구에 걸맞게 성정도 급하고 다혈질이었다.

"국홍이로구나. 어서 들어오너라."

굵은 예중악의 목소리가 안으로 들어서는 국홍을 맞았다.

"숙부님, 그리고 사공 장로께서도 계셨군요."

"그래. 형님과 할 얘기가 있어서 왔다."

"그러셨군요. 그러면 말씀 나누십시오. 소질은 나중에 다시 오겠습니다."

되돌아 나가려는 국홍을 예중악이 번쩍 손을 들고 흔들며 붙들었다.

"나중은 무슨, 그냥 앉아라! 비밀 얘기도 아닌데 뭘."

국홍은 예정문을 보았다.

"앉거라."

예정문이 고개를 끄덕인 뒤에야 국홍은 자리로 가서 앉았다. 앉기 무섭게 예중악이 물어왔다.

"듣자니 밑에 아이들이 무창에서 붙었다며? 그래, 무식한 왈패 놈들을 혼쭐내 주었다더냐?"

국홍은 희미하게 미소 지었다.

"큰 다툼은 아니었던 모양입니다."

"그래?"

예중악은 실망한 기색을 숨김없이 드러냈다.

"기왕 붙을 거면 확실하게 손을 봐줘야지. 쯧쯧!"

"……."

국홍은 대꾸하지 않았다.

예정문의 헛기침 소리가 분위기를 일깨웠다.

힐끔 예정문의 눈치를 살핀 예중악이 호기롭게 껄껄 웃으며 말했다.

"매번 우리 백림이 양보만 하니 그놈들이 우습게볼까 봐 걱정이 된다는 뜻입니다, 형님. 응당히 와룡은 와룡으로서의 명예와 품위를 지켜야지요. 우리가 그런 무식한 놈들과 똑같이 놀 순 없으니까 말입니다."

"와룡의 명예와 품위는 신중한 언행에서부터 비롯되는 것일세."

예정문의 한마디에 예중악의 웃음이 뚝 멎었다.

"무슨 일로 왔더냐?"

예정문이 국홍을 돌아보았다.

"예, 아버님. 용호지쟁에 관해… 상의드릴 일이 있어서입니다."

국홍은 대답을 하면서 고민했다.

내심 제안할 것이 있어서 왔지만 '신중한 언행'이란 한마디에 이미 제안은 가슴 깊이 꼬리를 감춘 뒤였다.
"말해보거라."
담담히 응시하는 예정문의 눈빛이 더욱 마음을 위축시켰다. 국홍은 차라리 솔직하게 털어놓기로 마음을 굳혔다.
"일 년에 한 번씩 열리는 용호지쟁은 강북의 백림과 강남의 흑천이 무위를 다투는 날이지요."
각기 열 명씩의 무사를 내세워 비무를 벌여 다승하는 쪽이 우승하는 원칙. 승자에 대한 상은 없지만 패배의 치욕만으로도 따로 상이 필요가 없는 대회다.
지금까지의 역대 전적은 칠 년간 일곱 번을 싸워 매년 번갈아가며 승패를 나눴는데 작년에 백림이 승리함으로써 사승 삼패가 되었다.
"그래서?"
예정문이 말없이 귀를 기울이는 가운데 예중악이 재촉했다. 국홍은 속내를 털어놓았다.
"실은 이번 대회에는 본 림에서 새로운 제안을 해보자 싶었습니다."
"제안? 무슨 제안?"
예중악이 성마르게 다그쳤다.
"열 명의 대표 무사와는 별도로 저와 흑천의 소천주가 따로 비무를 벌이는 건 어떨까 해서 말이지요."

"뭐? 너하고 장충걸이하고?"

와락 눈을 치뜬 예중악은 적잖게 놀란 기색이었다.

그가 홱 돌아보자니 예정문은 여전히 입을 꾹 다문 채 아들을 응시할 따름이었다. 그 시선을 받은 국홍이 조용히 얼굴을 숙였다.

"하나 소자의 생각이 짧았음을 깨달았습니다. 깨지고 부서진 수하들의 모습에 잠시지간 일어난 호승심에서 저 또한 자유롭지 못했습니다."

진심이었다.

만약 자신의 제안대로 장충걸과 비무를 벌인다면 쉽지는 않겠지만 승리할 자신은 있다. 그러나 그것은 차후 스스로도 예기치 못한 결과를 초래할 수도 있었다.

자존심이 상한 장충걸이 난폭한 성질에 생사지결을 벌이겠다며 달려들 수도 있고, 아니면 도왕 장팔봉이 나설 수도 있다. 그렇게 되면 곧바로 전면전이다. 지금껏 대치를 통해 유지해 온 강호의 평화가 한순간에 피비린내 나는 지옥으로 돌변하게 되는 것이다.

"깨달았으면 되었느니라. 오늘의 깨달음을 심중에 새겨두도록 하여라."

냉막하던 예정문의 눈에 엷은 온기가 감돌았다.

국홍이 고개를 끄덕이자 곰곰이 생각에 잠겨 있던 예중악이 불쑥 목소리를 높였다.

"듣고 보니 그것도 괜찮은 생각인 것 같은데?"

예정문과 달리 예중악의 눈은 뜨겁게 번들거리고 있었다.

"국홍이라면 능히 놈을 꺾을 것이고, 그렇다면 놈들의 위세도 한풀 꺾일 테지. 아예 그 틈을 타서 강남을 접수해 버리는 것도 나쁘지 않고. 음… 이거 생각 좀 해볼 문제인 것 같은데? 안 그렇습니까, 형님?"

한껏 달아오른 예중악이 예정문을 돌아보았다.

허공을 응시하던 예정문이 대답 대신 눈을 감았다. 그 상태로 고개를 저으며 입술을 달싹였다.

"답은 이미 국홍이가 말하였다."

"……!"

예중악은 입맛을 다셨다. 이런 분위기에선 더 말해봐야 소용이 없다는 걸 누구보다 잘 알고 있었다.

'끙! 이러니까 좀팽이 소리를 듣지.'

입 밖에 꺼낼 수 없는 말을 입속으로 삭였다.

그러다 무심코 혼잣말을 중얼거렸다.

"젠장, 천기자 그 양반이 백림의 손을 잡아준다면 그놈의 흑천 따위 단번에 정리해 버릴 텐데."

"……."

눈을 감은 예정문의 눈꼬리가 꿈틀했다.

가슴에 잔잔한 파장이 인 건 국홍도 마찬가지였다. 귀가 따갑도록 이름만 들어본 누군가가 뇌리에 떠올랐다.

천기자(天技子).

혹은 천기사자(天氣使者)라고도 불리는 무림제일의 신비인.

정확한 세수도, 이력도, 본명도, 심지어는 성별도 불분명한 인물. 오직 알려진 건 맹인이라는 것, 그리고 천기를 읽는 능력과 방술에 관한 한 천하제일의 능력을 지녔다는 사실이다.

국홍은 저도 모르게 가슴이 두근거렸다.

'숙부님의 말씀이 틀린 건 아니다.'

하지만 찰나지간의 상상일 뿐 이내 고개를 저었다.

이미 반선지경에 이르렀다는 어른이 때 묻은 속세의 일에 관여할 일도 없겠지만 있어서도 안 될 일이었다.

잠시나마 엉뚱한 생각을 품은 자신을 책망하는 와중에 옅은 그리움이 묻어나는 음성이 귓전을 울렸다.

"그 어른을 뵌 지도 어느새 십 년이 다 되어가는구나."

허공을 응시하는 예정문의 눈빛이 깊었다.

국홍은 지난날 예정문이 천기자를 직접 만난 적이 있다는 얘길 들어서 알고 있었다.

"신경이 죽은 그 어르신의 눈이 나 같은 범인의 그것보다 더 맑더구나. 허허……."

예정문의 공허한 웃음소리도 뚜렷이 기억하고 있었다.

되살아난 그 웃음소리가 국홍의 귓전을 하염없이 맴돌았다.

                    *   *   *

—이견, 전?

도왕 장팔봉의 상징과도 같은 한마디.

강남의 패자 흑천의 기질과 성향을 대변하는 한마디이기도 했다. 적에게 지고 돌아와 맞아 죽는 것보다 애초에 이기는 게 백번 낫다는 의미심장한 법칙.

그 공포스런 한마디는 최근 대를 잇는 중이었다. 장팔봉과 판박이인 인물에 의해서.

문제는 대가 이어지면서 공포의 파괴력이 한층 배가되었다는 사실이다.

"이견? 전?"

충걸은 느긋하게 물었다.

당연히 기대하는 대답은 하나다.

저렇게 깨지고 부서진 몰골로 돌아왔으니 맞붙은 백림의 좀팽이들은 아예 박살이 났으리라는, 지극히 당연한 추측.

그런데 어째 대답해야 할 녀석들의 분위기가 요상했다.

바닥에 넙죽 엎드린 주먹코와 그 일당이 사시나무 떨 듯 몸을 떨고 있질 않은가?

충걸은 슬그머니 미간을 좁혔다. 그와 때를 맞춰 귓구멍으로 더듬거리며 기어든 목소리.

"비, 비겼……."

주먹코와 그 일당이 질끈 눈을 감고 있었다.

생존 의지를 포기했음을 알리는 신호다.

충걸은 어이가 없어 헛웃음을 웃었다.

"하.하.하."

그러다 갑자기 뚝 그친 뒤 머리를 틀었다.

"똥파리."

"예— 엣!"

자라목으로 시립해 있다가 번쩍 고개를 쳐든 인물.

문제의 주먹코 일당이 자신의 수하란 이유로 이 자리에 함께 서게 된 오동팔이다.

충걸은 친절하게 물었다.

"저놈, 지금 뭐라고 지껄인 거냐?"

벌겋게 익어가는 오동팔의 얼굴.

익은 감자가 부동자세로 외쳤다.

"비겼… 다고 했습니닷!"

"……!"

충걸은 천천히 콧김을 내뿜었다.

머리 뚜껑이 열리기 직전의 열기가 고스란히 장내로 전파되었다.

"후후, 비겼단 말이지?"

충걸은 의자에 묻었던 엉덩이를 들었다.

본래 오늘은 기분이 좋았기 때문에 비겼다는 소리를 애교로 봐줄 수도 있었다. 평소만 같았으면, 정확히 두 달 뒤에 용호지쟁이란 놈만 기다리고 있지 않았다면 말이다.

지난해의 치욕과 쪽팔림만 생각하면 아직도 뒷골이 당긴다.

그 덕에 벌써부터 흑천은 필승의 설욕을 위한 뜨거운 담금질에 돌입한 상태였다.

그런 상황에 초를 친 녀석들을 어떻게 애교로 봐줄까?

그 어느 때보다 강력한 본보기가 필요한 시점이라고 충걸은 판단했다.

"딱 열 대씩만 맞자."

히죽 웃어 보인 충걸이 괴성을 지르며 제자리에서 날았다.

"우오옷!"

뻐버벅!

우지끈! 쿵쾅!

"사, 사람 살려!"

"꾸에에엑!"

"아버지!"

쫘앙!

충걸이 내려친 손바닥에 두께 한 뼘이 넘는 대리석 탁자가 산산조각 박살이 났다. 사방으로 튄 대리석 파편에 얻어맞은 이는 좌중의 다섯 사람 중 오직 한 명뿐이었다.

퍽!

"어이쿠!"

장팔봉과 장충걸, 그리고 흑천의 좌우쌍로(左右雙老)로 불리는 우태백과 좌염은 호신강기로 파편이 접근도 못한 반면, 유일하게 마빡에 파편을 얻어맞고 벌렁 나동그라진 인물은 총관 우공(禹供)이었다.

하나 안타깝게도 그런 그에게 관심 갖는 이는 아무도 없었다.

"이 자식이 성질 하곤."

아들의 화끈한 성미가 만족스럽다는 듯 웃는 장팔봉이나,

"이번엔 여차하면 그냥 놈들을 밟아버립시다!"

잔뜩 눈을 부라린 충걸이나 그런 그를 또한 흐뭇하게 지켜보는 좌우쌍로 역시도.

"끄응……."

이마에 주먹만 한 혹을 단 우공이 비척거리며 자리에 앉았다. 그제야 그의 존재를 인지한 좌중의 이목이 우공의 얼굴에 꽂혔다.

"뭐야? 어디 갔다 온 거야?"

"그 마빡에 달고 있는 건 또 뭐요?"

차례로 핀잔을 던지는 호랑이 부자.
우공은 나오려는 한숨을 삼킨 뒤 맥없이 대답했다.
"그냥 좀… 부딪쳐서……."
호랑이 부자와 좌우쌍로가 일제히 혀를 찼다.
"칠칠맞게시리."
"하여간 맹해가지고. 쯧쯧."
우공은 이빨도 몇 개 안 남은 입을 얌전히 다물었다.
이미 십 년이 넘도록 몸에 밴 삶의 지혜다.
당연한 수순대로 화제는 다시 넘어갔다.
"너 금방 뭐라고 했냐? 밟아버리자고?"
"예. 비무고 뭐고 그냥 쓸어버리잔 말입니다."
 장팔봉이 고리눈을 치뜨자 충걸 역시 기다렸다는 듯 눈을 부라렸다. 마치 누가 보면 두 부자가 곧 치고받고 싸우는 게 아닌가 싶을 분위기다.
 거기에 좌우쌍로까지 가세했다.
"좌 모는 동감이오, 천주!"
"우 모도 마찬가지요. 그냥 쓸어버립시다!"
 네 명의 초고수가 경쟁적으로 내뿜는 무지막지한 기세에 죽을 맛은 우공이었다.
 안 그래도 젓가락 같은 몸이 부러질 듯 휘청휘청했다.
 장팔봉이 입을 여는 순간 간신히 부러지는 건 모면했다.
"아서라."

"……?"

충걸은 자신의 귀를 의심했다.

눈앞에서 장팔봉이 평소에 볼 수 없던 표정으로 단호히 고개를 젓고 있었다.

"한판 벌이는 건 쉽다. 그런데 쓸데없이 피 보는 놈들이 많아진다. 아주 지랄 같은 일이야."

충걸은 슬며시 인상을 찡그렸다.

곰곰이 씹어보니 과연 맞는 말 같기도 했다.

'젠장, 그건 생각 못했군. 쓸데없는 피를 보는 건 확실히 지랄 같은 일이지.'

한꺼번에 두 개를 생각한 적이 없는 머리가 지끈거리기 시작했다. 끙끙거리던 충걸은 마침내 그럴듯한 생각을 떠올렸다.

"그럼 이렇게 합시다!"

"어떻게?"

"나하고 예국홍하고 용호지쟁에서 붙는 겁니다. 아주 박살을 내버리게."

멍청하게 비기고 돌아온 수하들의 빚도 갚고 와룡의 콧대도 누를 수 있는 방법.

충걸은 자신이 짜낸 생각에 헤벌쭉 웃었지만 장팔봉은 이번에도 염라대왕 같은 얼굴을 가로저었다.

"그것도 아서라."

"예에? 아, 왜요!"

충걸은 엉덩이를 들썩였다.

장팔봉이 정색하고 말을 이었다.

"작은 좀팽이가 만만치는 않겠지만 분명 네가 깰 테지. 하지만 그 뒤가 또 지랄 같다. 그 존심만 센 큰 좀팽이가 가만있겠냐? 그날부로 전면전이야. 강호가 피바다가 되는 거다."

충걸은 똥 씹은 얼굴이 되었다.

'이거 뭐가 이리 다 지랄 같은 거야?'

그렇다고 토를 달 순 없다. 정색한 아버지에게 토를 다는 건 그 무엇보다 지랄 같은 것이니까.

"크흥! 좀팽이들의 명줄이 길어지는구나."

그렇게 치밀어 오른 부아를 억지로 달래자니 슬그머니 끼어드는 소심한 목소리가 있었다.

"저어… 그 대신… 이번 용호지쟁에서 확실하게 승리를 하면 되지 않겠습니까……."

스윽 틀어진 눈에 어색하게 웃고 있는 우공의 왜소한 얼굴이 잡혔다. 충걸은 그 얼굴을 한입에 잡아먹어 버릴 기세로 으르렁거렸다.

"이번에 지는 놈은 허리를 두 쪽으로 분질러 버릴 테다."

우공은 자신이 대표 선수라도 된 양 바르르 몸을 떨었다.

'나, 나무아미타불!'

소심하고 맹하다고 하루가 멀다 하고 구박받는 신세지만

지금 이 순간만큼 총관이란 직책이 은혜롭게 느껴진 적은 없었다.
"오냐. 아주 뚝 분질러 버려라."
장팔봉이 충걸의 으름장을 한 수 거들었다.
눈이 마주친 두 부자가 앙소를 터뜨렸다.
"크핫핫핫!"
좌우쌍로까지 가세하자 육중한 흑천궁이 떠나갈 듯이 뒤흔들렸다.
우공은 있는 힘껏 고막을 틀어막고 웅크렸다.
그러면서 무심코 중얼거렸다.
"아이고, 이럴 때 천기자 어른께서 흑천을 밀어주시기만 한다면……!"
있지도 않을 그런 요행이 만약에라도 벌어진다면 피 한 방울 안 흘리고 강남북을 일통하는 꿈같은 상황이 벌어지지 않을까? 그렇게 되면 자신도 구박의 서러움에서 해방될 수 있을 테고 말이다.
"……."
요란스럽게 들썩이던 장내가 거짓말처럼 잠잠해졌다.
우공의 새가슴이 철렁했다.
"이봐, 지금 뭐라고 했어?"
장팔봉의 염라대왕 눈빛.
뒤를 이은 충걸의 으르렁거림.

태생적 앙숙 133

"방금 천기자라고 하셨수?"
우공은 질끈 눈을 감았다.
뭐라고 대답해야 하나. 그냥 해본 소리일 뿐인데.
"어이."
장팔봉의 두 번째 부름.
말보다 주먹이 빨라지는 마지막 단계다.
우공은 허겁지겁 더듬거렸다.
"그, 그게… 천기자라고… 했습니다만……."
"뭐야? 천기자? 우 총관이 그 양반을 어떻게 알아? 개인적인 친분이라도 있는 거야?"
이번엔 좌우쌍로 중 성질 폭급한 좌염이 닦달했다.
불같은 이목을 한 몸에 받은 우공은 울상을 한 채 실토했다.
"그냥… 그랬으면 좋겠다는 뜻으로……."
말이 끝나기도 전에 장팔봉이 손가락을 튕겼다.
따악!
"아이고!"
철퍼덕, 개구리처럼 엎어진 우공에게 장팔봉이 콧방귀를 날렸다.
"내가 그 양반 본 지가 십 년이다, 인간아."
"뭐야? 좋다 말았잖아?"
저도 모르게 귀를 쫑긋했던 충걸은 입맛을 다셨다.

어릴 적 장팔봉으로부터 접한 천기자란 이름은 자신에게도 차원이 다른 호기심의 대상이었다.

맹인임에도 세상만물을 한눈에 꿰뚫어 본다는 인물. 한마디의 주문과 한 장의 부적만으로 만마(萬魔)를 물리치고 사람의 운명을 뒤바꾼다는 반선지경의 신비인.

한편으론 황당하기도 했지만 그래서 더 직접 두 눈으로 만나보고 싶은 인물이었다.

'거, 듣고 나니깐 괜히 아쉽네.'

충걸은 어기적거리며 자리로 돌아오는 우공을 째려보았다.

'그러니까, 천기자란 양반이 부적 한 장만 쓱 갈겨주면 그놈의 와룡의 꼬랑지를 손도 안 대고 확 뽑아버릴 수 있다는 거 아냐?'

평소엔 관심도 없던 이름 석 자를 움켜쥐고서 충걸은 신나는 상상의 나래를 펼쳤다.

第四章
천마혈성(天魔血星)

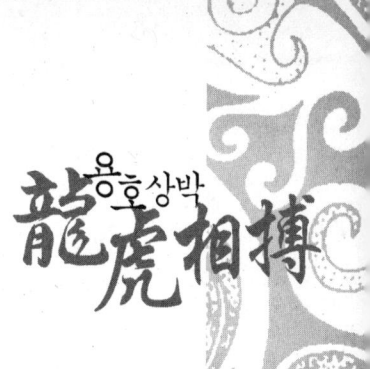

龍虎相搏 용호상박

산중을 헤매던 나무꾼이 '어이쿠' 깜짝 놀라 엉덩방아를 찧었다가 넙죽 절을 올릴 것만 같은 노인.

하늘하늘 바람에 흩날리는 빛바랜 도포와 눈꽃이 내려앉은 듯 세월의 깊이를 헤아릴 수 없는 눈부신 은백의 백발. 은은한 주름살의 연륜이 정겨운 청수한 얼굴.

그리고 눈, 유난히 동공이 큰, 마치 꿈을 꾸는 듯 해맑게 반짝이는 두 눈.

바라보기만 해도 왠지 모르게 손을 모으게 되는 느낌.

노인이 풍기는 분위기는 그런 것이었다.

어쩌면 초승달이 걸린 절애 끝에 고즈넉이 걸터앉아 밤하늘을 우러러보는 그 모습이 사람 같지 않아서인지도 모를 일이다.

"오늘 밤은 하늘이 맑구나. 별들이 다 나왔어."

노인이 중얼거렸다. 입가에 희미한 주름이 맺혀 있었다.

옅은 그 미소 하나만으로 평화가 더해졌다. 남김없이 초롱초롱 빛을 뿜내는 별 무리와 초승달, 잠도 잊고 노니는 새들, 싱그러운 밤공기가 더불어 어우러지는 가운데 노인의 미소는 조용히 짙어져 갔다.

그때였다.

"......!"

귀밑까지 늘어진 노인의 백미가 찰나지간 꿈틀했다.

심통난 바람이라도 불어온 것일까?

휘이이…….

아늑하고 정겹던 장내의 기운이 미미하게 변화하기 시작했다. 가장 큰 변화는 티없이 맑게 반짝이던 노인의 영목(靈目)이 눈에 띄게 탁해진 것.

"못 보던 별들이 있구나. 가슴이 답답해."

지그시 하늘을 올려다보던 노인의 안색이 흐려졌다.

의미 모를 말이었다.

밤하늘은 여전히 맑고 별빛은 영롱하기만 했다.

기척 없이 노인의 자세가 바뀌었다. 슬쩍 움직이는가 했는데 느긋하게 절벽에 걸터앉았던 자세가 어느 틈에 가부좌로

변했다. 두 팔은 다리 위에 얹고 손가락으로 뭔가를 꼽는 듯
한 동작을 취했다.
"……."
보일 듯 말 듯 노인의 입술이 꿈틀거렸다.
알아들을 순 없었다. 마치 주문을 외는 것 같기도 했다.
여전히 밤하늘은 맑았고 별들은 초롱초롱 빛을 발했다.
그런데 조금 전과는 분명 느낌이 다르다. 뭔가 모를 미지의
불안감, 지극히 평화롭고 안락한 고요의 저편이 왠지 모르게
불안하게 다가오는 그런 느낌…….
노인은 가부좌를 튼 채로 미동이 없었다.
눈을 감은 채 손가락을 짚어가며 뭔가를 중얼거리는 행위
만을 반복했다.
"……!"
이윽고 또 다른 변화가 일었다.
노인의 안색이 서서히 어두워져 갔다. 청수한 얼굴의 주름
이 눈에 띄게 깊어졌다. 급기야 얼굴에 맺힌 땀방울이 전신을
적시더니 앉은 몸을 감싸고 아지랑이 같은 기운이 피어올랐
다.
노인의 몸이 조금씩 떨리기 시작했고, 아지랑이가 짙어질
수록 떨림도 따라 심해졌다. 마치 심중의 마령(魔靈)과 치열
한 영적 싸움을 벌이는 광경을 보는 듯했다.
"하아!"

노인이 커다란 숨을 토했다.

순간, 뭉클뭉클 맴돌던 아지랑이가 하늘로 증발되듯 자취를 감췄다.

"하아… 이런 일이……."

노인이 지친 모습으로 중얼거렸다.

생기에 찼던 눈빛은 탁했고 전신은 식은땀에 흠뻑 젖었다.

"이 늙은이가 까맣게 모르고 있었구나. 천기(天氣)가 움직이고 있음을……."

노인은 천기를 논하고 있었다.

천하에 감히 천기를 입으로 논할 수 있는 인간이 있단 말인가?

"구름이 끼었다. 반년 전만 해도 없던 구름… 아홉 개의 혈성(血星)을 품은 혈운이로구나. 아직은 미약하지만… 점차 기운이 불어나고 있어."

노인은 장탄식을 흘리며 천공을 응시했다.

여전히 머리 위의 하늘은 아무 일도 없다는 듯 맑고 싱그러울 따름이었다.

"불길한 느낌… 좋지 않구나. 머지않아 이 하늘로 닥쳐올 듯하니……."

초롱초롱 맑은 별빛으로 수놓인 밤하늘이 갑자기 시커먼 먹장구름으로 뒤덮인다는 건 상상하기 어려웠다.

그러나 노인은 분명 그렇게 말을 하고 있었다.

"진원지를 알아내야 한다. 쉽진 않겠지만… 이 맑고 건강한 중원의 하늘을 지키기 위해선 알아내야겠지. 또 한 번 천기를 거슬러 이 늙은이의 명운(命運)이 다한다 할지라도……."

노인은 하늘을 보며 희미하게 미소 지었다.

아련한 슬픔과 비장함이 밴 미소였다.

"만만치 않을 게야. 적지 않은 시간도 걸릴 테고. 어쩌면 이 늙은이의 마지막 몸부림이 될 수도 있겠군. 허허."

몸부림이란 말끝에 너털웃음이 따라 나왔다.

노인이 자리를 털고 일어섰다.

다음 순간 그의 신형은 한줄기 바람이 되어 산 아래로 둥실 날아 내려가고 있었다.

그녀의 봉목은 투명하고 고요했다.

함부로 발을 들일 수 없는 호수처럼 신비롭고 경건했다.

그런 눈망울에 미세한 파동이 일기 시작했다. 파동을 일으킨 장본인의 음성이 흔들리는 촛불 너머에서 들려오고 있었다.

"백 년 이래 유례없는 마성을 타고난 기운이다. 오랜 시간 혈지에 숨어 마기를 키운 데다 끝없이 윤회하는 멸(滅)과 살(殺)의 두 바퀴에 올라탔으니 그 힘이 더욱 강력해졌구나. 또한 지금 이 순간에도 강해지고 있으니 그 끝이 어디일꼬."

노인의 음성은 천 근의 바위를 짊어진 듯했다.

천마혈성(天魔血星) 143

그녀는 손끝을 저미는 한기를 느꼈다.

나직한 탄식과 함께 노인의 음성이 이어졌다.

"아홉 개의 수라혈성(修羅血星)에 둘러싸인 천마혈성(天魔血星)… 이 늙은이로서도 처음 보는 전대미문의 기운이다. 천기에 따르면 까마득한 서녘 하늘은 이미 혈겁(血劫)의 암운으로 뒤덮였으니. 미약하나마 정한 기운이 남아 있긴 하지만 수라혈성 하나에도 미치지 못할 힘이로구나. 허허… 이 일을 어이하면 좋을꼬."

노인의 장탄식을 따라 촛불이 흔들리고 그녀의 마음도 흔들렸다.

긴장하여 떨리는 손을 이끌고 그녀는 붓을 쥐었다.

[설마 그 혈성의 기운이 서녘의 겁난(劫難)으로도 부족하여 이동을 하리란 말씀이옵니까?]

노인을 또렷이 응시하는 그녀의 눈망울에 예감이 틀렸기를 바라는 간절함이 담겼다.

눈을 감은 노인은 석상처럼 말이 없었다. 이윽고 눈을 뜬 노인이 천천히 머리를 끄덕이자 그녀는 한숨과 함께 어깨를 늘어뜨렸다.

"서녘은 시작일 뿐이야. 이미 세외의 하늘 곳곳에 아홉 개의 혈성이 흩어져 자리를 잡고 있다. 모습을 감춘 천마혈성이 서녘에 제 모습을 드러내는 날, 아홉의 수라혈성이 모두 움직일 테지."

그녀는 깨물었던 입술을 풀었다.

그리고는 떨리는 손으로 붓을 움직였다.

[중원무림으로… 말씀이옵니까?]

노인이 고개를 끄덕인 순간 그녀는 다시 입술을 깨물었다.

[백 년 이래 유례없는 마성을 타고난 기운… 그는 정녕 인간이옵니까? 인간이라면 어떤 모양의 인두겁을 쓰고 있사옵니까?]

"그토록 지독한 마성을 타고난 자라면 인간이기보다는 악마에 가깝겠지. 하나 그는 엄연히 인간으로서 태어났고 또한 살아온 인물일 것이다. 오히려 그 어떤 사람보다 온화하고 부드러운 인상을 지녔을 수도 있겠지. 인중지마(人中之魔)란 실제로 만나보면 그다지 악한 존재처럼 보이지 않는 법이니까."

'……!'

그녀는 소름이 돋았다.

메마른 노인의 목소리에서 새삼 깨달은 것.

본능과 원초의 두려움이었다.

[단지 마성을 타고났기에 그는 살겁을 원하는 것이옵니까?]

노인은 쓸쓸히 미소 지었다.

"마(魔)란 본래 멀쩡한 모습으로 즐기는 존재이다. 피와 죽음을 사랑하기보다 그저 즐기고 싶어하는 것이지. 단지 자신의 쾌락을 위해 그들의 죽음과 고통을 누리는 것이다."

그녀는 몸이 떨렸다. 떨리는 손가락에 분노를 실어 스승에게 물었다.

[방법이 무엇이옵니까? 마가 존재한다면 분명 그 힘을 제압할 수 있는 존재도 있을 것이라 믿사옵니다.]

파르르……!

노인을 둘러싼 촛불이 흔들렸다.

대답 없는 스승의 고심을 말해주듯 흔들림은 파장을 더해갔다. 한참이 지나서야 무거운 대답이 돌아왔다.

"슬프구나, 답이 없다고 말을 해야 하는 현실이. 허허……."

'……!'

그녀는 봉목을 치켜떴다.

노인의 대답을 믿을 수 없었다. 지난 십여 년간 노인의 대답을 불신한 적이 없었지만 이 순간만은 달랐다.

[제자를 놀리려는 것이옵니까? 답이 없다는 말씀을 믿을 수가 없습니다. 스승님께서 방법이 없다 하시면 이 땅에 닥칠 겁난은 어찌해야 한단 말이옵니까?]

급히 써 내려간 글귀가 호소를 했다.

애탄 외침의 여운이 스러질 때까지도 노인은 답이 없었다.

그녀는 숨이 가빠졌다.

기다리다 못해 막 다시 글을 써 내려가는 순간,

"하아!"

노인이 장탄식을 쏟았다.

흠칫 손가락을 멈춘 그녀는 똑바로 노인을 응시했다.

"우주만물에 유일의 존재는 없는 법. 혼해빠진 동전이 그렇듯 모든 만물은 앞이 있으면 닮지 않은 이면이 있는 게지. 그것을 상극이라 일컫는다. 하나 아쉽게도 지금 당장은 혈성의 이면이라 할 상극이 이 땅 강호에 존재하지 않는구나. 그래서 방법이 없다 하였느니라."

그녀는 침착히 참고 기다렸다.

마침내 그녀가 기다리던 답변이 노인의 입에서 흘러나왔다.

"하지만… 가능성은 있다. 혈성의 마기를 대적할, 상극 역할을 해줄 힘이 만들어질 가능성은."

[가능성, 그것이 무엇이옵니까?]

그녀는 급히 붓을 놀렸다.

노인이 조용히 그녀를 돌아보았다. 유난히 동공이 큰 두 눈이 그녀를 응시하며 신비로운 빛을 발했다.

"용호(龍虎)가 하나가 되어야 한다. 그것이 오직 혈성의 마기를 대적할 유일한 방법이다."

그녀는 급히 기억을 헤집었다.

용호라면……?

'……!'

용호를 연상시키는 존재를 떠올리는 데는 그다지 많은 시

천마혈성(天魔血星)

간이 필요하지 않았다. 바로 현 무림에서 가장 유명한 존재들이었기 때문이다.

남흑천북백림. 각기 강남북의 패자로 군림하고 있는, 전례 없는 천하제일의 앙숙이자 물과 기름으로 대변되는 태생적 상극.

지금 이 순간에도 서로를 한입에 잡아먹을 기회만 엿보며 으르렁거리고 있는 골치 아픈 존재들을 말함이 아니던가?

'……'

그녀는 갑자기 가슴이 답답해졌다.

기대했던 유일한 방법이 알고 보니 가장 확률이 낮은 방법이란 깨달음 때문이었다.

'하필이면 천하에 둘도 없는 그 앙숙이……'

한숨이 밀려 나왔다.

그 모습을 바라보던 노인이 웃었다.

반응을 예상하고 있었다는 듯이.

"허허, 그 녀석."

그녀가 얼굴을 들자니 노인은 웃음을 지우고 미간을 찡그리고 있었다.

"보자 하니 기분이 나쁘구먼. 제자란 녀석이 하나뿐인 스승을 못 믿어서 그렇게 세상 다 산 사람 얼굴을 하고 있느냐?"

"……"

그녀는 노인을 보았다.

바위를 얹은 듯 짓눌리던 가슴이 두근거리기 시작했다. 짐짓 자존심이 상했다는 노인의 표정에 두근거림이 빨라졌다.

"네 녀석이 잊은 게로구나. 세상 사람들이 날 보고 뭐라 하더냐? 주문 한마디와 부적 한 장만으로 운명을 바꾼다 하질 않더냐. 껄껄!"

모처럼 들어보는 너털웃음.

그녀의 설렘만큼이나 청량한 웃음소리였다.

"내 남은 생을 다 바쳐서라도 네 녀석에게 보여주마. 그놈의 앙숙 녀석들이 사이좋게 손잡고 싸우는 모습을 말이다. 껄껄……!"

스승의 청량한 웃음은 계속 이어졌고, 그녀도 나란히 미소 지었다. 나무꾼을 찾아 지상에 현신한 선녀처럼 아름답고 눈부신 미소였다.

'……!'

하지만 보이지 않는 그녀의 가슴은 파랗게 멍이 들어가는 중이었다.

단지 시작에 불과하단 사실을, 마지막이 될지도 모를 힘겹고 눈물겨운 여정이 이제 비로소 시작되었다는 것을 노인의 웃음소리가 말해주고 있었기 때문이다.

'스승님.'

시리도록 슬픈 노인의 웃음을 맞으며 그녀는 불렀다. 말을 못하는 그녀이기에 다행히 노인에겐 환한 미소만을 보여주었다.

그녀의 이름은 아란(娥蘭)이었다.

그리고 그녀 아란이 가장 존경하는 눈앞의 노인은 세상 사람들에게 천기자라고 불리는 인물이었다.

스승이 모종의 의식을 위해 폐관에 든 지도 어느새 두 달째로 접어들었다.

그사이 삭풍이 기승을 부리던 겨울이 가고 봄이 왔다.

지난날, 갈래머리를 한 귀여운 벙어리 소녀가 신선을 닮은 할아버지의 손을 잡고 산을 오르던 시절을 떠올리게 하는 봄이었다.

회상에 젖어 봄의 생기를 함께 누려야 할 때이건만 아란의 심정은 그렇지 못했다. 그녀가 할 수 있는 것은 오로지 기도뿐이었고, 지난 한 달 동안 전념해 온 것도 그것이었다.

기도하는 아란의 눈은 내내 젖어 있었다.

식음을 전폐하다시피 하며 폐관 중인 스승.

그런 스승의 거처에서 전해져 오는 생기가 하루가 다르게 쇠약해져 가는 중이었다. 기운이 쇠약해진다는 것은 그만큼 힘든 의식이 마무리되어 간다는 뜻이기도 했다.

그리고 그만큼 아란의 가슴도 타 들어갔다.

"이 늙은이의 남은 생을 바쳐서라도 보여주마. 껄껄……."

 폐관에 들기 전 스승이 남겼던 너털웃음.
 마지막 남은 근원지기까지도 한 점 미련없이 바쳐 뜻을 이루리라는 비장한 결의였고, 하루하루 약해져 가는 스승의 기운이 그것이 현실화되고 있음을 말해주고 있었다.
 사람들의 말처럼 스승 천기자는 주문 한마디와 부적 한 장만으로 능히 사마를 물리치고 사람의 운명을 바꿀 수 있는 인물이었다.
 그러나 그런 주문과 부적을 만들어내기 위해 정작 얼마나 큰 대가가 필요한지 사람들은 알지 못한다.
 오직 아는 사람은 제자인 아란 자신뿐이었다.
 할 수만 있다면 자신의 명운을 바쳐서라도 돕고 싶으나 그것이 불가능하기에 아란의 가슴엔 더 큰 멍이 들었다. 그녀가 할 수 있는 것은 잡기(雜氣)가 침범치 못하도록 스승의 거처를 지키며 기도하고 소리없는 응원과 신뢰를 보내는 것뿐이었다.
 그렇게 다시 열흘이 지나던 날 저녁.
 아란은 오늘도 예외없이 기도를 올리는 중이었다.
 눈에 띄게 수척해진 얼굴과 붉게 젖은 눈가가 촛불 아래에 선명했다.
 '제발…….'
 하루빨리 이 힘겨운 시간이 끝나길 바라는 간절한 심정을 열심히 기도문에 담고 있을 무렵.

바스락.

미약한 기척이 심력을 깨웠다.

아란은 조용히 눈을 떴다.

낯익은 체취와 기운이 허공을 타고 전해져 왔다.

'아!'

아란은 환하게 미소 지었다.

애태웠던 한 달 하고도 열흘 동안의 마음고생이 흔적도 없이 사라지던 그 순간,

'……!'

마치 딴 사람처럼 늙고 수척해진 천기자의 모습을 본 아란의 눈이 커졌다.

"란아 이 녀석, 얼굴이 반쪽이 되었구나."

아란은 눈앞이 뿌옇게 흐려졌다.

바보 같은 스승은 엉뚱한 말을 하고 있었다. 한 달 반 만에 십 년은 더 늙은 모습으로 나타난 사람이 그게 할 소리인가?

아란은 입술을 깨물었다. 눈물이 쉴 새 없이 흘러내렸다.

그때 맞은편에서 웃으며 걸어오던 천기자가 비틀거렸다.

'스승님!'

아란은 한달음에 달려가 천기자를 부축했다.

이대로 끝인가 싶어 정신이 혼미해졌다. 그러나 아직 끝은 아니었다. 천기자는 여전히 미소를 잃지 않고 있었다.

"다 죽을 때가 돼서 용을 좀 써보려니… 옛날처럼 쉽지가 않구나. 허허……."

뼈만 남은 듯 앙상한 천기자의 얼굴은 창백하다 못해 거무스름했고 검버섯까지 피었다. 은백의 머리는 윤기를 찾아볼 수 없이 푸석푸석했다.

기대했던 것보다 더 나쁜 상황이었다.

'……!'

아란은 천기자의 뼈만 남은 손을 꼭 쥔 채 입술을 깨물었다. 그러나 꾸역꾸역 올라오는 눈물을 막진 못했다.

실패라 하더라도 상관없었다. 자신에게 중요한 건 할아버지와 같은 스승을 잃지 않는 것이지 강호의 혈겁이 아니니까.

"허허… 네 녀석이 또 내 자존심을 건드리는구나."

천기자의 말에 아란은 젖은 얼굴을 들었다.

"네 스승이 누군지 잊었단 말이더냐?"

천기자의 떨리는 손이 품으로 들어갔다 나왔다.

'……!'

긴장해서 굳었던 아란의 눈이 다시 뿌옇게 흐려졌.

스승의 앙상한 손에 쥐어진 것은 한 장의 종이와 두 장의 부적.

지난 두 달 동안의 피땀 어린 의지가 고스란히 담겨 있는 신물이었다.

아란은 젖은 얼굴을 들었다.

스승은 어느새 깊은 잠에 빠져들어 있었다.

조심스럽게 천기자를 부축하여 일어서던 아란의 눈에서 다시 눈물이 쏟아졌다. 본래 작은 체구이긴 하지만 이렇게 가벼운 분은 아니었다. 종잇장이라 한들 이보다 가벼울까.

아란은 처연히 하늘을 올려다보았다.

천기자가 폐관에 들던 그날처럼 하늘은 철없이 맑기만 했다.

'저 하늘을 기어이 지키시려고……'

스승은 스스럼없이 자신을 던졌다.

그리고 마침내 결과를 얻어냈다.

그러나 아란은 기쁘지 않았다. 그 벅찬 성공을 위해 누군가는 돌이킬 수 없는 희생을 해야 했으니…….

'하아!'

아란은 탄식을 삼키며 눈을 감았다.

감은 눈에서 뜨거운 눈물이 샘솟았다.

다른 이들은 스승의 희생을 누릴지라도 자신은 그 희생을 기억해야 한다는 것을 멍든 가슴에 새겼다.

스승의 기력은 쉽게 회복되지 않았다.

지극정성으로 보살핌에도 천기자의 얼굴엔 좀처럼 전과 같은 혈색이 돌아오지 않았다.

아란은 고민하지 않을 수 없었다.

'남은 방법은 천령환단(天靈還丹)뿐이야. 스승님이 천령환

단을 드시도록 해야 해.'

 마음의 준비는 하고 있었지만 천기자의 상태는 그 이상으로 심각했다. 단 한 마디의 주문과 두 장의 부적을 얻기 위한 대가로는 너무나 큰 희생이었다.

 이대로라면 얼마 남지 않은 생기가 얼마나 더 목숨을 부지할지 가늠조차 힘든 상황.

 결국 남은 건 천령환단의 효능에 기대는 것뿐이었다.

 '천령환단이라면 능히 바닥이 난 근원지기를 어느 정도 회복시켜 줄 수 있을 거야. 어쩌면 완전히 예전처럼 회복되실지도……!'

 아란은 고심 끝에 결심했다.

 천령환단은 스승인 천기자가 필생의 역작으로 만들어낸 단환이다. 단 한 알만으로도 죽은 사람을 되살릴 수 있다고 그 신묘한 효능이 세상에 알려져 있었다.

 아란은 정갈히 몸을 씻은 뒤 아홉 번의 절을 하고 천령환단을 고이 받쳐 들었다. 그런 뒤 병석의 천기자를 찾았다.

 하지만 그녀에게 돌아온 건 단 한 마디뿐이었다.

 "아니 된다."

 '…….'

 아란은 말을 잃었다.

 스승 천기자의 핏기 없는 얼굴은 단호했다.

 "어리석구나. 세상을 위해 내 손으로 빚은 것을 내가 살겠다고 먹는 건 부모의 전낭을 훔치는 철부지보다 우스운 노릇이거늘. 천령환단은, 내 손으로 만들었다 하되 내가 만든 것이 아니다. 우주의 섭리와 대자연의 기를 빌어 빚은 것이기에 그 주인이 따로 있는 신물이니라."

'……'

"부질없는 고집과 욕심 또한 천기를 거스르는 것임을 잊지 말거라."

그리고 굳게 닫힌 천기자의 입은 두 번 다시 열리지 않았다.

아란은 대꾸 한 번 해볼 여지도 없이 돌아서야 했다.

방을 나서는 그녀의 눈에선 참았던 눈물이 다시 쏟아지고 있었다.

천령환단을 포기했으니 이제 남은 건 자신의 역할뿐이었다.

아란은 지극정성을 다했다. 그 보람이 있었을까. 천기자의 혈색이 조금씩 돌아오기 시작했다. 이미 끝이 예정된 일시적인 회복이었지만 그것만으로도 눈물겨운 기쁨이었다.

그러던 어느 날 자리에서 일어난 천기자가 아란을 불렀다.

자리한 아란에게 그는 말했다.

"답은 얻었으되 그 답을 행하는 것이 문제로구나."

흐릿한 천기자의 미소엔 병석에 있으면서도 고심한 흔적이 역력했다. 아란은 한숨을 내쉬며 붓을 쥐었다.

[하루라도 빨리 용호를 손잡게 만들고 싶으신 것이로군요.]

천기자의 미소가 짙어졌다.

"역시 란아 네 눈은 못 속이겠구나. 허허… 느긋하게 병석에 누워 있을 때가 아닌 듯싶어 이 늙은이의 애가 닳는구나."

아란의 봉목이 조용히 빛을 발했다.

그녀는 다시 붓을 움직여 글을 써 내려갔다.

[주문과 부적을 용호의 수중에 들어가게 하는 것이 당면과제이군요. 그리고 그들이 자연스럽게 그것을 쓰도록 만들어야 할 것입니다.]

"그렇지. 한데 막상 머리를 굴려보자니 그럴듯한 방법이 떠오르질 않는구나. 한자리에 불러놓고 얘길 해볼까도 싶었지만 그랬다간 대판 싸움부터 날 것 같고."

[제아무리 스승님의 말씀이라 한들 손잡고 사이좋게 지내라 하면 콧방귀부터 뀔 인물들이니까요.]

"내 말이 그 말이 아니겠느냐. 허허……."

천기자의 얼굴이 흐려졌다.

아란은 잠시 생각에 잠겼다가 차분히 글을 써 내려갔다.

[대놓고 말하는 것보다 감쪽같이 모르게 하는 방법이 좋을 듯하옵니다.]

"어떻게?"

천기자가 기대에 차 물었다.

아란은 미소 지으며 붓을 놀렸다.

[일 년에 한 번씩 열리는 용호지쟁이 한 달 뒤로 예정되어 있지요. 그때를 이용하면 될 것 같습니다.]

"용호지쟁?"

천기자는 미간을 좁혔다.

용호지쟁이라 하면?

[그들이 주문과 부적을 사용하지 않을 수 없게 만들어야지요. 지극히 자연스럽게.]

"지극히 자연스럽게?"

아란은 천천히 고개를 끄덕였다.

[스승님의 역할이 중요합니다.]

"……?"

천기자는 아란의 이어진 설명에 집중했다. 그러는 동안 그의 표정은 찡그렸다 웃기를 반복했다.

"허어, 아주 연극 한판을 짰구나."

설명을 다 듣고 난 천기자는 혀를 찼지만 그다지 싫은 기색은 아니었다. 내심 재밌겠다는 은근한 기대도 내비쳤다.

[앞으로 한 달 동안 충분히 기력을 회복하셔야 해요. 스승님의 손에 모든 게 달려 있으니까요.]

아란은 힘주어 마지막 글을 썼다.

천기자가 창백한 얼굴을 뒤따라 힘주어 끄덕였다.

"녀석아, 걱정 마라. 반년 정도는 아직 거뜬할 테니까."

'반년' 이란 말에 왈칵 눈물이 솟구칠 뻔했다.

그러나 아란은 울지 않았다.

다시는, 언제일지 모를 스승의 마지막 순간까지는 절대 약해지지 않겠다고 한 다짐 때문이었다.

*   *   *

머나먼 신강(新疆).

중원과 서역을 잇는 광활한 사막과 대초원의 땅.

끝도 없이 아득히 펼쳐진 거칠고 삭막한 대지의 끝자락에 하늘과 맞닿아 우뚝 버티고 선 광오한 위용의 산맥이 있다.

천산.

하늘을 찌를 듯 까마득히 솟구친 수십, 수백의 거악첨봉(巨嶽尖峰)은 광오함을 넘어 경이롭기까지 하다. 운무에 싸인 봉우리들은 만년설로 뒤덮여 칠흑의 밤마저 하얗게 밝힌다.

스스스스……

언제부터일까.

적막에 휩싸였던 천산의 하늘이 변화하기 시작했다.

만년설에 반사되어 하얗게 빛나던 하늘이 시커먼 먹구름으로 뒤덮이기 시작한 것이다.

우르르르, 뇌성벽력이 요동을 쳤다.

뒤이어 먹장구름을 뚫고 튀어나온 한줄기 시퍼런 뇌전이 지상으로 내리꽂혔다.

쩌저적!

뇌전을 맞은 첨봉 하나가 거짓말처럼 드드드드! 갈라지기 시작했다.

다음 순간,

꽈아앙!

갈라지던 산봉우리가 화산이 폭발하듯 천번지복의 굉음과 함께 폭발하더니 그 속을 뚫고 시뻘건 괴영 하나가 튀어나왔다.

"크하하하하하!"

소름 끼치는 광소를 터뜨리며 천공으로 날아오른 혈영.

산발한 머리부터 발끝까지 핏빛 혈무에 휩싸인 그것은 믿을 수 없게도 사람의 형상을 하고 있었다. 어찌 인간의 육신으로 폭발하는 산을 뚫고 튀어나온단 말인가?

믿기 힘든 광경은 계속 이어졌다.

"크하하하하!"

미증유의 존재가 천공에 둥실 뜬 채로 앙소를 터뜨리는 동안 사방에서 바람처럼 날아든 여섯 개의 인영이 있었다.

파라락!

천공 아래에 당도한 그들이 일제히 부복했다.

"구천수라의 하늘 천마존(天魔尊)을 배알하나이다!"

역시 머리부터 발끝까지 시뻘건 혈의로 감싸 정체를 알아볼 수 없는 괴인들.

그들을 향해 천공의 혈영이 섬뜩한 육성을 발했다.

"왜 여섯뿐이더냐. 나머지 아이들은… 어디 있느냐……."

가늘게 몸을 떤 혈의괴인들이 머리를 조아렸다.

"나머지 수라는 그들이 맡은 곳에서 본 부(府)의 부활을 위한 힘을 모으고 있사옵니다. 머지않아 지존을 경배하게 될 것이옵니다."

우우우우……!

미지의 존재를 감싼 혈무가 사납게 요동쳤다.

그 속에서 광오하기 짝이 없는 마성이 흘러나왔다.

"새로운… 하늘이 열릴 것이다……! 구천수라의 하늘을 경배하라……!"

"경배하라!"

"만마지존 천마존 만세!"

부복한 혈의괴인들이 미지의 존재를 우러르며 외쳤다.

그에 답하듯 천공에서 섬뜩한 앙천광소가 울려 퍼졌다.

"크하하하하……!"

피와 죽음의 향이 밴 기운.

절대 마의 기운에 물든 하늘과 땅이 신음했다.

까마득히 먼 중원 땅이 보름 앞으로 다가온 용호지쟁을 앞두고 한창 들떠 있을 무렵에 벌어진 일이었다.

第五章
무창! 무창으로

龍虎相搏 용호상박

"곧 출발하실 시간이옵니다."

시아가 예국홍을 곁에서 모신 지는 이 년째였다.

그녀의 나이 올해로 방년 십팔 세.

처음 소림주의 시비로 뽑혀 들어갈 때는 꿈인가 생시인가 싶었다. 동료 시비들의 질시도 한 몸에 받았다. 관옥처럼 준수하고 품위있고 예의까지 바른 소림주를 모신다는 건 그야말로 시비들에겐 꿈과 같은 일이었으니까.

꿈이 현실이 되었으니 행복할 따름이었다.

적어도 처음 일 년 동안은.

그러던 것이 이 년째로 접어들면서 조금씩 변화가 찾아

왔다.

'지금도 행복하긴 하지. 저렇게 멋진 분을 매일 곁에서 볼 수가 있으니까. 근데……'

근데 뭔가 모르게 아쉬운 게 있었다.

그 아쉬움은 가슴에 꽃바람이 불 나이인 열여덟 살이 되면서 조금씩 형체가 뚜렷해졌다.

'휴우, 우리 공자님은 멋지고 다 좋은데… 너무 깍듯하신 게 탈이야. 조금 고리타분…….'

무심코 그런 생각을 하다가도 시아는 얼른 자신을 꾸짖었다. 하지만 내심 꽃다운 소녀의 방심은 종종 상상을 하곤 했다. 멋진 소림주가 어느 날 갑자기 시중을 드는 자신을 와락 끌어안는 모습을.

'피이.'

상상은 상상에 불과했다.

백림의 소림주 예국홍은 그야말로 예와 법도로 똘똘 뭉친, 흐트러진 모습은커녕 허튼 눈길 한 번 준 적이 없는 인물이 아닌가 말이다.

'어쩜 그렇게 림주님을 쏙 빼다 박으셨는지!'

본래 사람이 너무 반듯해도 재미가 없는 법이다.

시아가 알고 있는 림주 예정문이 바로 그런 인물이었는데 예국홍이 그 전철을 밟아가고 있으니 아쉬울밖에.

그리고 그 아쉬움은 오늘도 여지없이 반복되고 있었다.

"시아로구나."

가끔은 늦잠도 좀 자고 흐트러진 모습도 보여주면 좋으련만 오늘도 역시 국홍은 흐트러짐 하나 없는 모습으로 시아를 맞았다.

어느새 일어나 출발 채비를 말끔히 끝마친 모습이었다.

"수행단은 채비를 마쳤느냐?"

"예, 공자님."

"아버님은?"

"기별이 들어갔으니 곧 나오실 것이옵니다."

서로 눈도 안 마주치고 나누는 대화 역시 어김없다.

시아가 내심 한숨을 쉴 무렵 방을 나선 국홍이 앞서 걸음을 옮겼다. 아버지 예정문이 나오기 전 먼저 밖에서 기다리려는 지극히 자연스런 행동이다.

시아가 사뿐사뿐 뒤를 따르자 앞서 가던 국홍이 문득 걸음을 멈추었다. 시아는 살짝 눈을 빛내며 고개를 들었지만 국홍은 반쯤만 얼굴을 돌린 채 말했다.

"내가 깜빡했구나. 청미(淸美)가 조만간 돌아온다는 기별이 어제 왔었는데. 엉뚱한 녀석이라 언제 불쑥 나타날지 모르니 미리 거처를 손봐두라고 전갈을 넣어주겠느냐?"

"…네에."

시아는 실망한 표정으로 대답했다.

하지만 곧 그녀의 표정은 환하게 변했다.

'아! 드디어 아가씨께서 돌아오시는구나!'

어찌 기쁘지 않을까?

다른 사람도 아닌 바로 그녀, 예청미가 돌아온다는데.

국홍의 연년생 여동생이자 따분하고 재미없는 백림에 유일하게 시끌벅적한 활력을 심어주는 왈가닥의 대명사 예청미!

세인들에겐 와룡일미(臥龍一美)란 찬사와 더불어 돌연변이라고도 일컬어지지만 시아와 같은 백림의 식솔들에겐 인기만점인 바로 그 예청미가 이 년간의 출장무공수학(?)을 마치고 귀환하는 것이다.

'이제 좀 살 만하겠네. 후훗.'

시아는 앞서 가는 예국홍이 들을세라 몰래 웃었다.

늘씬하고 쭉쭉빵빵한 외모만 놓고 보면 천하최강의 미녀인데, 하는 행동은 영락없는 왈패였던 예청미가 지난 이 년 동안 어떻게 변했을지 궁금하기 짝이 없었다.

'다른 곳도 아닌 보타문에서 수학을 했으니 좀 달라지시지 않았을까?'

그럴 가능성도 있긴 했다.

애초에 보타산으로 간 건 순전히 예청미의 흥미에서 시작된 것이었다. 평소 무공광인 그녀가 보타문 비구니들의 검공이 강하단 소리를 듣고선 직접 보고 싶다며 아버지 예정문을 삼 일 밤낮으로 졸라 떠나게 되었던 것.

그렇게 시작한 게 이 년을 눌러앉았으니 관음보살의 영지로 알려진 보타문의 분위기에 영향을 받아 몰라보게 달라졌을지도 모를 일이다.
 '비구니가 되겠다고 덜컥 선언하시는 건 아닐까?'
 시아는 깜짝 놀라 눈을 동그랗게 떴다.
 워낙 어디로 튈 줄 모르는 천방지축이니 그런 상상도 충분히 가능했다.
 '그랬다간 정말 난리날 텐데.'
 시아는 걱정스런 표정을 감추지 못했다.
 천하에 반듯하기로 소문난 백림이지만 고집 또한 최강인 집안.
 그중에서도 왈가닥 천방지축 예청미의 고집은 상상을 불허한다. 그녀의 고집은 완고하고 근엄한 원칙주의자 예정문도, 반듯함의 대명사인 오라버니 예국홍도 상대가 되질 못했다.
 물론 그 중간엔 늘 한바탕 난리가 꼭 벌어지게 마련이었고.
 "아냐, 설마. 백림 생활도 따분하다고 불평하던 청미 아가씨가 외딴 섬의 비구니 생활을 좋다 할 리가 없지."
 시아는 걱정 끝에 결론을 내렸다.
 그녀의 결론이 맞는지는 문제의 장본인이 돌아오면 밝혀질 일이었다.

연무장엔 백림의 주축 검단인 벽룡검과 회룡검, 황룡검을 비롯해 전체 검사들이 모두 나와 도열해 있었다.
 도합 삼백을 웃도는 인원. 똑같이 하얀 백의 무복을 맞춰 입은 수백 명의 검사들이 한 줄의 흐트러짐도 없이 도열한 기세는 아침 이슬을 머금은 검처럼 차분하고 엄정했다.
 특히 앞줄에 선 열 명의 검사들의 눈빛이 남달랐는데, 바로 용호지쟁의 대표로 선발된 주인공들이다. 두려움과 긴장감을 찾아볼 수 없는 대표 검사들의 모습은 그동안 수련에 쏟은 땀을 말해주고 있었다.
 국홍은 검사들과 눈을 맞추었다.
 "최선을 다하는 것이 우리가 할 일이오. 승리는 최선을 다한 이에게 돌아가는 부산물일 따름이니까."
 "명심하겠습니다."
 외유내강의 기세.
 와룡검을 익힌 이들만이 보일 수 있는 그 기세가 믿음직스럽다.
 '올해도 좋은 결과를 기대해 봐도 좋겠구나.'
 국홍이 고개를 끄덕일 때 누군가 혀를 차는 소리가 들려왔다.
 "쯧쯧, 이런 날은 좀 화끈하게 함성도 지르고 해야 제 맛인데 말이야."

숙부인 예중악이 찡그린 얼굴로 연무장을 쓸어보고 있었다.

국홍은 엷은 미소를 머금고 말했다.

"소리만 요란한 빈 깡통은 와룡의 기상에 어울리지 않는 법이지요."

"……!"

예중악의 눈꼬리가 슬며시 올라갔다.

용호지쟁에 동행하지 못하고 집 지키는 신세가 된 꼴이라 안 그래도 배알이 틀린 참이었다. 그는 막 뭐라고 말을 하려다 누군가가 나오는 기척에 입을 다물었다.

"림주께서 나오십니다."

도열한 검사들의 눈빛이 한층 엄정해졌다.

흐트러짐없는 장내의 분위기 속에 백림의 수장 예정문이 단상에 섰다. 도열한 검사들의 눈을 조용히 오시하던 그가 입을 열었다.

"때를 기다리며 웅크렸던 와룡이 비상을 할 시간이 어느덧 돌아왔음이다. 땀 흘려 익히고 수련한 스스로에게 부끄러움과 후회가 없도록 하라."

"존명!"

삼백의 검사들이 하나처럼 검을 들어 예를 취하자 소리없는 뜨거운 열기가 장내로 퍼져 나갔다.

예정문이 가볍게 고개를 끄덕였다.

"출림."

"출림!"

도열했던 검사들이 물길이 열리듯 양쪽으로 갈라섰다.

그 사이로 사십여 필의 말이 이동을 시작했다. 예정문과 예국홍이 나란히 선두에 자리했고 그 뒤를 장로 모용명과 수신호위들이 따라붙었다.

다시 그 뒤엔 이번 출행의 책임자 격인 수석검단 황룡검의 검주 이립(李立)이 이열종대의 검사 대열을 이끌었다.

따각따각······.

말발굽 소리를 똑같이 맞추며 출림하는 일행을 양쪽으로 도열한 검사들이 검례(劍禮)의 동작으로 엄숙히 배웅했다.

그런 모습을 뒤쪽 단상에서 지켜보며 슬며시 눈살을 찌푸리는 이가 있었다.

"이거야 원, 장례 행렬도 아니고."

예중악의 혼잣말이었다.

백림 특유의 엄숙하고 정적인 분위기에 이골이 난 그였지만 이골이 난 만큼 불만도 종종 뒤따르곤 했다. 오늘이 바로 그런 날이다.

"하여간 내 성질엔 안 맞는단 말이지. 쯧쯧."

예중악은 혀를 찼지만 그걸론 성이 차질 않았다.

"끝났으면 기어들어 가지 뭣들 하고 있느냐!"

시야에서 멀어진 출행단을 여전히 도열한 채 배웅하고 있던 검사들에게 날벼락이 날아갔다.

"그만 들어가자."

벽룡검주 주문락은 단상의 예중악을 일별한 뒤 수하 검사들을 재촉했다.

수행단에 동행하지 못한 아쉬움을 달래던 차에 난데없이 호통을 맞아 황당했지만 상대가 상대인지라 내색하진 못했다.

단상을 지나치며 예를 취하자니 예중악은 몇몇 인물들에게 둘러싸여 불만을 토로하는 중이었다. 집법장로 사공추와 회룡검주 악보의 모습을 확인한 주문락은 못 본 척 걸음을 옮겼다. 평소에도 자주 어울리는 인물들이라 새로울 건 없었다.

"와룡이 자리를 비우니 화룡이 대신 주인 행세를 하게 되었구나. 몸조심해야겠군."

행여 들을세라 주문락의 목소리는 은밀했다.

그런데 그걸 용케 들었는지 수하 검사들이 나란히 고개를 끄덕여 동의를 표하고 있었다.

* * *

"공자님, 그만 일어나세요."

춘희는 울상을 한 채 주춤주춤 침상으로 다가갔다.

그녀가 충걸의 시비가 된 지도 어언 칠 개월째.

반년을 버티기 힘들다는 자리를 용케도 버티고 있는 중이었다.
 충걸의 시중을 들 때 가장 힘든 일 중의 하나가 바로 잠 깨우기다. 아무리 붙들고 흔들어대도 대 자로 뻗은 채 요지부동인 충걸을 깨우기란 가녀린 시비들에겐 고역이 아닐 수 없었다.
 그러다 언제 갑자기 '으핫핫!' 웃음을 터뜨리며 번쩍 침상으로 낚아채 뒹굴지도 모르는 판이었으니.
 "공자님……."
 춘희가 동료 시비와 함께 엉덩이를 쭉 빼고 조심조심 침상으로 다가가고 있는 것도 그 때문이었다.
 "드르렁! 드르렁!"
 어느 날보다 중요한 날이라며 칼같이 일찍 깨우랄 땐 언제고 충걸은 세상모르고 잠에 취해 있었다. 속곳 하나만 덜렁 걸친 우람한 반나신을 여지없이 드러낸 채로.
 '휴우, 성격만 반듯했더라면 정말 나무랄 데 없을 텐데.'
 춘희는 충걸의 나신을 훔쳐보면서 아쉬움을 삼켰다.
 이윽고 동료 시비와 눈짓을 교환한 뒤 그녀는 조심스럽게 충걸의 몸을 흔들었다.
 "공자님, 그만 일어나세요!"
 충걸은 꼼짝달싹도 하지 않았다.
 이럴 때 방법은 하나뿐이다.
 눈을 질끈 감은 춘희와 동료 시비는 장충걸의 팔과 다리를 있는 힘껏 꼬집었다.

"어서 일어나세요, 공자님!"

"으으응……."

그제야 충걸이 뒤척이며 반쯤 눈을 떴다.

춘희는 기회를 놓치지 않고 충걸의 코앞에다 빽 소리를 질렀다.

"어서 일어나세욧! 용호지쟁 출행하셔야죠!"

몇 차례 끔벅이던 충걸의 눈이 슬며시 커졌다.

"용호지쟁?"

그리곤 강시처럼 상반신을 벌떡 일으키며 소리쳤다.

"맞다! 용호지쟁!"

그 서슬에 깜짝 놀란 춘희와 동료 시비는 재빨리 쪼르르 뒤로 물러섰다. 그러면서 안도의 숨을 내쉬었다. 충걸의 눈 상태가 완전히 잠을 깼음을 알려주고 있었기 때문이다.

하지만 아직 안심하긴 일렀다.

"어라, 벌써 날 다 샜잖아?"

아침 햇살이 들이치는 창을 보며 충걸이 머리를 벅벅 긁었다. 춘희는 그럴 줄 알았다는 듯 생긋 웃으며 침상으로 다가섰다.

"더운물 준비해 뒀으니 어서 씻기부터 하세요."

"더운물?"

힐끔 춘희를 돌아보던 충걸이 갑자기 씩 웃었.

갑작스런 불길함에 춘희와 동료 시비의 얼굴이 굳어진 순간,
"귀찮게 씻기는 뭘 씻어. 옷이나 갈아입자."
충걸은 풀쩍 뛰어 침상에서 내려섰다. 유일하게 걸치고 있던 속곳을 기세 좋게 훌렁 벗어 던지면서.
"엄마야!"
춘희와 동료 시비가 두 손으로 얼굴을 가리고 달아났다.
"크크크, 귀여운 것들."
팔짱을 끼고 선 충걸은 웃음을 터뜨렸다.
실오라기 하나 안 걸친 그의 건장한 나신 아랫도리엔 압도적인 존재감을 발하는 남성의 상징이 위풍당당하게 끄덕거리고 있었다.

"용! 호! 지! 쟁!"
"흑! 천! 무! 적!"
"박! 살! 와! 룡!"
흑천성 외성의 대연무장이 이른 아침부터 들썩거렸다.
마치 검게 물든 대해가 출렁이듯, 넓은 연무장을 검은색으로 가득 메운 흑의무사들은 저마다 시퍼런 도를 뽑아 들고 함성을 질러댔다.
얼핏 보면 질서라곤 전혀 없는 난장판, 다시 보면 자유분방한 검은 호랑이군단 특유의 패기를 보여주는 광경이다.

충걸이 등장한 건 그때였다.

"와아!"

"호! 왕! 폭! 도!"

검은 호랑이들의 열렬한 환호를 받으며 충걸은 단상에 버티고 섰다. 허공에 번쩍이는 칼날들을 쓸어보며 그는 입을 쩍 벌리고 웃어젖혔다.

"우하하! 좋아, 좋아! 아주 좋아!"

그때 갑자기 함성 소리가 한층 드높아졌다.

"우와악!"

"도! 왕! 무! 적!"

"도! 왕! 천! 하!"

흑천의 신화 장팔봉의 등장이었다.

"뭐야, 이거? 나보다 함성이 더 크잖아?"

웃다 말고 똥 씹은 표정이 된 충걸.

단상으로 올라서던 장팔봉이 그런 그를 보고 눈을 부라렸다.

"비켜, 이 자식아!"

"킁!"

충걸은 못 이기는 척 한 발 뒤로 물러서면서 콧방귀를 꼈다.

"그놈의 성주 자리를 확 꿰차 버리든가 해야지."

"네까짓 놈이 어지간히."

느긋하게 받아친 장팔봉이 연무장을 향해 척 손을 들었다.

기다렸다는 듯 우레와 같은 함성이 터져 나왔다.

반면 충걸의 얼굴은 더욱 구겨졌고.

충걸의 한판 패로 끝난 신경전을 뒤로하고 장팔봉의 훈시가 시작되었다. 딱 세 마디로 끝난 훈시였다.

"지면 뒈진다. 그냥 조지는 거다. 난폭하고 무식한 검은 호랑이답게."

"와아아!"

간단명료한 훈시를 끝으로 흑천성의 육중한 출구가 입을 벌렸다.

그때 단상으로 몇몇 이들이 다가왔다.

수석총관 우공의 소심한 얼굴이 맨 앞에 있었다.

"몸조심해서 다녀오십시오, 주군. 그리고 소주."

"걱정 말고 집이나 잘 지키시고 계슈!"

철썩!

굽실거리는 우공의 마른 등짝에 충걸의 손바닥이 작렬했다.

입을 딱 벌린 우공을 뒤로하고 장로들과 그 외 인사들이 앞다투어 인사를 건넸다.

그리고 마지막으로 남은 한 사람이 있었다.

"아버님, 조심해서 다녀오십······."

고개를 푹 숙인 채 쭈뼛쭈뼛 다가선 인물은 작고 왜소한 체구에 피부가 뽀얀 청년이었다. 남장 소녀인가 착각할 만큼 가녀린 외모인데 인사를 하면서도 장팔봉과 장충걸의 눈도 마주치지 못하고 있었다.

"크흠!"

장팔봉은 세찬 콧바람만 날리고 돌아섰다.

충걸 역시 슬며시 미간을 찌푸렸다.

"어, 그 자식, 거참."

잠잠하던 갑갑증이 도졌다.

하나뿐인 연년생 동생 장충혜(張忠惠).

단순무식으로 대변되는 흑천의 피를 받았다는 것 자체가 신기한 돌연변이.

행동거지나 소심하고 심약한 성격이 영락없는 계집인 동생을 볼 때마다 숨통이 콱콱 막혔다. 태생적으로 맞지 않는 상극의 기질 때문이었다.

"땅바닥에 돈이라도 흘렸냐?"

꿍!

충걸은 장충혜의 머리를 쥐어박았다.

그 서슬에 놀란 동생이 몸서리를 쳤다. 그리고는 얼굴을 드는데 아예 얼음장처럼 하얗게 질렸다.

"죄, 죄송해요, 형님······."

울상을 한 장충혜의 목소리가 쥐구멍을 찾아 기어들었다.

"끄응."

충걸은 들었던 주먹을 내려놓았다. 비 맞은 병아리처럼 오들오들 떨고 있는 녀석을 성질대로 쥐어박았다간 아예 죽어버릴지도 몰랐다.

때마침 출발을 알리는 소리가 들려왔다.

충걸은 대기하고 있던 말에 풀쩍 뛰어올랐다.

그러면서 힐끔 돌아보자니 돌연변이 동생은 눈물을 질질 짜고 있는 중이었다.

'끄으응!'

아무리 봐도 제 피붙이 같지 않은 그런 사람이 있다.

체질부터 성격까지 완전히 딴판인 그런 피붙이.

충걸이야말로 누구보다 그런 느낌이 지겨운 장본인이었다.

닮은 곳이라곤 발가락의 때만큼도 찾을 수 없는 동생하고 십구 년을 같이 살았으니까.

'줘 팰 수도 없고, 환장하겠구먼.'

문제는 문제였다. 무공조차도 익히지 못할 정도로 소심하고 심약해 빠진 녀석이 앞으로 이 험난한 강호에서 제대로 살아갈 수나 있을까 싶었다.

'이름은 왜 또 그 모양으로 지었냐고!'

충걸은 호목을 치떴다. 눈길이 앞서 가는 장팔봉의 철탑 같은 등짝으로 날아가 꽂혔다.

기억에도 없는 어머니가 동생을 임신했을 때다.

어떤 얼빠진 점쟁이 놈이 딸이라고 장담했다. 그 말에 기뻐한 아버지는 성질 급하게 충혜란 이름을 지었다. 그리고 아홉 달 뒤에 태어난 아기의 아랫도리엔 고추가 달려 있었고, 어머니는 산고를 못 이기고 숨을 거두었다.

어머니의 시신을 안고 광분하던 아버지는 달아난 점쟁이를 잡아 단칼에 목을 베었고, 아기는 유모의 손에 맡긴 채 거들떠보지도 않았다.

도왕 장팔봉이 눈물을 흘렸다는 믿기 힘든 얘기가 떠돈 것도 그 무렵이었다.

"후우."

충걸은 한숨을 내뿜었다.

충혜를 미워하는 게 아니었다.

잘났든 못났든 하나뿐인 동생이다. 오히려 마음속엔 어릴 때부터 정을 못 받고 자란 동생에 대한 연민의 정이 더 깊다. 하지만 정작 소심하고 병약한 동생을 마주하면 저도 모르게 성질부터 나곤 하는 것이다.

"망할 놈의 팔자라니."

충걸은 중얼거리며 와락 말고삐를 잡아챘다.

콰두두두두!

'언제 날 잡아서 기생집에라도 데리고 가든가 해야지.'

사내구실을 하다 보면 잠재된 호랑이의 성질이 나타날지도 모를 일이다.

충걸의 엉뚱한 결심이 거친 평원의 바람 속을 헤치고 나아갔다.

*   *   *

모든 것이 순조로웠다.
그리고 유난히 하늘이 청명하던 그날 아침, 일은 찾아왔다.
늘 그랬듯 아란은 차를 받쳐 들고 스승 천기자의 거처를 찾은 참이었다.
똑똑.
두 번 문을 두드리면 천기자의 대답이 들려오곤 했다.
한데 오늘은 웬일인지 스승의 목소리가 들려오지 않았다.
'……!'
문득 아란은 느꼈다.
자신의 몸을 감싸고 도는 생경한 느낌의 기운.
기분 나쁜 느낌은 아니었다. 오히려 고즈넉하고 평화로운 느낌이었다. 마치 부드러운 금침에 노곤한 몸을 누이고 한숨 늘어지게 푹 자고 일어났을 때의 기분과도 같은.
아란은 이끌리듯 손을 내뻗었다.
조심스럽게 손에 쥐어진 문고리는 따뜻했다.
따스함 속에 뜻 모를 슬픔이 전해져 왔다.
삐걱…….

떨리는 손을 따라 천천히 문이 열리고 암자 내부의 모습이 드러난 순간,

'…….'

아란의 눈에 소리없이 눈물이 차오르기 시작했다.

눈물은 그침이 없었다.

한참을 문간에 서 있다 멍하니 방 안으로 들어설 때까지도 하염없이 볼을 타고 흘러내렸다.

아란은 방 안에 들어선 뒤에도 한동안 눈물만 흘리며 서 있었다.

이윽고 조용히 찻잔을 내려놓은 그녀는 옷매무새를 가다듬은 뒤 대례를 올리기 시작했다. 그동안에도 눈물은 그녀의 하얀 볼을 적시고 옷섶을 흥건히 적셨다.

한 번, 두 번, 세 번…….

총 아홉 번의 대례를 올린 뒤 아란은 두 손을 모으고 무릎을 꿇었다. 그녀의 젖은 눈빛은 처연했다.

그 처연한 시선이 향한 곳, 그곳엔 대답 없던 스승 천기자가 가부좌를 튼 자세로 명상에 잠겨 있었다.

지그시 눈을 감고 입가엔 자애로운 미소를 띠었다. 그 어느 때보다 여유롭고 평화로운 모습으로 명상에 잠긴 스승은 당장이라도 혜안을 뜨고 자신을 부를 듯했다.

하나 어찌 들을 수 있을까.

이미 혼백이 떠난 육신은 말을 할 수 없음인 것을…….

'흐윽.'

아란은 끝내 목을 놓았다.

털썩!

힘없이 무너진 가녀린 어깨가 세차게 떨었다.

놀람이었고 슬픔이었다. 그러나 그 이전에 원통함이었다.

가시기 전에 한 번만, 단 한 번만이라도 자신을 부르셨어야 했다.

하나뿐인 제자에게 마지막 예를 올릴 기회도 주지 않고 덧없이 떠나 버린 스승이 원통함이었다.

'끄윽… 끅……!'

소리없는, 맘껏 소리에 아픔을 담아낼 수 없는 통곡이어서 더 서럽다. 시리도록 처연하다.

아란은 목 놓아 울었다.

그녀의 통곡에 온 산이 숨을 죽였다.

그렇게 한참의 시간이 지나던 무렵,

어디선가 바람이 살며시 불어와 흩어진 머릿결을 흔들었다.

아란은 이끌리듯 얼굴을 들었다. 젖은 얼굴이 바람을 쫓았다. 그리고 다음 순간 흠칫 굳어졌다.

'……!'

아란은 벌떡 일어서서 달려갔다.

바람을 잡으려는 것일까. 아니었다. 그녀가 급히 잡아 든 것은 스승의 주검 앞에 놓여 있는 한 통의 서찰이었다.

 청천벽력 같은 스승의 입적(入寂)을 맞은 충격으로 미처 알아보지 못했던 물건.

 아란은 가슴에 서찰을 모아 쥐고 호흡을 가다듬었다.

 '하아……!'

 스승이 이 세상에 남긴 마지막 유품 앞에서 숨이 가빠졌다.

 잠시 후 마음이 진정되고 난 뒤 그녀는 떨리는 손으로 서찰을 펼쳤다.

 휘이이……!

 어둠을 헤집은 바람이 들창으로 스며들었다.

 방 안을 밝히던 촛불이 춤을 추었다. 기운 없는 촛불의 춤사위는 가슴에 뚫린 구멍만큼이나 쓸쓸하고 허전했다.

 아란은 한숨을 삭였다.

 꼬박 사흘을 뜬눈으로 밝힌 피로가 그녀의 빨갛게 부은 눈에 쌓였다. 하지만 그녀는 잠을 자고 싶은 마음이 없었다. 맞은편에 타오르고 있는 향 너머, 스승의 영정만을 하염없이 바라볼 따름이었다.

 아란의 눈에 금세 눈물이 차올랐다.

 제단 위, 영정과 나란히 놓여 있는 유골함에 시선이 닿은 뒤였다.

 천기자의 유언을 좇아 화장을 치른 것은 오늘 오후.

오늘은 하늘이 더욱 푸르렀다. 스승의 입적을 처음 본 사흘 전보다 한층 청명한 날이었다. 그 맑은 하늘로 스승의 육신은 넘실넘실 연기를 타고 승천했다. 제자의 눈물 젖은 미소가 떠나가는 스승을 배웅했다.

그러나 스승은 그냥 떠나가지 않았다.

어쩌면 선물일지도 모를 마지막 자취를 당신의 뒤안길에 남겨두었다. 유골 속에서 찬연히 빛나고 있던 구슬 하나가 그것이었다.

아란은 천기자의 사리를 넋 놓고 쳐다보았다. 이미 보았던 스승의 유지, 그 속에 사리에 대해 언급한 구절이 있었음을 기억해 낸 것이다.

어쩌면 내가 가고 난 자리에 모양새 다른 뼛조각 하나가 남을지도 모르겠구나. 허허, 이 늙은이처럼 수양이 모자란 인간이 흔적을 남긴다는 것은 부끄러운 노릇이다. 그나마 어딘가에 도움은 될 듯하여 부끄러움이 덜하구나. 간직하고 있다가 혹 있을지 모를 때에 대비해 두도록 하여라. 빻아서 천령환단과 함께 연단하면 병인에겐 회생의 기운을, 무공을 익힌 이에겐 공력을 배양하는 데 보탬이 될 것이다.

사리에 교차된 스승의 목소리는 경외로, 슬픔과 비통으로 이어졌다. 아란은 다시 목 놓아 울었다.

우는 그녀의 앞에서 사리가 더욱 찬란한 빛을 발한 것은 우연이었을까?

울음을 그친 뒤 아란은 사리와 유골함을 제단에 모시고 반나절을 꼬박 염을 올렸다. 그리고 이제 막 한숨을 돌리는 참이었다.

'……'

아란은 쓸쓸히 암자 안을 둘러보았다.

스승의 영정부터 시작해 유골함과 사리, 스승의 유언이 담긴 서찰, 그 외 몇몇 유품, 그리고 마지막으로 눈에 들어온 작은 함 하나.

문제의 함에는 스승의 유지를 행하기 위해 반드시 필요하고 가장 중요한 물건들이 들어 있었다. 그리고 이제 그 물건들을 가지고 정든 이곳을 떠나야 할 시간이 다가왔다.

'내가 잘할 수 있을까.'

두려움과 걱정이 짙게 밴 한숨이 밀려 나온다.

본래 자신의 계획대로라면 스승인 천기자가 맡았어야 할 역할. 그 역할을 이젠 자신이 대신해야 했다.

새삼스레 영정 속에서 웃고 있는 스승이 원망스러웠다.

결국 소진된 근원지기를 회복하지 못하고 떠나 버린, 무거운 짐을 자신의 어깨에 짊어주고 간 스승이 원망스럽다.

'짐을 맡겼으니… 힘도 주셔야 해요.'

아란은 영정에 간절히 기도했다.

무창! 무창으로

잃었던 빛이 젖은 눈망울에 살아났다.

믿음이었다.

따스하기 그지없는 믿음을 가슴에 품고 아란은 미소 지었다.

'란아, 너는 잘해낼 수 있을 거야.'

은은히 울려 퍼지는 스승의 목소리에 촛불이 춤을 추었다.

좀 전과는 다른 기운 찬 춤사위였다.

'해낼게요. 무슨 일이 있더라도. 그것이 스승님의 희생에 대한 보답이고 또한 장차 닥칠 겁난을 막을 유일한 방법이니까요.'

아란의 빛나는 눈망울 속에서 촛불이 기운차게 춤을 추었다.

*   *   *

무창, 동호(東湖).

오색 불빛으로 불야성을 이룬 호수 반대편 외곽의 허름한 오두막.

방원 삼십 장 안으로 쥐새끼 한 마리 찾아볼 수 없는 천라지망이 펼쳐진 가운데 오두막 안에선 흐릿하고 음침한 불빛이 새어 나오고 있었다.

유등 하나만이 불을 밝힌 실내.

그러나 불빛에 기울어진 그림자의 수는 모두 열둘이었다.

"드디어 때가 되었소이다."

얼음장처럼 한기가 풀풀 날리는 음성.

유독 매서운 눈매가 마치 한 자루의 잘 벼린 검을 보는 듯한 복면인이었다. 그의 말에 장내의 분위기가 돌덩이처럼 경직되었다.

태풍전야를 목전에 둔 긴장감이었다.

"다들 대비에 만전을 기하셨으리라 믿소이다."

"……!"

긴장감이 칼날로 변했다.

"그들의 분위기를 살펴본 결과, 전혀 눈치를 채지 못한 것 같소. 그동안 입단속을 철저히 한 결과라 보오."

첫 번째 복면인의 눈빛이 번들거렸다.

이어진 정적을 깨뜨린 것은 누군가의 무거운 음성이었다.

"빈승은 아직도 모르겠소이다. 과연 이것이 옳은 선택인지……."

"빈도 또한… 그렇소이다."

두 번째 복면인에 이어 세 번째 복면인이 탄식을 흘렸다.

그들을 쏘아보는 첫 번째 복면인의 눈빛이 한층 싸늘해졌다.

"이미 끝난 얘기를 다시 되풀이하자는 것이오?"

눈을 감은 채 침묵을 지키는 두 번째, 세 번째 복면인.

그들의 모습에선 이러지도 저러지도 못하는 고심의 기색이 역력했다.

그러나 나머지 복면인들은 대부분 첫 번째 복면인에게 눈빛으로 동조를 표시하고 있었다.

첫 번째 복면인이 좌중을 쓸어보며 뱉듯이 말했다.

"애당초 꼬리를 만 광동 쪽과 함께 움직이기엔 거리가 먼 청해 쪽만이 빠졌소. 그 외에 불만이 있는 분은 지금 당장 얘기하시오."

"……"

대답은 없었다. 첫 번째 복면인이 만족스런 눈빛으로 고개를 끄덕일 때였다.

"보타문 쪽이 맘에 걸리는데… 그쪽은 괜찮겠소이까?"

불안감이 깃든 질문이 누군가에게서 흘러나왔다.

"와룡의 여식이 그쪽에서 무공 수학을 하고 있어 애당초 선조차 대질 않았소. 이곳의 상황에 대해선 까맣게 모르고 있을 테니 걱정할 필요는 없을 것이외다."

또 다른 복면인이 자신있게 대꾸했다. 하지만 그 역시 불안한 눈빛을 숨길 수 없긴 마찬가지였다.

"문제는 보타문이 아니라 바로 그들이오. 과연 우리가 그들을 꺾을 수 있겠소이까?"

"……"

이번엔 곧바로 대답이 나오지 않았다.

무거운 침묵이 암실을 짓눌렀다.

"이미 주사위는 던져졌소이다."

누군가가 침묵을 깼다.

은은히 살기가 밴 음성이었다.

장본인인 끝줄의 복면인이 시퍼런 안광을 번뜩이며 탁자를 두들겼다.

탕!

"마음 독하게 먹어야 하오! 그들의 무공이 대단하다 하나 결코 우리의 합공은 감당치 못할 것이오! 더구나 우리가 절대적으로 유리한 조건에 있질 않소이까? 그들은 모르지만 우리는 알고 있는 싸움이란 말이외다!"

"......!"

좌중의 기운이 다시 변했다.

서서히 긴장감은 사라지고 오두막 전체가 살기에 전염되어 갔다. 첫 번째 복면인이 결정적인 힘을 실었다.

"가주의 말씀이 옳소. 이미 주사위는 던져진 것이오. 각파의 명운을 걸고 어렵게 중지를 모았던 것을 상기합시다. 차후에 후회하는 일이 없게 하기 위해서라도 이번 일은 반드시 성공해야 하오. 또한 그것이 우리에게 돌아올 손가락질을 사전에 차단하는 유일한 방법이기도 하고."

"옳소이다."

"동감이오!"

복면인들의 눈빛이 달아올랐다.

유등 불빛에 기울어졌던 그림자들이 어느덧 칼날처럼 꼿꼿이 섰다. 두 번째, 세 번째 복면인의 그림자만이 여전히 기울어져 있을 뿐.

"우리의 합공이라면 능히 그들을 제압할 수 있을 것이오."

"용호로 대변되는 지긋지긋한 무림도 이제 파국을 맞게 될 것이외다."

"그 자리를 그동안 들러리 노릇을 했던 우리가 다시 차지하는 것이오."

"차지할 것이오!"

마지막의 나직한 부르짖음에선 거침없는 살기가 출렁였다.

만족스럽게 좌중을 쓸어보던 첫 번째 복면인의 눈길이 어딘가에 머물렀다. 여전히 눈을 감은 채 고심의 빛이 역력한 두 번째, 세 번째 복면인이 앉은 곳이었다.

'함께 행동하기 싫으면 재나 뿌리지 마라. 얌전히 입 다물고 있다가 떨어지는 콩고물이나 받아먹으란 말이다.'

음침한 한광을 발하는 그의 눈빛은 '그들'의 뒤통수를 칠 준비가 완벽히 끝났음을 알리고 있었다.

용호지쟁을 정확히 열흘 앞둔, 칠흑처럼 검은 밤이었다.

第六章
벙어리 신녀(神女)

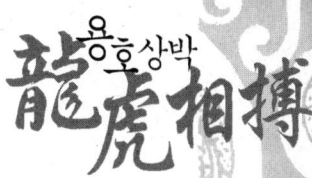

용호상박
龍虎相搏

 무창이 멀지 않은 호젓한 산길이었다.
 산이라면 이젠 내 집처럼 익숙한 아란이지만 어쩐지 홀로 나선 지금은 평소와 다른 느낌을 받았다.
 한껏 만개한 봄으로 물든 초록빛 수림은 햇빛을 가린 장막처럼만 보이고 운치를 더하는 청아한 새소리는 전에 없이 으스스하게만 느껴진다.
 '그냥 큰길로 갈 걸 그랬어.'
 사람 눈이 불편하기도 했고 여유있게 무창에 도착하고 싶어 빠른 길을 택했던 것인데.
 아란은 굳은 얼굴로 걸음을 재촉했다.

가끔 어디선가 들려온 정체 모를 맹수의 울음소리가 걸음을 붙잡기도 했다. 그럴 때마다 아란은 급히 주위를 둘러본 뒤 울음소리가 가까운 곳에서 들려온 게 아니란 걸 확인하고선 다시 걸음을 재촉했다.

'이것도 스승님의 빈자리겠지.'

아란은 걸으며 씁쓸히 웃었다.

십 년이 넘도록 이렇게 먼 길을 혼자 다녀본 기억이 없었다.

생소함에서 비롯된 당연한 두려움. 시간이 지나면 자연스럽게 익숙해질 것이라고 스스로를 다독였다.

그렇게 애써 마음의 평정을 되찾아갈 무렵이었다.

"흐흐, 내가 그랬지? 오늘 횡재수가 있을 거라고 말이다."

이번엔 맹수가 아닌 사람의 웃음소리가 발길을 붙들었다.

맹수의 그것보다 더 불쾌하고 음흉한 사람의 웃음소리.

아란은 걸음을 멈췄다. 고갯마루 양쪽 수풀을 헤치고 등장하는 정체 모를 장한들이 있었다.

'산적……?'

가슴이 쿵쾅거리기 시작했다.

도끼나 큼직한 칼 따위를 저마다 어깨에 걸친 행색이며 옷차림, 얼굴을 뒤덮은 시커먼 수염, 험상궂은 얼굴. 직감을 확신하게 만드는 장한들의 외모에 가슴은 더 세차게 뛰었다.

아란은 본능적으로 뒷걸음질을 쳤다.

"옳지, 옳지. 이쪽으로 와야지. 크흐흐!"

아란은 흠칫 뒤를 돌아보았다.

어느 틈에 뒤쪽에도 길을 막고 버틴 산적들이 있었다.

아란을 본 산적들의 눈이 와락 커졌다.

"오옷! 이게 하늘에서 내려온 선녀냐, 사람으로 둔갑한 구미호냐?"

통이 넓은 빛바랜 도포에 머리를 틀어 올려 도관을 눌러 썼음에도 감추지 못한 아란의 미모를 산적들은 꿰뚫어 보았다.

인세에 드문 그녀의 미모에 눈이 뒤집힌 산적들.

앞뒤에서 난리였다.

"으흐흐! 이거 완전 땡잡았구나!"

"대박이다! 크카카!"

아란은 중간에서 어쩔 줄을 몰랐다.

앞 다투어 터져 나오는 거친 웃음소리에 정신이 혼미해지고 오금이 저려왔다.

'정신 차려야 돼, 아란!'

질끈 아랫입술을 깨물자니 혼미하던 정신이 돌아왔다.

아란은 평정을 찾기 위해 애를 썼다.

노력한 보람이 있었던지 퍼뜩 떠오르는 기억이 있었다.

언젠가 스승 천기자가 부적 한 장으로 흉악한 마두를 꼼짝 못하게 만들어 버리던 기억.

'어떤 부적이었지?'

벙어리 신녀(神女) 197

아란은 부적을 기억해 내려고 애를 썼다.
"흐흐, 귀여운 것. 이 낭군님이 예뻐해 줄 테니 무서워할 것 없다. 우리도 알고 보면 부드러운 사내들이라구."
양쪽에서 산적들이 슬금슬금 다가오기 시작했다.
당황한 아란은 마음이 급해졌다. 황급히 부적낭을 더듬던 그녀의 손에 부적 한 장이 잡혔다. 곧바로 끄집어내 보니 얼핏 그때 본 것과 비슷하다 싶었다.
"아우, 미치겠다. 꿀꺽!"
어느 틈에 산적들은 코앞까지 다가왔다.
이제 손만 뻗으면 옷자락이 뜯겨져 나갈 상황.
'안 돼!'
아란은 다급히 주문을 외우면서 손에 쥔 부적을 허공에 뿌렸다. 산적들의 눈이 휘둥그레졌다.
쉬이잇……!
부적이 허공에서 타 들어가나 싶더니 갑자기 펑 하는 소리와 함께 연기가 치솟았다.
"으헉! 뭐, 뭐냐!"
기겁한 산적들의 비명.
그때를 틈타 아란은 다시 부적낭을 뒤졌다. 곧바로 다른 부적 한 장이 손에 쥐어졌다. 이번엔 제대로 찾았다.
아란은 다시 주문을 외웠고, 그 모습을 본 산적들이 본능적으로 웅크렸다.

다음 순간,
"어어?"
"왜, 왜 이래, 이거!"
고함 소리가 꼬리를 물고 다시 터져 나왔다.
"몸이, 몸이 안 움직인다!"
"나도, 나도! 사, 살려줘!"
보고도 믿기 힘든 광경이었다.

저마다 우스꽝스런 자세로 석상처럼 굳어진 산적들이 입만 살아 버럭버럭 고함만 질러대고 있으니 어찌 황당하지 않을까?

'휴우……!'
아란은 한숨을 몰아쉬었다.
다행히 부적의 효능은 정확했다. 꼼짝 못하고 굳어버린 산적들을 보니 그제야 놀란 가슴이 진정되어 갔다.
"아이고, 나 죽네!"
"사람 살려!"
비명 소리는 점차 겁에 질린 울음소리로 변해가는 중이었다.

아란은 잠시 마음이 흔들렸다. 하지만 이내 마음을 다잡고 손을 들었다. 길고 하얀 손가락이 땅바닥에 글을 쓰기 시작했다.

[하늘 무서운 줄 모르고 함부로 악행을 범하는 그대들을 마음

같아선 황천염라의 면전으로 보내 버리고 싶으나 오늘 하루만 용서토록 하리라. 단, 이 산에서건 어디에서건 또다시 약한 자의 재물을 탐하고 아녀자를 희롱하는 모습이 본 신녀의 눈에 띈다면 그때는 결코 용서치 않으리라.]

신비로운 눈빛을 발하며 정색을 한 아란의 모습은 정녕 하늘에서 내려온 신녀(神女)를 보는 듯했다.

산적들이 앞 다투어 눈물 콧물을 짰다.

"아이고, 신녀님, 살려주십시오!"

"다시는 안 그러겠습니다요!"

겁에 질려 애걸복걸하는 산적들을 본 척 만 척 아란은 돌아섰다. 그렇게 한참을 가다가 돌아보니 산적들은 망연자실 넋을 놓고 있었다.

그 모습에 또 약해지려는 마음을 아란은 다잡았다.

'한 시진만 지나면 풀릴 테니까.'

힘없는 양민들에게 함부로 위해를 가하는 자들은 따끔하게 혼이 날 필요가 있었다. 다만 혼나는 시간 동안 맹수가 같이 놀자고 찾아오는 일만 없으면 될 터였다.

'훗.'

다시 길을 걷던 아란은 쓴웃음을 지었다. 스스로를 신녀라고 부른 자신이 생뚱맞게 느껴진 탓이었다. 걸음을 더할수록 쓴웃음은 짙어져 갔다.

결국 아란은 다시 멈춰 섰다.

'휴우!'

한숨을 내쉰 아란은 천천히 신형을 돌려세웠다. 그리고는 얼어붙어 있는 산적들에게로 다시 돌아갔다.

가까이에서 마주한 산적들은 첫인상과는 달리 그렇게 악한 관상은 아니었다. 흔히 그렇듯 그들 역시 먹고살기 힘들어 팔자에 없는 산적질을 하게 된 생계형 산적이었는데, 일 년 남짓 몸에 밴 산적 특유의 언행 속엔 아직도 순박한 산골 촌부의 체취가 남아 있었다.

"이 버러지 같은 놈들이 신녀님도 몰라뵙고 죽을죄를 졌습니다요."

"그냥 겁만 주고 전낭만 뺏으려 했던 것이지, 절대 딴마음을 먹었던 건 아닙니다요!"

맹세코 아녀자를 겁탈한 적은 단 한 번도 없었다며 바닥에 넙죽 엎드려 했던 절을 또 하고 또 하는 모습에서 거짓을 찾아볼 순 없었다. 만약 있었다면 아란의 심안을 통과할 수 없었을 것이다.

아란은 본래 은자 몇 푼을 쥐어주고 산적들을 그냥 돌려보낼 생각이었다. 하지만 그들은 시키지도 않은 길잡이와 호위 노릇을 하겠다고 자청해 나섰다. 말릴 여지도 없었다.

다섯 명의 산적 중 우두머리 격인 인물은 구기동(丘技動)이란 중년인이었는데 텁수룩한 수염만 없다면 꽤나 순박해 보일 인상이었다.

"저희가 신녀님을 무창까지 모시겠습니다요!"

목적지가 무창이란 말을 듣자마자 구기동을 위시한 산적들은 철통같은(?) 경호 속에 아란의 길을 수행하고 나섰다.

뜻하지도 않은 길잡이 겸 호위가 생긴 아란은 웃지도 울지도 못할 상황이었지만 어쨌든 나쁘지만은 않았다.

무창까지의 길을 덕분에 호젓하지 않게 보낼 수 있었고, 거기다 그들의 우악스런 인상은 목적지인 무창에 당도했을 때 톡톡히 한몫을 해주었던 것이다.

무창(武昌).

호북의 성도이자 남흑천으로 대변되는 강남과 북백림으로 대변되는 강북의 접경지이자 완충지 역할을 하는 도시.

바로 그 무창은 한창 난리법석이었다. 도시 전체가 발 디딜 틈도 없이 각양각색의 인파로 바글바글했다. 그 반수 이상이 병장기를 찬 무림인들이었지만 시인묵객이나 일반인들도 다수.

그들 모두가 바로 일 년 만에 돌아온 용호지쟁을 보고자 몰려온 이들이었다. 세대와 계층, 지역을 초월한 초유의 볼거리에 무창 전체가 시끌벅적, 한껏 들뜨고 흥분된 분위기에 휩싸여 있었다.

덕분에 끼니 해결을 위한 객잔의 빈자리 찾기도 하늘의 별

따기였는데, 구기동과 그의 동료들이 힘을 발휘한 것이 바로 그때였다.

"어허, 거 앞에 길 좀 비키쇼!"

"신녀님께서 납시오! 신녀님!"

구기동과 동료 산적들은 거침이 없었다.

험상궂은 인상과 건장한 체구를 무기 삼은 그들의 활약 덕분에 남들은 반 시진이 걸려도 찾지 못할 객잔의 빈자리를 불과 일각 만에 확보한 것이다.

물론 그동안 아란은 홍당무로 변한 얼굴을 내내 땅바닥에 처박고 있었지만.

일행이 자리를 잡은 곳은 노상에 좌석을 편 간이 객점이었다. 그래도 끼니를 때우기엔 전혀 아쉬움이 없었다.

[한 그릇씩 더하도록 해요.]

소면 한 그릇씩을 게 눈 감추듯 해치운 산적들은 아란의 말에 입이 쩍 벌어졌다.

"감사합니다요, 신녀님!"

얼씨구나 새로 나온 소면에 달려드는 산적들의 모습을 쳐다보며 아란은 미소 지었다.

스승님을 떠나보낸 이후 메말랐던 가슴에 작게나마 훈기를 되찾아준 이들이다. 팔자와 인연이란 진정 알 수 없는 것이라고, 어느 것 하나 가벼이 볼 게 없다는 것을 아란은 새삼 깨달았다.

여유를 되찾은 마음으로 천천히 주변을 둘러보았다.

속세를 벗어난 생활에 익숙한 아란으로선 시끌벅적한 거리의 풍경이 생경하기도 했고 호기심도 일었다.

분주히 오가는 사람들을 구경하는 것도 색다른 재미가 있었다.

오가는 이들 중엔 일반인들도 많았지만 반 이상이 병장기를 찬 무림인들이었는데, 떠돌이 낭인들에다 각 지역 군소 방파 소속 무인들, 그리고 전통의 구파와 오대세가 사람들도 간간이 볼 수 있었다.

백림과 흑천의 위세에 눌려 예전만 못한 구파와 오대세가지만 용호지쟁의 참관인으로서 나름 역할을 맡고 있다는 얘기는 아란도 들어서 알고 있었다.

'……?'

찬찬히 사람들을 구경하던 와중이었다.

아란은 무심코 아미를 찡그렸다.

무언지 모를 느낌 탓이었다.

아란은 잠시 호흡을 가다듬은 뒤 다시 찬찬히 거리를 살피고 분주히 오가는 사람들을 주시했다. 그러다가 조용히 하늘을 보기도 했고 눈을 감고 손가락을 꼽기도 했다.

그 와중에 식사를 마치고 아란의 범상치 않은 행동을 목격한 구기동과 동료 산적들은 쥐 죽은 듯 입을 꾹 다물고서 사주경계(?)의 역할을 맡았다.

아란이 다시 눈을 뜬 것은 일각이 훌쩍 지난 뒤였다.
'이 느낌은… 무엇일까.'
아란의 얼굴은 굳어 있었다.
'이 기운… 머지않아 불길한 일이 일어날 것을 말하고 있다. 바로 이곳에서… 며칠 안에…….'
스승 천기자에게 사사한 대로 천기를 읽었다.
혹시나 싶어 두 번을 거듭 짚었다. 자신이 헛배운 게 아니라면, 자신의 예지가 어긋나지 않았다면 분명 이 불길한 기운은 조만간 좋지 않은 일이 벌어질 것을 말하고 있었다.
매우 좋지 않은, 피를 부를지도 모를 큰 사건.
과연 그런 사건이 이곳 무창에서 일어날 일이 무엇이 있단 말인가?
그때 번뜩 뇌리를 스치는 것이 있었다.
'설마 용호지쟁?'
아란은 입술을 깨물었다. 머리는 가로젓고 있었지만 마음은 자꾸만 용호지쟁으로 기울어가고 있었다.
'열 명씩 대표를 뽑아 비무를 하기로 되어 있을 텐데… 그런데 무슨 사고가 난다는 것일까…….'
그런 상황은 자신이 바라는 게 아니었다.
용호가 피 터지게 싸우는 것은 절대 불가였다.
그 먼 길을 거쳐 자신이 이곳까지 온 것은 훗날을 대비해 그들이 손을 잡도록 안배하기 위함이 아니던가?

아란은 다시 눈을 감았다. 영력을 집중했다.
'아니야. 이 정도의 기운이라면… 스승님께서 말씀하신 천마혈성과 아홉 개의 수라혈성의 기운에는 미치지 못해!'
아란은 눈을 떴다. 아름다운 봉목이 빛을 발했다.
확신에 힘입은 그녀의 예지력이 영민하게 움직이기 시작했다.
'용호에게 문제가 생겨서는 안 돼. 그렇다면 어떻게 해야 할까? 만약 그들이 아닌 다른 누군가가 용호지쟁을 틈타 분란을 일으키는 것이라면……?
꿈틀거리는 예지력과 함께 빠르게 생각이 정리되었다.
'용호의 힘이라면, 미리 대비만 한다면 큰 문제는 없을 거야.'
그렇다면 미리 대비를 할 수 있도록 누군가가 경고를 해줘야 한다. 누가 해야 할까?
이 상황을 알고 있는 사람이 한 사람뿐이니 결국 경고를 해줄 사람도 단 한 사람뿐이다.
'휴우.'
아란이 갑작스레 무거워진 어깨를 늘어뜨리고 한숨을 내쉴 때였다.
"어디! 어디야?"
"무창제일루다! 무창제일루로 가자!"
갑자기 거리가 소란스러워졌다.

왁자한 고함 소리와 함께 군웅들이 어딘가로 우르르 몰려가고 있었다.

'무슨 일이지?'

아란은 달려가는 사람들의 뒷모습을 눈으로 쫓았다.

그러자 그때껏 사주경계의 임무에 만전을 기하고 있던 구기동과 산적들이 눈치 빠르게 넙죽 입을 열었다.

"예, 신녀님! 저들은 지금 무창제일루로 가는 겁니다."

"서로 좋은 자리를 차지하려고 튀어가는 거지요."

[좋은 자리라니요?]

아란의 질문에 구기동과 산적들이 마주 보며 헤벌쭉 웃었다.

하늘 같은 신녀가 자신들에게 질문을 한다는 사실에 잔뜩 고무된 표정이었다.

대표로 나선 구기동이 짐짓 진지한 얼굴로 대답했다.

"용호지쟁의 주인공인 백림과 흑천이 곧 그곳에 당도할 모양입니다요. 용호지쟁에 앞서 사흘 전에 매번 무창제일루에서 참관인 동석하에 정례회의를 하기 때문입지요."

'……!'

아란은 고개를 끄덕이는 대신 예의 신비로운 눈빛을 발했다. 당장 자신이 해야 할 일이 정리되고 있었다.

'그곳에 가보는 것이 좋겠구나. 어쩌면 불길한 기운의 단서를 확인할 수 있을지도 모르니.'

결심은 했으나 들소 떼처럼 몰려가는 사람들 속에 파묻힐 엄두가 나질 않는다. 하지만 고민은 쉽게 해결되었다.

"신녀님도 가보시겠습니까?"

구기동이 눈치 빠르게 물었다.

아란이 뭐라 할 새도 없이 그가 튕기듯 일어섰다.

"다들 들었지? 출동이다! 신녀님을 무창제일루로 모셔라!"

"출동!"

구기동을 위시한 다섯 명의 산적이 다시 임무 수행에 나섰다. 그들의 철통 경호 속에 아란은 들소 떼 속을 안전하게 이동할 수 있었다.

*　　　*　　　*

무창 하면 동호(東湖), 동호 하면 무창!

동호는 무창의 상징과도 같은 호수이자 항주의 서호와 더불어 쌍벽을 이루는 전통 깊은 명승지다.

신의 선물이라는 그 아름다운 풍광을 즐기려는 사람들로 동호는 일 년 열두 달 내내 인산인해를 이루었다. 동호를 마주하고 서 있는 무창제일루가 번성하게 된 것도 그 덕분이었고.

오늘도 동호는 변함없는 인파로 바글거렸다.

하지만 웬일인지 무창제일루는 텅 비어 있었다. 객잔 안에 있어야 할 사람들이 모조리 밖에 몰려나와 있었기 때문이다.

그 이유는 뭔가를 기다리듯 잔뜩 목을 빼고 있는 사람들의 입에서 떠들썩하게 흘러나왔다.

"대체 언제 오는 거야? 이러다 진짜 목 빠지겠네!"

"아, 좀 기다려 봐! 곧 올 테니까!"

텅 비어 있는 객잔과는 달리 객잔 앞 대로는 소란스럽기 짝이 없었다.

그때였다.

"떴다! 떴어!"

누군가의 고함 소리에 소란이 뚝 멎은 찰나, 다시 누군가 득달같이 소리를 질렀다.

"와룡이다! 와룡이 먼저 왔다!"

빽빽이 모인 중인들의 목이 쑥 늘어났다.

그 기대에 찬 눈길이 일제히 쏠린 곳.

대로 좌측에서 말을 달려오고 있는 한 무리의 무림인들이 있었다.

두두두두……!

새하얀 백의 무복에 등엔 검을 차고 이열종대로 정연히 열을 맞춰 달려오는 사십여 명의 검사들.

바로 용호지쟁의 주인공인 백림, 와룡 후예들의 등장이었다.

"와아!"

"백림! 백림!"
"와룡! 와룡!"
함성이 터져 나왔다.
잔뜩 고무된 백림의 지지자들이었다.
거대한 동호를 출렁이게 만든 함성을 신호로 인파로 가득 찼던 대로에 길이 열렸다. 그리고 그 길로 하얀 옷자락을 바람에 펄럭이며 와룡의 후예들이 늠름히 진입했다.
"와아아! 와룡! 와룡!"
함성이 더욱 높아졌다.
선두에 선 검제 예정문과 와룡성검 예국홍의 모습을 보고 난 직후였다. 함성에 뒤섞여 탄성이 쏟아져 나왔다.
"오오!"
"역시 와룡이다! 저 늠름하고 품위있는 기도를 보라!"
마침내 무창제일루 앞에 당도한 와룡의 후예들이 말을 멈추었다.
"감사하오이다."
말에서 내린 예정문과 예국홍, 그리고 와룡검사 전원이 깍듯이 예를 취하자 다시 환호성이 쏟아졌다. 그들이 객잔 안으로 들어간 뒤에도 환호는 그칠 줄 모르고 이어졌다.
"언제 봐도 멋있어! 이번 용호지쟁의 승리는 틀림없이 와룡의 것이다!"
떠들썩한 환호와 함께 객잔 앞에 열렸던 길은 순식간에 사라졌다. 하지만 그도 잠시뿐이었다.

"또 떴다! 떴어!"

다시 누군가 소리쳤다.

인파의 목이 다시 쭉 늘어났다.

대번에 벼락같은 함성이 터져 나왔다.

"오옷! 흑천! 검은 호랑이다!"

백림이 등장할 때완 사뭇 질이 다른, 거칠고 요란스러운 함성. 흑천의 열혈 지지자들이 공통적으로 다혈질인 때문이었다.

"흑천! 흑천!"

목에 핏대를 세운 함성이 향한 곳.

와룡의 후예들이 등장했던 반대편, 객잔 우측 전방에서 한 무리의 시커먼 바람이 질주해 오고 있었다.

콰두두두두!

마치 대해를 휩쓰는 폭풍처럼 거침없는 기세로 질주해 오는 그들은 바로 용호지쟁의 또 다른 주인공, 흑천의 검은 폭도(暴刀)들!

시커먼 흑의 무복에 묵강도를 찬 검은 호랑이들은 열이고 뭐고 할 것 없이 중인들을 깔아뭉갤 기세로 질주해 왔다. 그 무지막지한 기세에 좀 전보다 더 큰 길이 뻥 뚫렸다. 물론 그 와중에도 거친 함성은 장내를 뒤흔드는 중이었다.

"흑! 천! 무! 적!"

"최! 강! 폭! 도!"

마치 연습이나 한 듯이 입을 맞춰 토해내는 열렬한 환호 속에 검은 호랑이 무리가 객잔 십여 장 앞까지 달려왔다.

바로 그 순간,

"크핫핫핫!"

대뜸 요란한 앙소와 함께 달려오던 호랑이들의 선두에서 검은 그림자가 불쑥 솟구쳤다.

파아아앗—

단 한 번의 도약으로 십여 장의 허공을 가르는 무시무시한 경공.

숨 가쁜 외침이 터져 나왔다.

"호왕승천!"

중인들은 입을 딱 벌렸다.

평생 한 번 볼까 말까 한 검은 호랑이군단의 삼대신법비기 중 하나인 호왕승천, 그 놀라운 광경을 연출한 장본인은 어느새 무창제일루의 삼층 꼭대기에 버티고 서서 앙천대소를 터뜨리고 있었다.

"크하하하!"

도왕 장팔봉이었다.

"헉! 도왕……!"

중인들의 눈이 튀어나온 순간 때를 맞춰 먼지구름을 이끌고 나머지 호랑이들이 당도했다. 먼지구름 속에서 누군가의 콧방귀 소리가 쩌렁 울려 퍼졌다.

"크흥! 정말 못 봐주겠군!"

그러면서 불쑥 치솟는 또 하나의 검은 그림자!

"와룡 좀팽이들아! 이 몸이 오셨다—! 우핫핫핫!"

장내를 뒤집는 광소에 중인들은 귀를 틀어막았다.

그들의 눈에 어느 틈에 장팔봉의 옆에 떡하니 버티고 선 청년이 빨려 들어왔다. 소매 없는 상의로 드러난 구릿빛의 우람한 근육, 사납게 펄럭여 대는 시커먼 피풍의, 그리고 허리에 달랑이는 큼지막한 대도.

"우옷! 호왕폭도다!"

등장한 인물에 딱 어울리는 사납고 폭발적인 환호성.

충걸은 히죽 웃었다.

그런 그를 꼬나보며 장팔봉이 눈을 부라렸다.

"하여간 이 자식은 남 잘되는 꼴을 못 봐."

충걸은 능글맞게 웃으며 받아쳤다.

"원래 내 골수 지지자들이 더 많다는 걸 모르셨수?"

"그래, 너 잘났다, 자식아."

투덕거리던 두 사람은 나란히 신형을 날렸다.

꽈앙—

언제나 그랬듯 난폭무식한 호랑이 부자는 객잔 지붕을 뚫고 사라졌다.

역시나 화끈한 열혈 지지자들의 함성이 뒤를 따랐다.

"으하하! 저거야! 저걸 보려고 새벽부터 기다렸다구!"

객잔 안팎의 분위기는 사뭇 달랐다.
구름 같은 인파가 모여들어 응원전을 펼치고 있는 객잔 밖과 달리 객잔 안에는 살벌한 긴장감이 감돌고 있었다.
긴장감을 연출한 장본인들은 양쪽으로 대치한 두 패거리였다.
한쪽은 하얀색 일색인 백림, 반대쪽은 시커먼 흑천.
극단적으로 다른 옷 색깔처럼 기세도 전혀 딴판이다.
백림 측의 기세가 부드러운 가운데에도 빈틈없이 예리하다면, 흑천 쪽은 그냥 닥치는 대로 박살 내버리겠다는 식의 거칠고 우악스러운 기세였다. 물론 그 대표적인 인물은 장씨 성을 지닌 부자였고.
"눈 깔아, 이것들아."
충걸은 맞은편 백림의 검사들을 잡아먹을 듯이 쓸어본 뒤 마지막으로 예국홍의 관옥 같은 얼굴에다 빙글거리는 눈길을 고정했다.
"어라, 못 본 사이에 얼굴이 더 뺀질뺀질해졌네? 기름이라도 처발랐냐?"
장에서 머리를 거치지 않고 바로 말을 뽑아내는 건 충걸의 주특기. 모처럼 발휘한 주특기에 뒤쪽에 건들거리고 섰던 수하들이 폭소를 터뜨렸다.

기분이 좋아진 충걸은 한 방 더 날려주었다.

"불알 찬 사내놈이라면 모름지기 이 장충걸처럼 생겨줘야지. 안 그냐?"

충걸은 보란 듯 단단한 턱을 치켜들었다.

그러자 얄밉도록 침착한 음성이 부드럽게 귓구멍을 간질여 왔다.

"여전히 예와 법도와는 담을 쌓고 지내시는군. 이 예 모는 안타까울 따름이구려. 위를 보고 배울 게 없는 장 형의 아랫사람들을 생각하니 말이오."

"……!"

확실히 머리를 거치지 않고 나온 말보다는 거치고 나온 언어의 파장이 크다.

충걸은 대번에 얼굴이 시뻘겋게 달아올랐다.

그러면서 재빨리 되받아칠 말을 떠올렸지만 머리가 따라주질 않는다. 항상 그랬다. 도발은 먼저 하지만 열받는 것도 늘 자신이었다.

'이놈의 뺀질이를 그냥!'

그제야 충걸은 말발로는 항상 예국홍에게 눌리곤 했던 과거를 상기했다. 깨달음의 자극을 받은 건 단순무식한 본성이었다.

"주둥아리 그만 놀리고 당장 한판 뜰까?"

그나마 도를 안 뽑고 주먹을 쳐들어 국홍의 코앞에다 들이

댄 게 다행이다. 그러나 그 주먹 역시 한 방만 맞아도 목숨이 오락가락할 무시무시한 무기.

하지만 국홍은 쉽게 넘어오지 않았다. 전의를 자극하는 충걸의 불꽃같은 안광을 차분히 받아내면서 단호히 고개를 저었을 따름이다.

"지금은 때가 아니오."

"……!"

충걸은 얼굴을 구겼다. 들어 올린 주먹을 이러지도 저러지도 못한 채 사나운 콧김만 뿜어댈 무렵,

"크흥, 입만 나불거리는 꼴이 그 아비에 그 새끼로구나."

한결 노련한 으르렁거림이 지원사격을 했다.

장팔봉이었다. 역시 노련한 호랑이의 개입은 효과 만점이었다. 단 한 마디로 기세가 뒤바뀐 것이다.

굳어진 국홍의 얼굴을 확인한 충걸이 히죽 웃으려는 찰나,

"참으로 우스운 노릇. 똥 묻은 개가 겨 묻은 개 나무란다고 했던가? 허허."

기울던 판세를 일축하며 다시 뒤집는 음성이 있었다.

작은 와룡을 대신해 나선 노련한 와룡 예정문이었다.

"뭐라? 똥 묻은 개?"

장팔봉이 고리눈을 치떴다.

아들 싸움이 어른 싸움이 됐음을 알리는 신호탄이었다.

아니, 부자끼리의 합동 싸움이 되었다.

"이놈의 좀생이들, 용호지쟁이고 나발이고 당장 여기서 결판 짓자!"

"예와 법도도 모르는 무뢰배를 두려워할 것 같소이까?"

탁자 하나를 사이에 두고 두 쌍의 부자가 대치했다.

그들이 벌이는 무시무시한 기 싸움에 수하들까지 합류하자 장내엔 아연 폭발 직전의 전운이 감돌았다.

누군가 먼저 도검을 뽑기만 한다면 곧바로 피바람이 몰아칠 일촉즉발의 상황.

골치 아프게 된 건 중간에 낀 이들이었다.

장내엔 회의 중재자 겸 참관인으로 함께 자리한 무림명숙들이 있었는데, 곤륜파가 빠진 구파의 장문인들과 광동진가가 빠진 오대세가의 가주들이 바로 그들이었다.

"이러시면 아니 되오이다. 부디 고정들 하시구려. 아미타불……!"

중재자 대표 격인 소림 방장 혜공 대사는 당황한 기색이 역력했다. 다른 이들 역시 나설 엄두를 못 내고 초조하게 대치 상황만 주시할 따름이었다.

"뭐야, 땡중? 저리 안 비켜!"

오장육부를 뒤흔드는 어마어마한 공력의 폭갈.

성질나면 소림 방장이고 뭐고 눈에 들어오지 않는 장팔봉 앞에선 무림명숙이란 신분도 오금을 저리는 판이었으니.

중재자들이 힘을 못 쓰는 사이 장내의 전운은 극한으로 치달았다.

그런 광경을 또 다른 누군가가 지켜보고 있다는 사실은 장내의 누구도 알지 못했다. 그 인물은 회의가 열리기 전부터 객잔 안에 있던 유일한 사람이었다.

'……!'

아란의 눈빛은 한참 전부터 굳어져 있었다. 그리고 그 굳어진 눈길은 전운을 연출한 장본인들인 백림과 흑천이 아닌 다른 인물들에게 고정되어 있었다.

'내가 제대로 본 것일까?'

혼란이 밀려왔다.

혼란의 시작은 구기동을 위시한 산적들의 호위 속에 무창제일루에 도착하면서부터였다. 객잔이 가까워질수록 점차 짙어지던 불길한 예감이 인파 속에 파묻힌 무창제일루에 당도하면서 한층 증폭되었던 것이다.

객잔을 응시하며 고민에 빠졌던 아란은 마침내 결심을 굳혔다. 그리곤 특이한 문양이 그려진 부적 한 장을 찾아 손에 쥐었다.

[따로 볼일이 있으니까 여기서 헤어지도록 해요.]

그렇게 산적들에게 뜻을 전한 후 주문을 읊었고, 순식간에 그녀의 모습은 허깨비처럼 사라졌다.

멍한 표정으로 눈만 끔벅이는 산적들을 남겨둔 채 방술로 모습을 감춘 아란은 객잔 안으로 들어선 뒤 일층의 회의석이 한눈에 내려다보이는 이층에 자리를 잡았다.

그리고는 지금까지의 상황을 빠짐없이 관전하였고, 그 와중에 문제의 단서가 될지도 모를 의혹에 휩싸였다.

'설마……'

아란은 스스로의 심안과 영력에 불신을 느꼈다.

범인이 가질 수 없는 것을 타고났다며 천기자가 탄복했던 능력이지만 이 순간만은 확신이 서질 않는다.

그러나 눈더미처럼 부풀어 오른 의혹은 일단 뒤로 미뤄둬야 했다. 지금은 으르렁거리고 있는 용호를 말리는 것이 급선무였다.

'휴, 내가 나서도 되는 상황일까.'

이런 식으로 저들의 앞에 모습을 드러내는 건 예정에 없는 것이었다.

망설이던 아란은 결국 마음을 굳혔다.

어차피 선택의 여지가 없었다. 자신이 나선다고 해서 얼마나 효과가 있을지 알 순 없지만 스승의 이름을 믿어볼 따름이었다.

삘리리리…….

홀연히 울려 퍼진 퉁소 소리.

흥분한 열기를 어루만지고 달래는 감미로운 옥음에 장내

에 휘몰아치던 전운이 거짓말처럼 씻은 듯 사라졌다.

충걸은 퉁소 소리에 취한 눈을 끔벅이다가 얼굴을 틀었다.

곧바로 입에서 억 하는 소리가 튀어나왔다.

아름다운 퉁소음의 주인공은 이층 계단을 내려오고 있는 중이었다. 마치 하늘에서 신녀가 내려오듯 사뿐사뿐 계단을 밟고 걸어 내려오는 인영.

계단을 다 내려온 인영이 옥소(玉簫)에서 입을 떼고 천천히 고개를 든 순간, 충걸의 목에선 천둥소리가 일었다.

"꿀꺽!"

절세의 아름다움이란 저런 것을 두고 하는 말이 아니던가?

단순한 미모가 아닌, 범인에게선 볼 수 없는 신비로운 분위기와 향기를 더한 아름다움이다. 바닥까지 늘어진 미색 도포와 미색 도관이 신비로움을 더했다.

'저게 사람이냐, 여시냐?'

주먹으로 눈을 비비고 다시 봐도 답이 안 나온다.

때마침 자신과 눈이 마주친 신비미녀가 보일 듯 말 듯 희미하게 미소를 짓자 그나마 남아 있던 넋이 모조리 빠져나가 버렸다.

그나마 다행은 멀쩡한 제정신을 지키고 있는 이들이 아직 남아 있다는 사실.

"아미타불, 시주는 뉘신데 출입이 제한된 이곳에 들어오셨는지?"

소림 방장 혜공 대사였다.

의혹을 품은 중인들의 이목이 신비미녀에게 집중되었다.

그녀는 대답이 없었다. 빨려들 듯 영롱한 봉목으로 차분히 중인들을 응시할 따름이었다.

이윽고 그녀의 섬섬옥수가 소리없이 품으로 들어갔다 나온 직후,

"아니, 저것은?"

중인들의 눈이 일제히 커졌다.

용호의 두 주인인 예정문과 장팔봉마저 놀란 빛을 감추지 못하게 만든 물건, 신비미녀의 손에서 황홀한 광채를 발하는 그것은 은빛 비늘이 조각된 자그마한 은장도였다.

"백린선도……!"

누군가가 탄성을 발했다.

백린선도(白鱗仙刀)라면 하늘 뜻의 전언자이자 무림태사로 불리는 당대 최고의 신비인 천기자의 신물을 뜻하는 이름이 아니었던가?

예정문과 장팔봉을 비롯한 명숙들은 지난날 백린선도를 본 적이 있었다. 신비미녀의 손에 있는 물건은 분명 그들의 기억에 있는 백린선도가 분명했다.

한데 십여 년 만에 다시 보게 된 저 신물을 어찌 정체불명의 소녀가 가지고 있는 것일까?

"소저는 대체 누구시오? 정체가 무엇이기에 태사 어른의

신물을 가지고 있는 것이오?"

누군가 호통을 치듯 물었다.

의혹과 의심이 가득한 표정의 장본인은 남궁세가 가주 남궁탁이었다.

대답은 신비미녀가 아닌 다른 사람의 입에서 흘러나왔다.

"지난날 천기자 어른께서 은거에 드실 무렵 문하에 제자를 거두었다는 얘길 들은 것 같은데, 혹시 소저가 아니신지?"

목소리만으로 흐트러진 주변 공기를 반듯이 잡아줄 인물은 단 한 사람뿐이다.

예정문이 입을 열자 남궁탁을 비롯한 명숙들의 표정이 얌전해졌다. 나란히 콧방귀를 뀐 장충걸과 장팔봉만 빼고.

예정문을 응시하던 신비미녀가 대답 대신 조용히 고개를 숙여 보였다.

"역시 그랬군."

좀처럼 표정의 변화가 없는 예정문의 눈이 이채를 발했다.

그 모습을 째려보던 충걸은 옆에 선 장팔봉의 옆구리를 쿡 찔렀다.

'아버지도 뭐 좀 해보슈!'

안 그래도 얼굴이 벌겋게 달아올라 있던 장팔봉, 기다렸다는 듯이 앙천대소를 터뜨렸다.

"크하하! 눈알이 튀어나오도록 어여쁜 소저가 대체 누군가 했더니만 천하에 이 장팔봉이 유일하게 흠모하는 천기자 어른의 제자 분이셨군! 좋아, 좋아! 크하하하!"

 잔뜩 기대하고 있던 충걸의 얼굴이 보기 좋게 구겨졌다.

 '눈알? 좋아, 좋아? 흐미, 쪽팔려.'

 그러면서 힐끔 눈치를 살피자니 다행히 신비미녀는 자신의 무식한 꼰대에게도 공손한 미소를 보여주고 있었다.

 '호오? 얼굴은 선녀에다 맘씨는 관음보살이로군.'

 그러다 문득 의문이 일었다.

 '근데 왜 말을 안 하는 거야? 벙어리인가?'

 의문은 그녀가 지필묵을 꺼내 들었을 때 확신으로 굳어졌다. 중인들이 주시하는 가운데 신비미녀가 글을 써나갔다.

 [강호무림에 고명이 자자하신 여러 명숙 분들을 이렇게 뵙게 되어 반갑습니다. 말씀드린 대로 소녀는 천기자 어르신의 문하에 있는 아란이라 합니다.]

 정중히 예를 갖추어 인사하는 아란의 모습에 중인들이 마주 포권을 취하며 답례했다. 의혹이 감돌던 좀 전과는 사뭇 다른 분위기였다.

 [소녀는 스승님의 뜻을 대신하여 이곳엘 왔습니다. 그런데 보아하니… 드리기 외람된 말씀이오나 소녀의 마음이 편치는 못하군요.]

 "아니, 어떤 이유로……?"

 중인들이 수군거렸다.

 [용호라 하면 강호무림의 주인과도 같은 이름이라 들었습니

다. 그런데 한낱 자존심 싸움에 살기마저 감도는 모습을 보고 있자니 안타까운 마음을 금할 수가 없군요.]

"……!"

직격탄을 맞은 장본인 예정문과 장팔봉의 표정이 동시에 변했다. 예정문은 지그시 눈을 감았고 장팔봉은 입맛을 다시며 먼 산을 쳐다보았다.

'이거 어째 분위기가 요상하게 돌아가는데?'

충걸은 잔뜩 미간을 좁히고서 아란을 주시했다.

썰렁해진 분위기 속에 아름다운 필체에 담긴 아란의 마음이 이어지고 있었다.

[배움이 부족한 소녀의 안타까움일 따름입니다. 두 분 대협께서는 부디 마음에 담아두시지 않았으면 합니다.]

그러면서 예를 다한 인사를 재차 하니 어찌 예뻐 보이지 않을까?

'흐흠, 만만찮군. 그 스승에 그 제자라 이건가?'

아무도 없는 줄 알았던 객잔 이층에서 홀연히 등장한 것만 해도 그랬다. 천기자란 이름이 새삼스럽게 달리 느껴지는 순간이었다.

뚫어지게 아란을 쳐다보던 충걸은 갑자기 생각이 나 힐끔 옆을 돌아봤다. 예상대로 국홍이란 놈 역시 평소답지 않은 표정으로 아란을 주시하는 중이었다.

'좀팽이 자식도 아주 뽕 갔구먼.'

국홍에게 콧방귀를 날려줄 무렵, 딱딱한 도호 소리가 귀를 잡아끌었다.

"무량수불. 한데 시주께선 아직 말씀을 하지 않으신 것 같소이다만, 무슨 연유로 이곳에 나타나셨는지?"

화산 장문인 태천 도장이었다.

여전히 경계심이 묻어 나오는 그의 매서운 눈매를 쨰려보며 충걸은 속으로 버럭 소리쳤다.

'지금 말하려고 하잖아, 이 호랑말코 양반아!'

졸지에 호랑말코가 된 태천 도장을 응시하던 아란이 침착하게 붓을 움직였다.

[제가 외람됨을 무릅쓰고 이곳에 온 건 두 분 소협께 드릴 말씀이 있어서입니다.]

아란의 눈은 국홍과 충걸을 향하고 있었다.

[두 분 소협께선 소녀를 위해 잠시 시간을 내어주실 수 있으신지요?]

장내의 이목이 젊은 용호에게 쏠렸다.

"원하신다면. 한데 무슨 말씀이시기에……?"

담담히 입을 먼저 연 건 국홍이었고, 충걸이 질세라 호탕한 웃음을 터뜨렸다.

"무슨 말씀인지 거시긴지는 들어보면 알 테고. 핫핫! 자, 뭐든지 물어보쇼!"

상극의 전형을 보여주는 두 기재의 반응에 아란이 희미한 미소를 지었다.

그녀가 이번엔 예정문과 장팔봉을 보았다.

[두 분 소협의 시간을 잠시 뺏어도 되겠는지요?]

"그렇게 하도록 하시오."

"암, 되고말고! 아주 똑 소리 나는 소저구먼! 핫핫!"

일세들의 반응 역시 이세들의 그것처럼 동전의 양면이었다.

아란의 봉목이 다시 이세들을 향했다.

[두 분 대협과 나머지 분들은 회의를 계속하셔야 할 테니 저희는 조용한 곳으로 자릴 옮겼으면 좋겠군요.]

"갑시다!"

말이 끝나기가 무섭게 휭 하고 바람이 일었다.

어안이 벙벙한 중인들의 눈이 객잔 입구로 향했다.

덥석 아란의 손목을 낚아챈 충걸이 휘적휘적 걸어가고 있었다.

"거 어떤 놈의 자식인지 변죽 하난 좋구나. 껄껄!"

장팔봉의 호탕한 웃음소리에 막 객잔을 나서던 충걸이 번쩍 손을 들어 보였다.

그 광경을 물끄러미 응시하던 예국홍이 예정문에게 인사를 한 뒤 침착하게 따라나섰다.

그날 밤.

숙소로 돌아온 누군가는 야심하도록 잠을 이루지 못했다.
"환장하겠네."
침상에서 이리 뒤척 저리 뒤척 하기를 한 시진.
그동안 그의 단단한 머리통 속에선 전혀 예상치 못한 만남에서 오간 대화가 따라 굴러다니며 애를 먹이고 있었다.
"놀려고 따라간 자리에서 그런 황당한 소릴 듣게 될 줄 누가 알았겠느냔 말이다. 젠장!"
대화를 주도한 건 그녀였고, 자신과 '그 인간'은 주로 듣고 놀라는 쪽을 맡았다.

[용호지쟁에서 각별히 조심하란 당부를 드리고 싶군요. 주위에 눈을 심어두는 것이 좋을 거예요. 암암리에 용호의 뒤통수를 노리는 무리가 있을지 모르니까. 물론 용호의 능력이라면 미리 대비만 해둔다면 능히 피해는 방지할 수 있을 것입니다.]
"지금 암습이라고 하셨소이까?"
"뭐라? 뒤통수를 쳐? 어떤 정신 나간 놈이 감히 내 뒤통수를 쳐?"
상반된 두 사람의 반응까지도 그녀는 미리 예견한 듯이 보였다.
[당연히 제 말이 믿기지 않으시겠지요. 하지만 제가 드릴 수 있는 얘기는 거기까지입니다. 그 뒤는 두 분 소협의 몫이에요.]
"흐음……."

"하!"

[한 가지 더 당부드리고 싶은 것이 있습니다. 암습을 획책한 자들을 제압하게 되면, 그들이 누구이건 간에 반드시 손속에 사정을 두시란 것입니다.]

"사정을 두라?"

"엥? 그런 비겁한 놈들을 봐주라고?"

[그렇습니다. 제압은 하되 살상은 가급적 자제하라는 것입니다. 물론 이 또한 이해하기 힘드시겠지만 꼭 해야 할 일이에요. 지금 당장은 욕심에 눈이 멀어 용호 양가를 해하려 하지만, 훗날에는 꼭 다시 필요하게 될 힘이기 때문입니다.]

"이해하기 힘든 말씀이구려."

"필요? 그따위 비겁한 놈들 힘이 뭐가 아쉬워서?"

[더 말씀드리고 싶지만 지금으로선 이것이 제가 알려 드릴 전부입니다. 황당한 이야기로 느껴지실 테지만, 밑져 봐야 본전이라는 사실을 두 분 소협께서 염두에 두셨으면 좋겠군요.]

"으음……."

"하! 나 이거야 원!"

그렇게 자신은 대화 내내 입맛만 쩝쩝 다셔야 했다.

똑똑하고 반듯하기로 이름난 '그 녀석'도 별수없긴 마찬가지였다는 사실이 그나마 위안이 되긴 했지만.

'이걸 믿어, 말어? 끄웅!'

벌떡!

그의 우람한 신형이 튕기듯 일어났다.

감히 미친놈이 아니고서야 자신들의 뒤통수를 노릴 인간이 있을까? 정면으로 대드는 놈은 한 수 봐줘도 비겁한 놈은 절대 안 봐준다는 자기 가문의 단순무식한 원칙을 알고서도?

한마디로 '믿거나 말거나' 인 셈이다.

하나 그냥 무시해 버리자니 고민을 안겨준 장본인의 신분이 걸린다. 영기와 지혜로 반짝이던 그 아름다운 봉목을 떠올리노라면.

[밑져 봐야 본전이라는 사실을 두 분 소협께서 염두에 두셨으면 좋겠군요.]

윽박질보다 더 강력한 여운을 안겨준 그녀의 마지막 글귀 역시도.

"젠장."

그는 어울리지 않게 한숨을 내쉬며 머리를 벅벅 긁었다.

그리고는 침상에서 일어나 창가로 어슬렁어슬렁 걸어갔다.

"……."

팔짱을 끼고 버티고 선 뒷모습이 마치 고민에 빠진 철탑을 연상시켰다. 그 상태로 그는 석상처럼 미동도 하지 않았고 그 기세에 눌린 정적은 얌전히 침묵을 지켰다.
 정적이 박살난 것은 한참이 지난 뒤였다.
 "오냐. 밑져 봐야 본전이란 말이지."
 우두두둑!
 살벌하게 주먹 관절을 꺾어댄 그가 부릅뜬 눈으로 창밖을 쏘아보며 중얼거렸다.
 "대머리를 좀팽이한테 보내야겠군."
 싫건 좋건 좀팽이하고 같이 작전을 짜야 하는 것이다.

第七章
암습자의 정체

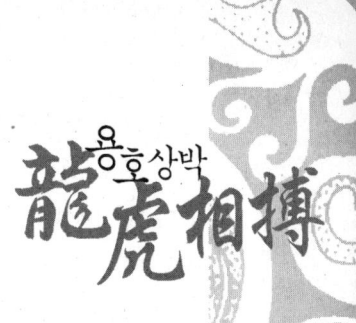

마침내 기다리고 기다리던 날이 밝았다.

그 이름하여 용호지쟁!

며칠 전부터 성질 급하게 무창에 자리를 깔고 대기하던 군웅들의 입에서 만세가 터져 나오게 만든 바로 그날이 온 것이다.

작년과 같이 동호 인근에 만들어진 특별 비무장. 그곳으로 이른 아침부터 사람들이 몰려들었다. 족히 수천 명에 이르는 구름 같은 인파였다.

원형 비무대의 정면엔 구파와 오대세가를 비롯한 무림명숙들을 위한 참관인석이 자리했고, 양옆으로는 백림과 흑천

측을 위한 자리가 배치되었다.
 그 뒤로 비무대를 둥글게 에워싼 관전석은 이미 초만원이었다. 관전석은 말할 것도 없고 방원 삼십여 장의 주위가 인파로 빼곡히 들어찼다.
 그 가운데 백림과 흑천의 응원전이 펼쳐지고 있었다.
 "백림! 백림!"
 "와! 룡! 최! 강!"
 "흑천! 흑천!"
 "단! 순! 무! 식!"
 비무대회에서 '단순무식' 이란 응원 구호가 사용된 전례는 무림 역사에 전무했다. 검은 호랑이군단이 강남의 패자로 자리 잡으면서부터 생겨난 진풍경이었다.
 그렇게 관전석에서 열띤 응원전이 펼쳐진 가운데, 비무대 양측 백림과 흑천 각 진영에선 대회 시작을 앞두고 정신 무장에 한창이었다.
 "승리에 연연하지 마라. 욕심은 냉정을 무너뜨리는 주범이거늘. 차분한 마음과 호흡을 유지하도록 하라. 스스로의 능력만 십분 발휘하면 승리라는 선물은 자연히 따라오게 되리라."
 "존명."
 백림 측의 분위기가 차분하고 정적인 반면, 흑천 쪽은 정신 무장 역시도 요란스러웠다.

"박살 낼 테냐, 박살날 테냐?"

"박살 내겠습니다!"

"흐흐, 지는 놈은 아예 고자로 만들어 버릴 테다."

"필! 승!"

양측의 정신 무장이 끝날 무렵, 참관인석에서 누군가 신법을 펼쳐 비무대로 날아올랐다.

파라락!

노란 가사를 펄럭이며 등장한 이는 소림 방장 혜공 대사였다.

즉각 관전석에서 환호가 일었다.

"아미타불. 올해도 이곳 무창에서 이렇게 많은 강호동도 여러분을 만나뵙게 되어 반갑기 그지없소이다. 더불어 여러분께서 보여주신 뜨거운 관심에 참관인 대표 자격으로 감사의 뜻을 전하는 바이외다."

날이 날인지라 긴장한 탓인지 혜공 대사의 안색은 평소에 없이 딱딱하게 굳어 있었다. 물론 흥분한 군웅들의 눈에 그런 게 보일 리는 없었다.

"와아!"

함성이 드높아졌다.

용호지쟁의 출발선을 끊을 순간이 눈앞에 다가온 것이다.

기대감과 흥분이 최고조에 달한 찰나 혜공 대사가 목소리를 높였다.

"그럼 지금부터 동도들께서 고대하시던 용호지쟁을 시작하겠소이다!"

"오옷! 드디어!"

"우와아!"

비무대가 날아갈 듯했다.

그 뜨거운 함성을 업고 용호지쟁의 서막을 알리는 첫 번째 선수들이 등장했다.

"백림 벽룡검 소속 구자청!"

"와아! 구자청 이겨라!"

"흑천 비호대 소속 위건개!"

"위건개! 박살 내라!"

나란히 비무대로 날아오르는 두 명의 청년에게 환호와 응원이 쏟아졌다. 그리고 두 사람이 비무대 중앙에 마주 선 순간, 떠들썩하던 장내는 거짓말같이 고요해졌다.

이미 지난 몇 년간 익숙해진 풍경.

그럼에도 불구하고 이번 용호지쟁은 그 어느 해보다 흥분되고 긴장된 분위기였다. 마치 누구도 예상치 못한 결과가 나올 것을 예감이나 한 것처럼.

고오오……!

손에 땀을 쥐는 기 싸움.

두 사람 모두 진검과 진도를 찼다.

비무의 개시는 발검과 발도.

보는 이는 숨죽일 수밖에 없다.
용호상박의 싸움은 단 한순간에 승패가 갈리기에.
대치한 두 사람은 각기 검파와 도파에 손을 얹고 눈싸움을 벌일 뿐 여전히 미동조차 없었다.
어느덧 숨소리도 잦아든 순간,
파앗!
동시에 두 가닥의 섬광이 피어났다.
중인들은 번쩍 눈을 치떴다.
검광? 도광? 어느 것이 먼저인가!
카가가각!
비산하는 불꽃, 몇 번인지 모를 도검의 격돌!
중인들은 헛바람을 삼켰다. 어느새 비무대 위엔 아무 일도 없었다는 듯 두 사람이 도검을 쥐고 섰다.
누군가 마른침을 삼켰다.
동시에 두 사람이 다시 격돌했다.
까가가강!
재현된 폭발적인 쇳소리.
이번엔 보았다. 반의반 박자 빠른 검이 선공을 잡았다.
하나 그 또한 이미 익숙해진 광경.
쾌검의 검리를 따르는 백림과 패도가 주가 되는 흑천의 대결인 탓이었다. 결국 열쇠는 선공이 마무리를 짓느냐, 힘을 위주로 한 도가 반격을 성공시키느냐였다.

짜자자작!

충돌음이 달라졌다.

쇠와 쇠의 부딪침에 기음(氣音)이 더해졌다.

선수들이 몸이 풀린 것이다.

검기와 도기가 더해진 공방은 한층 살벌하고 치열해졌다.

순간,

쩌엉!

쇠가 부러지는 파열음과 함께 누군가 비틀거렸다.

중인들은 눈을 부릅떴다.

비틀거린 장본인은 백림의 구자청!

부러진 검을 들고 휘청하는 그에게 위건개가 우왁 하며 도를 내리찍고 있었다.

"앗!"

중인들, 특히 백림의 지지자들이 비명을 질렀다. 그들이 가슴을 쓸어내림과 동시에 울상이 된 건 위건개의 도가 구자청의 정수리 한 치 위에서 멈췄을 때다.

"우왓! 이겼다!"

함성이 터져 나왔다.

물론 흑천의 지지자들이었다.

그들의 환호에 이어 쩌렁쩌렁한 한 쌍의 광소가 장내를 뒤흔들었다.

"크하하하!"

안 그래도 큰 입을 나란히 찢어져라 벌린 장팔봉과 장충걸.
나이 차만 빼면 영락없는 쌍둥이라 할 법했다. 하지만 그들의 앙천대소가 노골적으로 목표로 삼은 백림 측은 의외로 담담한 분위기였다.
"수고했소."
시무룩하게 비무대에서 내려온 구자청의 어깨를 두드려 주는 예국홍이 그랬고, 상석에서 고개를 끄덕여 주는 예정문 역시 그랬다.
"크흥! 여유만만한 그 얼굴이 곧 똥 씹은 낯짝으로 변할 게다."
숙적의 청수한 얼굴에다 콧방귀를 날린 장팔봉 또한 자신만만했다. 그러나 정작 다음 비무에서 구겨진 건 예정문이 아닌 그의 얼굴이었다.
"와아! 백림이 이겼다!"
두 번째로 나선 흑천의 출전자가 접전 끝에 패배한 직후 장팔봉은 지옥천왕으로 변신했다.
그 무시무시한 얼굴을 목격하고선 공포에 떨며 비무대를 내려온 출전자는 시키지도 않았는데 곧장 땅바닥에 머리를 처박았다. 물론 그 엉덩이에는 선임자인 조춘의 강철봉 세례가 이어졌고.
"에라, 이 똘빡아!"
퍽! 퍽! 퍽!

"아이고오!"

덕분에 세 번째 비무에 나선 출전자는 눈빛부터 달라졌다. 특히 뒤통수에 날아와 박힌 충걸의 대사가 끝장이었다.

"연패는, 죽음인 거야."

세 번째 비무가 초장부터 죽고 살기 판이 된 건 당연한 결과였다.

"끼야아아아!"

미친 듯이 밀어붙이는 극강무식의 전법!

당황하여 평정심을 잃은 백림 측 출전자가 밀리길 거듭하다 결국 무릎을 꿇었다. 다시 전세가 뒤집히는 순간이었다.

"이겼다!"

"흑! 천! 무! 적!"

장내의 열기가 용암처럼 끓어올랐다.

어느덧 백림도 긴장하기 시작했고, 흑천은 더욱 무식하게 밀고 나갔다. 그 와중에 이어진 네 번째 비무는 백림의 승리. 다섯 번 째는 다시 흑천의 승리.

뒤바뀐 함성이 잇달아 터져 나오고 열기와 흥분은 최고조로 치달았다. 정점에 달한 그 열기를 업고 드디어 여섯 번째 비무가 열리기 직전이었다.

'나 이거 참.'

충걸은 고민에 빠져 있었다.

이미 결정은 어젯밤에 내린 상태. 하지만 막상 현장에 와서 보니 아란의 '경고'에 믿음은커녕 황당함과 불신만 더해졌다.

'이 많은 인간 속에 감히 우리 꼰대랑 내 뒤통수를 칠 놈들이 숨어 있다고?'

충걸은 대회장에 새까맣게 운집한 군웅들을 쓸어보며 인상을 썼다. 족히 수천에 달할 그들이 한꺼번에 덤빈다 해도 겁먹을 자신이 아니다. 문제는 정말로 그런 황당한 일을 벌일 놈들이 있는가 하는 문제였다.

[여섯 번째 비무입니다, 소주. 어떻게 할까요?]

조춘의 전음이었다. 간밤에 미리 얘길 해두었더니 알아서 닦달을 하고 있는 것이다.

[망할.]

깝치지 말라고 눈을 부라려 준 충걸은 힐끔 비무대 반대편을 돌아보았다. 때마침 저편에선 국홍이 막 이쪽을 돌아보는 중이었다.

'이크.'

충걸은 재빨리 얼굴을 원위치시켰다.

눈곱만큼이라도 자신이 아쉬운 입장이 되어선 금물.

그래서 한 박자 쉬고 난 뒤 느긋하게 자세를 고쳐 잡고 다시 반대편을 보았다. 국홍은 아직 자신을 보는 중이었다.

충걸은 쾌재를 부른 뒤 턱을 치켜들었다.

'뭘 봐?'

국홍의 입가에 쓴웃음이 스치더니 살짝 고개를 끄덕여 보인다. 사전에 약속해 두었던 신호다.
 '후후, 너도 아쉽다 이거지.'
 충걸은 기분이 좋아졌다.
 국홍도 한다는데 자신이 못할 이유가 없다.
 [대머리!]
 [예, 소주!]
 칼같이 날아온 독안화호의 전음.
 충걸은 치뜬 눈을 비무대에 박아둔 채 명을 내렸다.
 [어제 얘기한 대로 애들 박아둬.]
 [복명!]
 조춘이 움직이기 시작했다.
 남들 눈에 띄지 않게 은밀히, 그리고 어느 순간 홀연히 자취를 감추었다. 사라진 건 그뿐만이 아니었다. 비무 출전자 열 명 외 삼십여 명의 수행무사 중 십여 명도 함께 사라졌다.
 그 누구도 모르게 벌어진 일이었다.
 "슬슬 이 몸께서 나설 차례인가?"
 충걸은 어깨를 으쓱했다.
 맞은편을 보니 국홍 역시 곧 일어날 눈치였다.
 "킁. 아란 소저만 아니었으면."
 충걸이 호목을 부라릴 때였다.
 "와아!"

갑자기 함성이 터져 나왔다.

돌아보던 충걸의 표정이 즉각 험악해졌다. 자랑스레 검을 치켜들고 선 놈은 낯선 녀석이고 엉덩이를 깔고 주저앉은 놈은 낯익은 면상.

아까 시작된 여섯 번째 비무 결과였다.

"흐흐, 졌단 말이지?"

충걸은 천천히 몸을 일으켰다.

마치 열받은 태산이 일어서는 기세였다.

안 그래도 비무대에 올라가려던 참이다. 국홍이란 좀팽이와 약속대로 엉겨 붙어 숨어 있는 쥐새끼들을 위한 밑밥을 던질 예정이었다.

그런데 애초의 계획에 본심이 더해졌다.

물론 원인 제공자는 비무대 위에 있는 녀석들이었고.

부아앙—

비무대 밑에 있던 충걸이 찰나지간 사라졌다. 그 대신 폭발적인 파공음과 함께 비무대 위로 시커먼 괴비행체 하나가 등장했다.

"헛! 저게 뭐야!"

한달음에 칠팔 장을 가르고 쏘아져 간 괴비행체.

목표는 비무대 위의 두 출전자였다.

뻐엉—

"컥!"

"퍽!"

무지막지한 발길질에 이은 한 쌍의 단말마.

비무대 위에 있던 여섯 번째 출전자들이 동시에 사라졌다.

경쾌한 호선을 그리며 날아간 그들은 관중석 상단에 거꾸로 추락했다.

"호왕폭도다!"

"장충걸! 장충걸!"

열혈 흑천 지지자들의 괴성이 터졌다.

그들의 광적인 환호를 만끽하며 비무대 위에서 거침없이 펄럭이고 있는 검은 피풍의.

"흐흐흐."

충걸은 흐뭇하게 고개를 주억거렸다.

그때 환호로 요란스럽던 장내가 거짓말처럼 조용해졌다.

맞은편에서 백의 무복 차림의 관옥 같은 청년이 비무대 위로 천천히 걸어 오른 뒤였다.

호왕폭도의 도발에 맞선 와룡성검의 등장.

멀쩡하던 비무대회가 급중단된 장내는 아연 폭발 직전의 긴장감에 휩싸였다.

고오오오……!

흑과 백의 팽팽한 대치.

입술을 바짝 마르게 하는 정적.

수천 군웅이 조마조마 마른침만 삼킬 그때, 불난 집에 부채

질하는 으르렁거림이 있었다.

"저놈의 성질머리 하곤. 임마, 기왕 올라간 거 그냥 확 밟아버려."

이판사판 막장으로 폭주할 기세인 아들을 부추길 인물은 천하에 오직 하나뿐.

도왕 장팔봉의 태평스런 얼굴을 훔쳐본 중인들의 눈이 쪼르르 반대편으로 향했다.

예상 밖의 광경이 기다리고 있었다.

냉정과 침착의 대명사인 검제 예정문은 평소에 없이 동요하는 기색이 역력했다. 비무대를 주시하는 눈빛에 선명한 노기가 꿈틀거리고 있었다.

군웅들은 아연 긴장했다.

아들 싸움이 곧 아버지 싸움이 될 게 분명했다.

"어어… 이러다 완전 뒤집어지겠는데!"

용호가 정면충돌하면 그 뒤의 상황은 불을 보듯 뻔하다.

아마 이곳은 흔적도 없이 날아가 버릴 것이다. 그러면 관중석의 목숨도 장담할 수 없는 상황.

군웅들이 두려움에 떨기 시작한 그때 비무대 위의 두 젊은 앙숙은 일촉즉발의 상황을 잔뜩 악화시키는 중이었다.

"왜, 떫으냐?"

"도가 지나친 무례이오. 더 이상의 폭주는 본 공자가 좌시하지 않을 것이오."

"좌시 안 하면 어쩔 건데?"
충걸은 내친김에 국홍의 코앞에 부릅뜬 눈을 들이밀었다.
"어쩔 거냐고, 이 좀팽아."
국홍의 준수한 얼굴이 서서히 일그러졌다.
본래의 약속에 이런 모욕은 없었던 판이니.
'이자가?'
저도 모르게 열린 입에서 노기가 흘러나왔다.
"후회할 행동, 하지 않는 것이 좋을 것이오."
"내가 할 소리여."
"진짜 해보겠다는 뜻이오?"
"왜, 겁나냐?"
능글맞은 기세를 더한 충걸의 콧방귀.
파파파팍!
허공에서 맞붙은 두 청년의 눈에서 무시무시한 불꽃이 피었다. 폭풍이 몰아치듯 옷자락이 펄럭거렸다.
마침내 젊은 용호가 맞붙었다.
쫘쫭!
강기의 굉음!
쌍수와 쌍수의 격돌, 천하의 어떤 적도 무력화시키는 와룡의 금나수 와룡산수와 천하의 금나수는 모조리 박살 낸다는 절대무식 호열강수!
잡으려는 용과 잡으려는 용의 발톱을 박살 내려는 미친 호랑이의 드잡이에 폭풍이 휘몰아쳤다.
 꽝! 꽈꽈꽝!
 굉음이 폭죽처럼 터졌다.
 어느 틈에 수공 대결이 장(掌)과 권(拳)의 대결로 변했다.
 미풍처럼 부드러우면서도 그 빠름이 빛살과 같은 와룡연장!
 광풍처럼 닥치는 대로 권강지력을 퍼부어대는 풍호십삼권!
 콰콰콰콰!
 휘몰아치는 장력과 권풍의 소용돌이에 비무대와 관중석이 날아갈 듯 들썩이며 요동쳤다.
 '아이고, 맨손으로 붙어도 저 지경인데 도검을 뽑아 든다면!'
 상상은 두려움 그 자체.
 하지만 겁에 질린 와중에도 군웅들은 악착같이 눈을 치떴다. 일순 그들의 입이 벌어졌다. 찰싹 맞붙은 용호가 그대로 휘돌며 하늘로 치솟은 것이다.
 꽝! 꽈르릉!
 "으헉!"
 하늘이 무너지는 듯한 착각에 군웅들은 머리를 처박았다.
 바로 그때였다,
 굉음 속으로 돌연 날카로운 호각음이 울려 퍼진 것은.

삐이익—

깜짝 놀라 다시 머리를 쳐든 군웅들의 눈에 괴이한 광경이 빨려 들어왔다.

파파파팟!

사방 관중석에서 일제히 튀어나가는 정체불명의 그림자들!

복면으로 얼굴을 감춘 괴한들의 수는 하나둘이 아닌 무려 수백에 달했다.

"저건 뭐지?"

놀라움으로 중인들의 눈이 커진 찰나,

차차차창!

복면인들의 수중에서 시퍼런 살광이 피어났다.

도검을 뽑아 든 그들이 곧장 비무대 양쪽으로 쇄도했다.

백림과 흑천의 대기석이었다.

국홍과 충걸은 동시에 호각 소리를 들었다.

그리고 동시에 속으로 소리쳤다.

'드디어 떴다!'

막 둘이 맞붙어 하늘로 솟구친 찰나였다. 십여 장 상공의 정점에서 두 사람은 눈싸움을 벌였다.

[어쩔 테요?]

[어쩌긴 뭘 어째, 하던 건 마저 끝내고 가야지!]

[하던 것이라니? 난 처음부터 계획대로 한 것뿐이오.]

[뭐야? 그럼 네가 날 봐주었단 소리냐? 이거 왜 이래? 봐준 건 나야!]

[봐준다는 사람이 안 쓰기로 한 공력을 오성까지 끌어올렸소?]

[그러는 넌 안 썼냐, 이 좀팽아!]

[적반하장이군. 엄연히 약속을 먼저 깬 건 그쪽이오.]

[뭐야? 무슨 하장? 이런 씨앙!]

충걸은 냅다 주먹을 내질렀다.

질세라 국홍이 장력으로 맞받았다.

덕분에 정점에서 하강하려던 두 사람의 신형이 다시 솟구쳤다.

그 순간,

퍼엉ㅡ

요란한 폭음이 귀를 잡아끌었다. 자신들이 만들어낸 폭음이 아니었다. 급히 십여 장 아래를 보던 두 사람의 얼굴이 굳어졌다.

"저건?"

십여 장 아래 허공을 까맣게 뒤덮은 꽃비의 출현.

그 이름도 간담을 서늘하게 만드는, 암기와 독의 명문 사천당문 최강의 암기술 만천화우(滿天花雨)!

'사천당문……?'

마주한 국홍과 충걸의 눈이 번쩍했다.
"그럼 오대세가?"
"오대세가 이것들이?"
동시에 밑으로 내리꽂힌 두 사람의 눈에 관중석에서 튀어나가는 무리가 보였다. 줄잡아 수백의 황의복면인들.
"하아."
충걸은 기가 찼다.
마침내 모습을 드러낸 암습자들은 비무대 양쪽을 급습하고 있었다. 그들이 목표로 삼지 않은 곳은 단 두 곳, 관중석과 참관인석뿐이다. 참관인석은 바로 구파와 오대세가를 위한 자리였다.
"이것들이 아주 떼로 작당을 했구먼."
충걸은 웃었다.
송곳니를 드러낸 무시무시한 살소였다.
그것이 신호였다. 복면인들이 뛰쳐나간 관중석에서 한 박자 늦게 솟구치는 또 다른 인영들이 있었다. 줄잡아 이십여 명에 달하는 인영들 중 유독 눈에 띄는 민머리 하나. 민머리 밑엔 하나뿐인 조춘의 독안이 살벌하게 이글거리고 있었다.
"우리도 슬슬 내려가 볼까나."
충걸의 말에 국홍이 고개를 끄덕였다.
쉬이이잇—
두 사람의 신형이 뇌전처럼 지상으로 쏘아져 갔다.

젊은 용호의 성난 기세에 만천화우가 몸을 떨었다.

결국 짐작이 들어맞았다.

관중석에 앉아 둘러보던 와중에 의심스런 기운이 감지되었다. 그들은 자신과 같이 관중석 속에 섞여 있었는데 황색 무복 차림으로 두셋씩 짝을 지어 있었다. 그 수가 무려 수백에 달했지만 수천의 관중들 속에선 쉽게 눈에 띄지 않았다.

그러나 아란은 확신했다.

심안 덕분이었다. 상대의 눈빛에서 속마음을 읽을 수 있는 능력이 확신을 안겨주었다.

황의인들의 눈빛에서 읽은 것은 긴장감과 살기.

열띤 응원전을 펼치는 여타 군웅들의 흥분된 모습과는 사뭇 다른 풍경이었다. 놀라운 건 의심스런 기운을 발한 것이 관중석의 황의인들뿐만이 아니란 사실.

'정녕 저들이…….'

관중석을 떠난 눈길이 닿은 곳은 다름 아닌 참관인석이었다. 곤륜을 제외한 구파와 광동진가를 뺀 오대세가의 수장들이 모인 바로 그곳에서 황의인들과 유사한 기운이 감지되었던 것이다.

그리고 그와 동시에 호각 소리가 울려 퍼졌고, 복면을 착용한 황의인들이 관중석을 박차고 튀어나갔다. 무창제일루에서 품었던 의문이 사실로 드러나는 순간이었다.

암습자의 정체

아란은 아랫입술을 물었다가 다시 풀었다.

믿을 수 없는 일이 현실이 되었지만 이미 물은 엎질러졌고 남은 일은 엎지른 물을 깨끗이 정리하는 것이다.

장충걸의 과장된 난동에 이은 예국홍과의 충돌에서 아란은 눈치 채고 있었다. 숨어 있는 암습자들에게 미끼를 던지기 위한 포석임을.

용호가 이미 대비를 하고 있었음이 증명되었으니 이제 남은 건 적정한 선에서 사태가 마무리되길 바라는 것뿐이었다.

'내 당부를 기억하고 있어야 할 텐데.'

막 허공에서 신형을 비틀어 지상으로 쏘아져 오는 충걸과 국홍을 보며 아란은 한숨을 내쉬었다.

"얼씨구."

비무대에서 맞붙어 하늘로 솟구친 충걸과 국홍을 사천당문의 만천화우가 급습했을 때도 장팔봉은 코웃음을 쳤다. 관중석을 박차고 나온 수백의 복면인들이 자신들과 백림을 향해 벌 떼처럼 쇄도해 왔을 때도 마찬가지였다.

그의 인상이 험악해진 건 복면인들의 선두가 낯익은 물건을 내던졌을 때다.

"투척!"

휘휘휙!

호선을 그리며 눈앞으로 날아든 검은 구체.

황보세가의 독문병기이자 방원 삼 장 안을 초토화시킨다는 가공할 위력의 화탄, 벽력탄(霹靂彈)이었다.

"허, 이런 후레자식들을 봤나?"

장팔봉의 얼굴이 염라대왕의 그것처럼 변했다.

불쑥 자리에서 일어선 그의 손짓에 앞을 가로막고 있던 수하들이 나동그라졌다. 뒤이어 솥뚜껑만 한 그의 주먹이 우우웅, 굉음을 일으키며 허공을 갈랐다.

어마어마한 경풍이 날아오던 세 개의 벽력탄을 휩쓸었다.

벽력탄을 투척한 장본인들도 예외는 아니었다.

쫘쫘쾅!

천공을 뒤흔든 천번지복의 굉음.

"으헉!"

벽력탄을 믿고 달려들던 복면인들이 기겁을 하고 주저앉았다. 그런 그들에게 성난 검은 호랑이들의 역습이 시작되었다. 선두는 열받은 좌우쌍로 우태백과 좌염이었다.

"대흑천의 뒤통수를 치다니, 얼마나 간덩이가 부었는지 직접 까봐야겠구나!"

퍼펑!

좌우쌍로의 일장에 한 무리의 복면인들이 사지를 휘저으며 날아갔다. 그 뒤로 검은 호랑이들이 저승사자처럼 날아내렸다. 특이한 건 독문병기인 묵강도를 뽑지 않고 공권으로 복면인들을 두들기는 광경이었다.

맞은편에서 또 다른 굉음이 터져 나온 건 그때였다.

"쿵, 늙은 좀팽이도 열이 받았구먼."

장팔봉은 맞은편에서 막 벽력탄을 무력화시킨 예정문을 흘겨보며 콧방귀를 꼈다. 그런 그의 눈길이 스윽 어딘가로 이동했다.

복면인들과는 차원이 다른 기운이 쇄도해 오고 있었다.

조금 전까지 참관인석에 앉아 있던 얼굴들.

남궁세가주 남궁탁의 살기 띤 얼굴이 선두에 있었다.

"이것들이 아주 작당을 했구먼."

장팔봉의 얼굴에서 웃음기가 사라졌다.

충걸에게 언질을 받았을 때만 해도 긴가민가했다.

설마했던 일이 현실로, 그것도 암습의 장본인들이 다른 무리도 아닌 정파의 명숙들이란 사실은 머리 뚜껑을 열어젖히기에 충분했다.

"저것들을 죽이지는 말라고 했단 말이지."

장팔봉은 충걸로부터 들은 아란의 전언을 상기했다.

계산은 간단히 끝이 났다.

"오냐. 숨통만 붙여놓으마."

말과 함께 그 자리에서 장팔봉이 솟구쳤다.

우르릉, 뇌성벽력을 동반한 무지막지한 주먹질이 쇄도해 오던 명숙들을 휩쓸어갔다. 맞은편에선 화산 장문인 태천 도장을 필두로 한 무리가 예정문의 장력과 격돌하고 있었다.

만천화우를 무력화하고 지상으로 추락한 직후였다.

"크헝!"

사나운 포효와 함께 비무대를 발끝으로 찍은 충걸의 신형이 기쾌하게 뒤집히며 다시 비상했다.

흑천의 삼대신법비기 중 하나인 비호번신(飛虎飜身)!

솟구친 신형이 한 무리의 복면인들 위로 내리꽂혔다. 무시무시한 권강지력의 연쇄 폭발과 함께.

쾅쾅쾅!

"커억!"

폭풍에 휘말린 복면인들이 부러진 병장기와 함께 비무대 밖으로 튕겨져 날아갔다.

"또 간다, 이놈들아!"

충걸은 쌍권을 모으며 쩌렁 포효했다.

손속에 사정을 두란 아란의 말을 기억하고 있었지만 반대편에서 눈부신 무위를 선보이고 있는 인간을 의식하지 않을 수 없었다.

뻐버버벙!

가죽 북 터지는 소리와 함께 복면인들이 어지럽게 사방으로 튀어 올랐다.

"끼하!"

충걸은 괴성과 함께 초토화된 복면인들 속으로 뛰어들었다.

암습자의 정체 255

좌충우돌 무지막지한 주먹세례가 얼빠진 복면인들을 북어 두들기듯 두들겨 팼다. 관중석에 숨어 있다 복면인들의 배후를 역습한 조춘과 그의 수하들이 끼어들 여지도 없었다.

그 광경을 지켜보던 군웅들 역시 얼이 빠졌다.

암습자들의 정체가 구파와 오대세가라는 엄청난 충격도 잊은 채 단순무식과격의 절정을 보여주는 무시무시한 진압(?)의 현장을 넋을 빼고 쳐다보았다.

비단 기질뿐만 아니라 적을 제압하는 과정에서도 와룡성검과 호왕폭도는 극단적으로 대조적인 광경을 연출했다.

국홍이 예의 바른 서생처럼 주로 금나수와 혈도술을 이용하여 복면인들을 제압한 반면, 충걸은 말 그대로 뚜껑 열린 호랑이처럼 화끈한 주먹질로 닥치는 대로 박살을 내고 있었다.

"하아!"

관중석에서 탄성이 쏟아져 나왔다.

눈 몇 번 끔벅이는 사이 비무대 위는 어느덧 정리 단계에 돌입했다. 삼백에 달하던 복면인들이 불과 반 각도 못 돼 모조리 제압당한 것이다.

수하들이 끼어들 여지도 없이 암습을 평정한 장본인들이 폭풍이 지나간 비무대 위에 옷자락을 펄럭이며 내려섰다.

"……."

서로를 응시하는 두 청년 기재의 눈싸움은 뜨거웠다.

고요한 호수와 같은 국홍의 눈에서도, 활활 타오르는 횃불 같은 충걸의 눈에서도 불똥이 튀었다.

"적을 제압함에도 예와 법도가 있는 법이거늘."

"염병, 예와 법도가 밥 먹여주냐?"

"……!"

"꼽냐? 한판 뜰까?"

충걸은 열기가 가시지 않은 주먹을 흔들어 보였다.

"일에는 선후가 있는 법."

돌아선 국홍이 어딘가로 신형을 날렸다. 태천 도장을 비롯한 명숙들을 예정문이 몰아붙이고 있는 현장이었다.

"오냐. 마무리 짓고 보자고."

충걸은 피식 웃은 뒤 돌아섰다.

장팔봉 역시 한 무리의 명숙들과 드잡이를 벌이고 있는 중인데 대충 끝나가는 분위기였다.

낭패가 된 몰골의 명숙들을 보며 충걸은 혀를 찼다.

"그러게 왜 사서 매를 벌어?"

명숙들의 머릿수를 세던 눈길이 문득 어딘가로 틀어졌다.

참관인석이었다. 소림 장문 혜공 대사와 무당 장문인 청학진인이 여전히 자리를 지키고 있다는 사실을 그제야 알아차린 것이다.

창백한 안색으로 굳어 있는 그들을 보며 충걸은 눈을 부라

암습자의 정체 257

렸다.
"뭐야? 지들끼리도 내분인가?"
머리가 지끈거리기 시작했다.
답이 없는 의문이 떠오를 때면 어김없이 나타나는 증상.
"몇 대 맞으면 불겠지."
차마 자신의 손으로 패진 못하겠고 장팔봉이 알아서 처리할 터였다. 그 생각을 듣기라도 한 듯 요란한 일갈이 터져 나왔다.
"에라, 이 썩을 놈들아!"
콰앙!
"큭!"
널브러진 명숙들 앞에 장팔봉이 염라대왕처럼 버티고 서 있었다. 그와 때를 맞춰 악착같이 검을 뿌리던 태천 도장이 장력을 맞고 쓰러지면서 예정문 쪽도 마무리되었다.
허무한 암습의 끝이었다.

참관인석에서 내려와 예정문과 장팔봉 앞에 선 혜공 대사와 청학 진인. 그들의 입에서 모든 전모가 밝혀졌다.
구파와 오대세가의 입에서 암습이란 말이 나온 건 지난해 용호지쟁에서부터였고, 소림과 무당의 회의적인 견해에도 불구하고 화산 장문 태천 도장과 남궁세가주 남궁탁의 적극적인 주도로 결국 실행으로 옮겼다는 것.

특히 몇 달 전 제자인 매화신성 무각이 예국홍에게 패한 충격으로 폐관에 든 직후, 태천 도장의 살기 띤 목소리가 더욱 높아졌다고 했다.

백림과 흑천의 위세에 눌려 예전만 못한 세월을 누리던 전통의 명문정파가 결국 명예욕을 이기지 못하고 저지른 서글픈 사건의 전말이었다.

소림과 무당은 스스로 봉문을 하겠다는 언약과 함께 싸움에 가담하지 않은 제자들을 이끌고 현장을 떠나갔고, 나머지 방파의 부상자들도 각자의 집으로 돌려보냈다.

난장판으로 돌변한 현장은 그렇게 어수선한 가운데 마무리를 지었다. 그 와중에 용호지쟁의 끝을 보지 못한 두 당사자가 대치를 하면서 다시금 일촉즉발의 상황이 연출되기도 했다.

삘리리리……

하지만 예의 감미로운 퉁소 소리를 이끌고 관중석에서 아란이 등장하면서 대치 상황도 정리되었다.

[더 이상의 다툼은 무의미합니다.]

이 모든 상황을 미리 꿰뚫어 본 아란의 말은 이미 천기자의 그것에 버금가는 영향력을 지닌 것이었다.

일 년 만에 다시 열린 용호지쟁은 승자도 패자도 없이 그렇게 끝을 맺었다. 그러나 용호지쟁의 승패보다 훨씬 충격적인 사건이 세인들의 뇌리에 깊이 각인되었다.

더불어 그동안 전혀 알려지지 않았던 새로운 인물이 강호무림에 이름을 알리는 계기가 되기도 했다.

벙어리 신녀 아란.

천기자의 영적 능력과 방술을 고스란히 물려받았다는 그녀의 이름을 두고 전 중원무림이 들썩였다.

　　　　　*　　　　*　　　　*

비전(秘傳).

수라귀영(修羅鬼影) 팔(八)호.

용호지쟁의 반전, 구파와 오대세가의 암습지계.

백림과 흑천의 무력으로 제압.

손속에 사정을 둔 탓에 혈전은 모면. 이유는 불명.

새로운 요주의 인물, 천기자 문하제자 등장.

천기자의 동행 여부는 불명.

금번 용호지쟁의 사태는 정파의 분열로 이어질 것으로 예상, 본 부의 대계에 긍정적인 영향을 미칠 것으로 사료.

전통의 명문정파들을 압도하는 용호의 힘 재확인.

검제와 도왕의 화후는 초월지경(超越之境).

와룡성검과 호왕폭도는 무극지경(無極之境)에 근접.

경계 및 비책 요.

경배 만마지존(萬魔至尊).

천마천하(天魔天下) 구천수라치세(九天修羅治世).

"후후……."

음산한 웃음이 일었다. 동시에 뼈만 남은 손아귀에서 화르르 불길이 일었다. 순식간에 재로 화한 전서가 사이한 기운이 감도는 허공으로 흩어졌다.

"가식을 먹고사는 정파의 버러지들, 알아서 본 부의 뜻을 도와주는구나. 후후."

음산한 웃음의 주인공이 천천히 고개를 들었다.

섬뜩한 수라귀면(修羅鬼面). 귀면 위로 유일하게 드러낸 한 쌍의 동공이 마기를 발산했다.

"지존의 말씀대로 서두를 필요가 없게 되었군. 놈들이 알아서 저렇게 도와주고 있으니. 앞으로 주어지는 시간은 모두 본 부를 위한 것이다."

번들거리는 귀면인의 눈에 회심의 미소와 더불어 경외지심이 담겼다.

"제아무리 용호라 한들 마중지마로 현신하신 지존의 상대가 되진 못한다. 상대할 기회조차 없겠지. 본좌를 비롯한 구천수라의 힘조차 막지 못할 테니. 후후."

대계를 위한 준비는 순조롭게 진행 중이었다.

지존의 부활에 앞서 이미 네 개의 수라혈성이 중원의 외곽에 도사린 채 힘을 비축해 두었고 본산의 무력 또한 거의 정비가 끝난 상태. 오직 남은 건 지존을 위한 선물이 완성될 순간을 기다리는 것뿐이었다.
 "고루신마에게 안겨 보냈던 것과는 차원이 다른 녀석들. 그놈들이 완성되는 그날이 바로 본 부의 이름으로 펼칠 새로운 역사의 장을 만천하에 선포하는 날이 될 것이다. 대천마혈성과 구천수라혈성의 신성한 피로 구주팔황을 씻게 될 축복의 날이. 후후후……."
 수라귀면이 기쁨으로 몸을 떨었다.

第八章
요술 부적, 그리고 주문

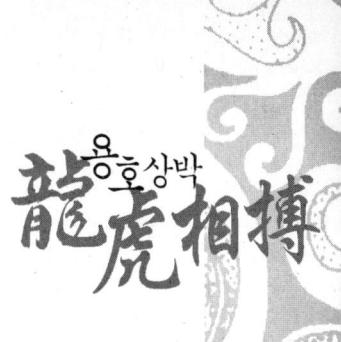

龍虎相搏 용호상박

　그녀가 찾아온 것은 용호지쟁이 난장판으로 끝난 이튿날 오전이었다. 식사를 권하는 제의를 정중히 사양하고 사라졌던 그녀가 홀연히 예고도 없이 숙소를 찾았던 것이다.
　[오늘 귀림하시는 모양이군요.]
　객실 안에서 마주 앉은 벙어리 신녀.
　손에 잡힐 듯 가까운 거리에서 마주한 그녀의 모습은 숨이 막히도록 아름다웠다. 함부로 눈을 마주하기도 힘든 신비로운 아름다움은 철옹성 같은 국홍의 평정심마저 소리없이 무너뜨렸다.
　'……!'

요술 부적, 그리고 주문　265

이런 경우는 처음이었다.

평정심을 되찾기 위해 국홍은 애를 썼다.

"오후에 출발할 예정이오. 한데 소저께서는……?"

흔들린 평정심을 간신히 되찾은 후 꺼낸 말이었다.

[저는 아직 볼일이 있어서.]

문득 국홍은 아쉬움을 느꼈다.

백림으로 초대하고 싶다는 말이 충동적으로 튀어나오려 했다. 애써 충동을 억누른 뒤 고개를 끄덕였다.

"그렇군요."

그러면서 잔잔히 빛을 발하는 아란의 눈을 마주하자니 다시 마음이 흔들린다.

국홍은 가볍게 헛기침을 하며 시선을 피했다.

아란이 엷은 미소와 함께 섬섬옥수를 움직였다.

[제가 이곳에 온 이유가 궁금하지 않으신가요?]

국홍은 번쩍 정신이 들었다.

얼굴이 화끈거렸다. 손님에게 방문한 이유조차 묻지 않았다는 사실을 그제야 깨달은 것이다.

"안 그래도 지금 물어보려고 했소만… 무슨 일로 찾아오셨는지?"

국홍은 슬쩍 눈을 피하며 물었다.

아란의 미소가 소리없이 짙어졌다.

[예 소협께 드릴 선물이 있어서 왔습니다.]

"선물을?"

국홍은 퍼뜩 얼굴을 들었다.

"소저께서 저에게 무슨 연유로 선물을……?"

[제 부탁을 잊지 않으셨기 때문이지요. 그에 대한 작은 보답을 하고 싶습니다.]

부탁이라 하면 암습자들을 제압할 때 사정을 두었던 것을 말함일 터.

국홍은 고개를 가로저었다.

"보답이라니 당치 않소. 소저의 부탁이 아니었더라도 응당히 해야 했을 일이오."

이번엔 아란이 고개를 저었다.

[아주 중요한 일이었어요. 소협이 이행한 약속은 훗날 큰 힘으로 돌아올 것입니다.]

국홍의 눈에 이채가 감돌았다.

진작부터 궁금한 의문이었다. 대체 훗날이란 무엇을 뜻하는 것인지.

"앞날의 천기를 읽으셨다는 뜻인 것 같은데… 말씀해 주실 수 없소이까?"

아란이 다시 고개를 저었다.

[때가 되면 알게 될 것입니다.]

국홍은 입을 다물었다.

아름다운 미소에 담긴 단호한 의지를 읽은 때문이다.

요술 부적, 그리고 주문 267

그때 아란이 섬섬옥수를 들어 품으로 가져갔다.

묵묵히 주시하던 국홍은 다시 눈에 이채를 담았다. 품에서 나온 그녀의 손에 한 장의 부적과 서찰이 쥐어져 있었던 것이다.

[소협을 위해 준비한 선물이에요.]

"……."

국홍은 꼼짝도 않고 부적과 서찰을 응시했다.

평범한 물건이 아님을 직감케 하는 기운을 피부로 느낄 수 있었다.

"이것이 무엇이오?"

아란의 눈빛이 깊어졌다.

국홍은 저도 모르게 긴장했다.

[스승님께서 손수 만드신 신물입니다.]

국홍은 천천히 숨을 뱉었다.

천기자가 직접 만든 부적이라면 능히 신물이라 불러도 무방하리라. 그렇기에 더더욱 받을 수 없었다.

"백림에선 방술을 쓰지 않소. 그냥 넣어두시는 게 좋을 듯하오."

에둘러 이유를 대며 사양을 했다.

그러나 아란은 물러서지 않았다.

[일개 방술로 치부하면 스승님께서 서운해하실지도 모르겠군요.]

"아니, 그런 뜻이 아니라……."

국홍은 말을 맺지 못했다.

[부담 갖지 마세요. 애초에 말씀드렸듯 소녀의 부탁을 지켜주신 데 대한 작은 선물일 따름이니까요.]

아란의 봉목이 예의 신비로운 빛을 발했다.

그 눈빛을 마주한 순간 의지력이 속절없이 무너지는 것을 국홍은 느꼈다. 그리고 다음 순간 어느 틈엔가 문제의 물건들이 자신의 손으로 넘겨져 있었다.

[지금부터 열흘 뒤 만월이 뜰 거예요. 그날 밤 자시 중엽에 정갈히 몸을 씻은 뒤 주문을 외고 부적을 삼매진화(三昧眞火)로 태우세요. 그런 뒤에 잠자리에 들면 염원하는 소원이 이루어질 것입니다.]

"……!"

국홍은 뚫어지게 아란의 눈만 쳐다보았다.

[주문은 밀봉한 서찰 속에 적혀 있어요.]

아란의 마지막 말을 들은 뒤 국홍은 천천히 고개를 떨어뜨렸다. 밀봉한 서찰과 부적을 쥔 손이 저도 모르게 가늘게 떨리고 있었다.

* * *

하늘이 무너져도 변하지 않는 절대 불변의 법칙이 있다.

언제나 왁자한 술판으로 이어지는 흑천의 용호지쟁 뒤풀이가 바로 그것이다. 이기고 난 뒤에는 두말할 것도 없고 졌을 때는 한바탕 매타작이 있고 난 후 술판을 벌였다.
 역시나 올해에도 그 법칙은 어김없이 재현되었는데, 승자도 패자도 없는 요상한 결과를 안고 시작한 뒤풀이라 그런지 그 어느 때보다 빈 술통은 빠른 속도로 늘어났다.
 물론 장씨 부자가 비운 술통의 숫자는 그중에서도 단연 압도적이었다.
 술고래인 수장을 따르다 보니 수하들이 술고래로 거듭난 것도 당연지사. 마흔여 명의 술고래들이 점거한 주점의 술독은 한 시진 만에 바닥을 드러냈고, 긴급히 주변 주점과 객잔에서 술독이 공수되었다.
 다시 한 시진이 더 지나면서 하나둘 자리에 뻗는 이들이 생겨났다. 그 와중에도 끝까지 자리를 지킨 이는 모두 다섯 명. 장팔봉, 장충걸과 좌우쌍로, 그리고 조춘이었다.
 반 시진이 더 지난 뒤 좌우쌍로가 뻗었다. 다시 이각 뒤 조춘이 쿵, 탁자에 대머리를 처박고 엎어졌고, 결국 남은 건 장씨 부자였다.
 "어이, 네놈도 그만 뻗지 그래."
 "훙. 어림도 없는 말씀."
 간만에 재현된 술고래 부자의 대결.
 그런데 여느 때와는 왠지 다른 분위기다.

평소 같으면 거친 말싸움과 앙소를 동반한 대결이었겠지만 두 사람은 일언반구 없이 술 대접만 비웠다.

허망하게 갈린 승부 역시도 그랬다.

"에잇! 오늘따라 술맛 더럽게 없군. 네놈이나 많이 처먹어라!"

고리눈을 부라리며 벌떡 일어선 장팔봉이 휘적휘적 자신의 처소로 걸어간 것도 그랬고, 그런 그를 힐끔 일별한 후 중얼거리는 충결의 반응도 그랬다.

"젠장. 내가 먼저 일어서려 했더니."

술맛이 더럽게 없기는 이하동문이었다. 평소 같으면 짝짝 입에 달라붙어야 할 술이란 놈이 오늘은 마냥 쓰기만 했다.

"가끔씩은 이렇게 술맛도 지랄 같고 인생도 지랄 같단 말이지."

충결은 넘치도록 채운 술 대접을 바라보며 홍얼거렸다.

"나도 좋고 너도 좋고, 더불어 다 좋으면 장땡인데 말이지."

그리곤 씩 웃으며 술 대접을 쳐들어 목구멍에다 들이부었다.

불로 지지는 듯한 화주의 뒤끝이 오늘은 화끈하지가 않았다. 익히다 만 염소고기를 삼킨 것처럼 느끼할 따름이다.

"어쩌겠냐고. 다 팔자대로 뒹구는 거지."

인생은 뒹구는 것이다.

요술 부적, 그리고 주문

꿈인지 뭔지, 자기가 내키는 대로 뒹굴면서 깨지고 다치고 하면서 낙을 찾는 것이다. 그것이 술잔에 비친 인생이고 충걸의 어금니에 짓깨물린 인생이었다.
"갑자기 그 여자 생각은 왜 나는 거여."
아란이란 이름의 벙어리 신녀.
눈만 쳐다봐도 묘하게 공손한 마음을 가지게 만드는 그녀가 뜬금없이 눈앞에 어른거린다.
충걸은 픽 웃었다.
"예쁘지. 사람인지 여시인지 분간도 못할 만큼 환장하게 예쁘지. 근데 장충걸이 네 이상형하곤 거리가 멀다."
큼지막한 술 대접을 콸콸 채웠다.
"멀어도 한참 멀지."
도장을 찍듯 내뱉은 충걸은 술 대접을 입 안에다 털어 넣었다. 정확히 다섯 번을 그렇게 반복한 뒤 눈을 부릅떴다.
"그래도 말이야, 용한 신녀라니까 누가 알아? 잘 보이면 소원 성취하는 부적 한 장이라도 떨어질지. 흐흐."
눈을 부릅뜬 채로 웃던 충걸의 몸이 천천히 기울어졌다.
쿠웅……!
우람한 상체를 그대로 받은 탁자가 비명을 내질렀다.

꿈인가 생시인가 싶었다.
몇 번을 눈을 비비고 다시 봤지만 분명 눈앞에 있는 사람은 벙어리 신녀 아란이었고, 그녀가 내민 섬섬옥수에는 부적과 서찰이 고이 올려져 있었다.

간밤에 술에 취해 뻗기 전, 그녀를 떠올리며 부적 어쩌고 했던 혼잣말을 생생하게 기억하고 있기에 더욱 황당하기 짝이 없는 노릇이었다.

'뭐야? 나한테도 예지력이 있다는 거야?'

몰랐던 자신의 능력을 발견한 기쁨도 잠시, 충걸은 멀거니 아란을 쳐다보았다. 엷은 미소를 머금고 빤히 자신을 바라보는 사람 잡을 저놈의 두 눈.

충걸은 입맛을 다신 뒤 불쑥 물었다.

"이게 지금 뭐 하자는 상황이요?"

아란의 입가에 미소가 떠올랐다.

[금방 말한 걸 되묻다니, 보기보단 건망증이 심하시군요.]

끔벅이는 충걸의 눈앞에서 하얀 섬섬옥수가 다시 붓을 놀렸다.

[말씀드렸다시피 장 소협을 위해 준비한 선물이에요.]

충걸은 다시 입맛을 다시다 말고 앞에 있던 찻잔을 덥석 움켜쥐고 입으로 가져갔다. 뜨거운 차를 들이부으니 숙취가 확 달아나는 듯했다.

"선물? 선물 좋지. 근데 뭘 위한 선물이란 말요, 뜬금없이?"

충걸은 바짝 눈에 힘을 주었다.

요술 부적, 그리고 주문 273

취중에 무심코 했던 말이 불과 몇 시진 만에 현실로 떡하니 눈앞에 등장했으니 눈에 힘이 안 들어가고 배길까.

[제 부탁을 잊지 않고 들어주신 데 대한 보답이에요.]

"부탁? 뭔 부탁?"

충걸은 버릇처럼 인상을 찡그렸다.

그러다 옳거니 하고 무릎을 철썩 때렸다.

"아무렴! 이 장충걸이는 목에 칼이 들어와도 약속은 지키는 놈이오. 그것도 딴 사람도 아니고 신녀님의 부탁인데. 껄껄!"

도를 안 들고 주먹으로만 상대했으니 약속은 확실히 지킨 셈이었다.

[도를 안 들고 상대해도 그 정도였으니, 정말 고맙다 하지 않을 수가 없군요.]

그에 충걸은 얼굴을 붉혔다.

그는 더듬거리며 변명을 늘어놓았다.

"거시기, 거 원래 무공 익힌 사람들은 주먹 한 방 맞고도 팔다리 나가고 하는 거요. 그리고 또 병상에서 뒹굴뒹굴하다가 또 팔팔하게 일어나서 치고받고 하는 거지 뭐. 험험."

말없이 미소만 짓는 아란의 눈길을 마주 볼 수가 없었다.

창밖의 먼 산을 보며 헛기침을 하는 충걸의 귀에 차분히 붓을 놀리는 소리가 들려왔다.

[어쨌든 약속을 지키기 위해 애쓰신 건 사실이니 그에 대한

마음의 보답으로 가져온 겁니다. 스승님께서 직접 만드신 물건이니 효능은 믿으셔도 될 거예요.]

'엉? 천기자 그 양반이 직접?'

충걸의 눈이 휘둥그레졌다.

어느 틈엔가 아란의 손이 코앞으로 다가와 있었다.

투명한 섬섬옥수에 올려진 부적과 서찰이 얌전히 주인을 기다리고 있었다. 척 보기에도 싸구려 도사나 점쟁이들이 팔아먹는 부적과는 분위기부터가 다르다.

은은히 배어 나오는 영적인 기운 또한.

충걸은 부릅뜬 눈을 부적에 고정한 채 꼴깍 침을 삼켰다.

"그러니까 요놈이 천기자 그 양반, 아니, 그 어른이 손수 만든 신통방통 요술 부적이다 이 말이오?"

아란이 입을 막고 웃었다. 그러거나 말거나 충걸은 요모조모 부적을 뜯어보느라 바빴다.

[요술 부적이라고 해도 틀린 말은 아니겠군요. 한 가지 소원은 반드시 성취하게 만들어줄 테니까.]

충걸은 번쩍 고개를 쳐들었다.

"어떤 소원이든지 다 말이오?"

아란이 머리를 끄덕이며 눈을 빛냈다. 멍하니 그 눈을 쳐다보는 충걸에게 그녀가 의미심장하게 덧붙였다.

[하지만 기회는 단 한 번뿐이에요.]

"단 한 번?"

요술 부적, 그리고 주문 275

[열흘 뒤에 만월이 뜰 거예요. 그날 밤 정확히 자시 중엽이 되면 깨끗이 몸을 씻고 주문을 외운 뒤 부적을 삼매진화로 태우세요. 그런 뒤에 마음속으로 소원을 빌고 잠자리에 들면 됩니다.]

"그렇게 자고 나면 소원이 이루어진다?"

[네. 하지만 얘기했듯이 기회는 그날 밤뿐이에요.]

"하아!"

충걸은 입을 딱 벌렸다.

그사이에 어느새 부적과 서찰이 아란의 손에서 자신의 손으로 옮겨와 있었다.

[주문은 밀봉된 서찰에 적혀 있어요. 미리 열어보지 말고 소원을 빌기 전에 개봉하도록 하세요.]

"나 이거 참."

충걸은 새 주인을 만난 신물을 멍하니 내려다보았다. 그러다 기척 소리에 끌려 고개를 드니 자리를 떠난 아란이 방문 앞에 서 있었다.

[다시 볼 기회가 있으면 좋겠군요.]

두 사람의 시선이 허공에서 얽혔다.

충걸은 아직 작별 인사를 준비도 못한 상태였고 아란은 뭔가 할 말이 남은 듯 머뭇거렸다. 하지만 고개만 살짝 숙여 보인 뒤 그녀는 방문을 나섰다.

"어라, 고맙단 말도 안 했는데."

뒤늦게 중얼거렸지만 이미 아란의 모습은 사라진 뒤였다.

충걸은 방문을 쳐다보며 입맛을 다셨다.

"이거야 원, 당최 꿈인지 생시인지."

설마 아직도 술이 안 깼나 싶어 얼굴을 주먹으로 갈겨보았다.

퍽!

"으갸갸!"

충걸은 얼굴을 싸쥐고 오만상을 찡그렸다. 그러면서 다른 손에 들고 있던 부적과 서찰을 눈앞으로 홱 들어 올렸다.

"술 마시면서 한 말이 생시가 되다니. 살다 보니 별 요상한 일도 다 겪는구먼. 쩝!"

신통방통 요술 부적.

어찌 됐건 말 그대로 신통방통한 그 효능은 의심할 여지가 없을 것 같았다. 다른 사람도 아니고 천기자가 직접 만든 것이라고 벙어리 신녀가 장담을 했잖은가.

"무슨 놈의 소원이든 다 들어준다 이 말이렸다."

충걸은 눈앞에 들어 올린 부적을 요모조모 뜯어보며 음흉스럽게 웃었다.

마치 그의 말을 알아들은 듯이 부적에서 발산되는 영기가 소리없이 짙어졌다.

* * *

주산군도(舟山群島)의 거미줄 같은 해협을 벗어나는 동안 요동치는 뱃전을 붙들고 바짝 얼어붙었던 승객들은 마침내 항주만으로 배가 접어들자 가슴을 쓸어내렸다.

"휴우, 살았다!"

갑판 여기저기서 안도의 한숨이 흘러나왔다.

그 와중에 특히 짜랑짜랑 울리는 목소리로 이목을 사로잡는 인물이 있었다.

"후와—! 하마터면 시집도 못 가보고 물귀신 되는 줄 알았네."

목소리를 쫓던 승객들의 눈이 일제히 휘둥그레졌다.

목소리의 주인공은 여인이었다. 그것도 늘씬하게 쭉 빠진 몸매를 자랑하는 환상적인 미모의 젊은 처자.

날렵한 백의 경장과 장식 없이 위로 틀어 올린 머리가 활달하고 경쾌했다. 보란 듯 등에 척 걸린 협봉검 역시 그런 분위기를 한몫 거들었다.

때마침 겁도 없이 뱃머리에 버티고 서서 늘어지게 기지개를 켜던 여인이 승객들과 눈이 딱 마주쳤다.

"뭘 봐? 사람 처음 봐?"

턱을 치켜들며 툭 내쏘는 여인의 반응.

"협……!"

곱고 단아한 미소녀 검객의 환상이 여지없이 깨지는 순간이었다. 일제히 돌아간 승객들의 뒤통수를 째려보며 여인이 콧방귀를 꼈다.

"흥, 그래도 보는 눈은 있어가지고."

그때 선실에서 막 나오던 선장이 여인을 발견했다.

여느 승객들처럼 여인의 미모에 잠시 주춤했던 선장은 곧 본연의 임무로 돌아가 우락부락한 인상을 찡그렸다.

"이보쇼, 소저! 거긴 위험하니 어서 갑판으로 내려오쇼!"

여인이 힐끔 선장을 일별하더니 대수롭잖게 대꾸했다.

"위험하긴 개뿔이 위험해. 시원하고 좋기만 하구먼. 신경 끄고 일이나 하셔."

그러면서 허리에 두 손을 척 얹고선 여유만만한 모습으로 바닷바람에 몸을 내맡긴다. 겉모습만 늘씬한 몸매의 미소녀일 뿐 영락없는 왈패가 따로 없다.

선장의 얼굴이 험악하게 구겨졌다.

'머리에 피도 안 마른 년이, 감히 이 어르신이 누군지 알고!'

선장은 삼십대의 나이에 어깨가 떡 벌어졌다.

흔히 뱃사람들의 체격이 다 그런 편이지만 무공을 아는 이가 보면 골격이 다름을 짐작할 수 있었다.

스스로를 어르신이라 칭한 선장은 왈패 미소녀의 행동을 망발이라 여길 만한 위치에 있었다. 낮에는 주산군도와 항주를 오가는 여객선, 밤에는 무법의 해적선으로 변신하는 백골호의 두목 왕방(王龐)이 바로 그의 진면목이었으니.

'생각 같아선 저년을 그냥……!'

선장은 살심이 번들거리는 눈으로 왈패 미소녀의 주변을 훑었다. 동행도 없는 걸로 보아하니 검법 흉내 좀 낸답시고 겁없이 나돌아 다니는 천둥벌거숭이 계집이 분명했다.

'몸뚱어리 하난 기똥차게 빠진 계집이군. 성질 좀 죽여놓으면 톡톡히 본전 뽑고도 남겠는데.'

왕방은 울고불고 짜는 계집을 덮쳐누르는 그림을 상상했다.

금세 아랫도리가 뻐근해졌다.

자신이 몇 번 데리고 놀다가 상부 조직인 동해용왕문(東海龍王門)의 상관에게 바치면 능히 점수도 딸 수 있을 터였다.

해적단의 주요 수익 사업인 인신매매를 수년간 해왔지만 저 정도의 물건은 없었다. 왕방은 음침한 미소와 함께 결론을 내렸다.

'바다 위에선 이 왕방 어르신의 말이 곧 법이다. 흐흐.'

왕방은 느긋하게 뒤로 물러서면서 턱짓을 했다.

"얘들아, 저 소저를 고이 선실로 모셔다 드려라."

명이 떨어지기가 무섭게 서너 명의 선원이 달려왔다.

하나같이 구릿빛 피부에 건장한 체격.

이미 두목의 마음을 읽은 그들의 눈도 음침하게 번들거리고 있었다.

"소저, 이리 내려오시구려. 소인들이 안전한 선실로 모시겠소이다."

네 명의 선원이 포위하듯 뱃머리로 다가섰다.

그러자 뒷모습을 보이고 선 미소녀에게서 혀를 차는 소리가 들려왔다.

"그것들 참, 사람 귀찮게 하네."

이어 천천히 돌아선 미소녀.

그린 듯한 아미가 하늘로 옴팡지게 솟구쳐 있었다.

"이봐, 아저씨들. 좋은 말로 할 때 가서 일이나 봐. 응?"

"……!"

선원들이 일순 멍한 얼굴로 멈춰 섰다.

하나 잠시뿐, 이내 피식 웃으며 음험한 본색을 드러냈다.

"흐흐, 아주 입이 거친 소저시로군. 할 수 없지. 강제로라도 선실로 모시는 수밖에."

말이 끝남과 동시에 두 명의 선원이 훌쩍 뱃머리로 뛰어오르며 손을 내뻗었다. 미소녀의 발이 움직인 건 그때였다.

빠각!

"캑!"

슬쩍 발을 드는가 싶었는데 달려들던 두 명의 선원이 한꺼번에 턱을 싸쥐고 날아갔다. 기가 막히게 빠른 발놀림이었다.

"이런 쌍년이!"

밑에 있던 선원들의 눈빛이 흉흉하게 변했다.

그들이 앞선 동료들보다 더 빠른 속도로 도약했다.

하지만 결과는 마찬가지였다.

빠박!

"아이쿠!"

갑판으로 나동그라진 선원들이 나란히 턱을 싸쥐고 신음했다.

"쯧쯧, 살짝 건드렸는데 엄살은. 밥 먹는 덴 지장 없다."

미소녀가 허공에서 접고 있던 다리를 여유있게 내려놓으며 코웃음을 쳤다. 그런 그녀에게 노골적인 살기를 드러낸 일갈이 날아갔다.

"천둥벌거숭이 같은 계집이 하늘 무서운 줄 모르고!"

왕방은 이미 진면목을 드러낸 뒤였다.

그런 그의 뒤로는 역시 해적의 본성을 드러낸 이십여 명의 선원이 시퍼런 병장기를 들고 버티고 서 있었다.

미소녀가 미간을 찡그렸다.

"이게 지금 뭐 하자는 상황이야? 멀쩡하던 여객선이 해적선으로 변해 버렸네?"

겁에 질린 승객들은 이미 후미 갑판에 웅크리고 모여 벌벌 떨고 있는 중이었다.

"계집, 네년이 누구를 믿고 까부는지 몰라도 여기선 이 왕방이 법이다. 쥐도 새도 모르게 물고기 밥으로 만들어 버릴 수 있어. 그러니 좋은 말로 할 때 얌전히 기어 내려와."

왕방은 최후의 으름장을 놓았다.

미소녀가 생긋 웃었다. 두려움이라곤 눈곱만큼도 찾아볼 수 없는 얼굴.

"오라, 그러니까 너희들이 소문으로만 듣던 두 얼굴의 해적이다 이거지?"

가볍게 갑판으로 뛰어내린 미소녀가 허리에 손을 얹고 주변을 쓸어보았다.

"대충 서른쯤 되겠네. 배를 몰 놈들 두엇만 남겨두면 되겠지?"

"……!"

미소녀의 말뜻을 읽은 왕방이 얼굴을 일그러뜨렸다.

치켜뜬 눈에서 거침없는 살광을 폭사하며 그가 소리쳤다.

"저년을 딱 반만 죽여서 내 앞으로 끌고 와!"

선원들, 아니, 해적들이 흉흉히 미소녀를 포위하기 시작했다. 그런데 성격이 급한 건 해적들이 아닌 미소녀였다.

"뭘 이렇게 질질 끌어?"

말과 동시에 미소녀가 붕 날아올랐다.

포위당한 자가 포위한 자들을 덮치는 황당무계한 광경.

콰앙—

단 한 번의 발길질에 두 명의 해적이 나가떨어지고,

퍼퍼퍼퍽!

"쿠엑!"

요술 부적, 그리고 주문

빠각!

"어쿠!"

성난 암호랑이가 이리 떼를 휘젓듯 거침없이 해적들 속을 헤집으며 권각을 휘두르는 미소녀.

주먹이든 발이든 한 방에 나가떨어진 해적들은 그대로 축 늘어졌고 갑판 너머 바다로 곤두박질치는 자들도 있었다.

"으아아아!"

풍덩―

도끼를 들고 덤비던 해적이 그림 같은 선풍각에 걸려 갑판 너머로 날아간 것을 끝으로 선상은 잠잠해졌다. 한바탕 태풍이 휘몰아친 갑판 위에 서 있는 건 왕방과 미소녀 둘뿐이었다.

꿀꺽……!

마른침을 삼키느라 왕방의 목젖이 요동쳤다.

"갑자기 목이 타나 보지?"

미소녀가 코웃음을 치며 한 발짝 다가섰다.

왕방이 재빨리 뒤로 물러섰다.

미소녀가 다시 한 발짝 다가섰을 때다.

"사람 살려… 살려주세요……."

홀연히 귓전으로 스며드는 미약한 소리가 있었다.

미소녀는 슬며시 미간을 좁히며 청력을 끌어올렸다.

미약하던 소리가 좀 더 선명해졌다. 출처를 따라 이동하던 미소녀의 눈길이 자신의 발밑 갑판에 고정되었다. 잔뜩 얼굴이 얼어붙은 왕방을 힐끔 일별한 뒤 미소녀는 조용히 발을 들어 올렸다. 그리곤 있는 힘껏 갑판을 내리찍었다.

쫘앙……!

약관이 됐을까 말까 한 미소녀의 나이로선 믿기 힘든 공력이 실린 진각(震脚).

엄청난 충격에 배가 요동을 치며 뒤흔들렸다. 동시에 발에 찍힌 갑판 바닥에 큼지막한 구멍이 뻥 뚫렸다. 미리 옆으로 몸을 날렸던 미소녀가 구멍 가에 내려섰다.

곧바로 그녀의 얼굴이 딱딱하게 굳어졌다.

"……!"

안에서 흘러나가는 소리를 막기 위해 겹겹이 덧댄 바닥 아래에는 커다란 창고가 숨어 있었고, 그곳엔 십여 명의 소녀들이 겁먹은 얼굴로 웅크리고 있었다. 하나같이 찢어진 옷자락에 온몸엔 멍투성이인 처참한 몰골.

미소녀는 천천히 얼굴을 들었다. 하늘로 치켜뜬 매서운 눈매에 왕방의 바짝 얼어붙은 얼굴이 빨려 들어왔다.

"설명을 좀 들어봐야겠는데?"

"흐으……."

왕방이 뒷걸음질을 쳤다. 선미에 막혀 더 이상 갈 데가 없어진 그의 얼굴이 퍼렇게 질렸다.

"일단 몇 대 맞고 얘기를 해보자고."

열받은 암호랑이가 풀쩍 도약했다.

단숨에 갑판을 가른 암호랑이의 발끝이 왕방의 칼자루와 턱을 한꺼번에 박살 냈다.

"컥!"

쿠당탕!

갑판으로 처박힌 왕방에게 미소녀가 성큼성큼 걸어갔다.

무자비 폭행의 시작이었다.

"꾸에엑!"

염라대왕 코앞에 갔다 다시 돌아온 왕방이 박살난 턱을 죽을 똥을 싸고 움직여 실토한 얘기는 대충 떠돌던 소문과 비슷했다.

낮에는 여객선, 밤에는 해적선으로 둔갑하는 백골호.

그들의 주요 임무는 밤바다를 돌며 상선을 덮치거나 어선들을 노략질하는 것이었지만 가장 큰 사업은 해안가 마을에서 아녀자들을 납치하는 것이었다.

그렇게 납치한 아녀자들을 집결시키는 곳은 항주 외곽의 은신처.

그곳에 잡아둔 아녀자들은 해적단 상부 조직에 상납이 되고 그다음 다시 해적단과 결탁한 왜구들의 손에 넘어간다고 했다. 실로 천인공노할 일이었다.

"네들이 사람이냐? 사람이야?"

열받은 미소녀의 주먹에 몇 대 더 쥐터진 왕방은 마지막으로 가장 중요한 정보를 불었다. 백골호를 비롯한 해적단 역시 하부조직에 불과하며 그들을 총괄하는 수괴가 다름 아닌 동해용왕(東海龍王)이라는 사실.

 동해를 주름잡는 공포의 해적단 괴수가 동해용왕일 것이라던 풍문이 사실로 입증된 순간이었다.

 "동해용왕이라……. 흠, 검후(劍后)께 들은 적이 있지."

 잔뜩 미간을 찡그린 미소녀의 입에서 검후란 단어가 흘러나왔다.

 검후라면 남해보타문의 장문인을 일컫는 이름이 아닌가?

 "생각보다 문제가 심각한걸."

 미소녀는 골똘히 생각에 잠겼다.

 흑백이 뚜렷한 두 눈 속에 이윽고 모종의 결심이 내비쳤다.

 "왔던 길을 되돌아갈 순 없고. 일단 집에 갔다가 나중에 서신으로 연락을 드리는 게 낫겠다. 물론 그전에 항주에 있다는 이놈들의 소굴은 당연히 박살을 내줘야겠지. 흥!"

 은거지에 얼마나 많은 소녀들이 잡혀 있을지 모르겠지만 그 수의 몇 배에 달하는 값을 톡톡히 받아낼 생각이었다.

 정리를 끝낸 미소녀는 손을 털고 일어섰다.

 이열종대로 무릎을 꿇고 있는 왕방과 그의 수하들을 흘겨보며 그녀는 중얼거렸다.

 "배를 몰 놈들은 따로 빼고, 저것들은 어쩐다?"

때마침 건너편에 몰려 서 있는 승객들이 눈에 들어왔다. 잔뜩 분기 어린 표정으로 해적들을 노려보고 있는 그들을 보면서 미소녀는 빙긋 웃었다.
"항주에 도착할 때까지 심심하진 않겠네."
말을 끝낸 그녀는 왕방과 해적들에게 걸어가 다짜고짜 혈도를 짚었다. 굳은 통나무처럼 변한 그들을 확인한 미소녀는 승객들을 향해 어깨를 으쓱해 보인 뒤 할 일을 다 했다는 듯 돌아서 뱃머리로 걸어갔다.
"사, 살려줘……!"
뱃머리에 버티고 서자니 아혈만 짚이지 않은 해적들의 비명이 들려오기 시작했다. 슬금슬금 다가오는 승객들의 얼굴이 저승사자로 보일 법도 할 터였다.
"어쩌겠어. 준 만큼 돌려받아야지."
미소녀는 태평스럽게 바람에 몸을 맡겼다.
마침내 분노한 승객들의 구타가 시작된 듯 비명 소리가 요란스러워지고 있었다.

다음날.
항주에 놀라운 소문이 나돌았다.
항주에서 멀지 않은 남쪽 해안가 모처에서 해적단의 인신매매소굴이 발각되었다는 소문이다. 그곳에서 구출된 아녀자들은 무려 오십 명에 달했다고 하는데, 해적의 소굴을 뒤집어엎고 그들을 구출한 장본인은 단 한 명의 무림인, 그것도 나이 어린 미소녀 검객이었다고 했다.

단신으로 해적단의 은거지를 박살 낸 뒤 홀연히 사라진 미소녀 검객에 대해서 갖가지 억측이 나돌았다. 그러나 그중에서 사실에 근접한 이야기는 딱 두 가지뿐이었다.

직접 보면 눈이 번쩍 뜨일 만큼 늘씬한 미녀라는 것.

그리고 눈이 번쩍 뜨일 만한 미모와는 달리 성격은 뒷골목 왈패가 따로 없다는 것.

그녀의 정체를 추리하기 위한 설(說)이 분분하던 와중에 확률이 높은 설이 한 가지 더 도출되기도 했다.

"늘씬한 미모에 왈패 성격을 겸비한 약관 미만의 처자가 중원무림에 누가 있어? 와룡일미밖에 더 있어?"

일단 와룡일미라는 이름이 등장하자 추측은 거의 기정사실로 받아들여졌다.

보름을 십여 주야 앞둔, 바짝 여위었던 달이 눈에 띄게 조금씩 살을 늘려가던 어느 날이었다.

龍虎相搏 용호상박

저도 모르게 기억을 하고 있었나 보다.

문득 고개를 들었을 때 휘영청 밝은 달이 늦은 저녁 하늘에 떠 있었다.

남김없이 살이 꽉 찬 만월.

'달이… 떴구나.'

묵묵히 만월을 응시하는 국홍의 눈빛이 살짝 흔들렸다.

의식지도 않은 현재 시각이 뇌리를 자동으로 스쳤다.

해시 초.

그녀가 말했던 시간이 자시 중엽이었던가?

기회는 오직 한 번뿐이라고.

'한 시진 반이 남았군.'

무심코 계산을 한 국홍은 쓴웃음을 지었다.

의식을 안 하려고 의식적으로 노력한 것이 이미 사흘이 넘었다는 사실을 깨달은 것이다. 결국 사흘 전부터 이미 의식을 하고 있었다는 뜻.

"유난히 달빛이 밝구나."

중천에 채 자리를 잡지 않은 만월은 그 어느 때보다 밝고 선명한 빛을 발산하고 있었다. 어쩌면 그녀의 말 때문인지도 모를 일이지만.

자시 중엽이 되면 만월은 떡하니 중천에 자리를 잡을 터이고, 그때가 되면 더욱 빛은 선명해질 것이다.

국홍은 달을 보며 생각에 잠겼다.

생각이라기보단 고민에 가깝다. 휘영청 밝은 만월 위로 그녀, 아란의 얼굴이 겹쳐지면서 고민은 갈등으로 변모했다.

"이 또한 욕심이 아닌가."

깨달음의 근본은 비움이고 그것으로 행복이 비롯된다 했다.

정하게 비운 마음의 그릇을 욕심으로 채움으로써 인간지사의 갈등과 고통이 비롯되는 것이라 했다.

용호지쟁을 허무하게 끝나게 만든 암습 사건, 결국 그 황당한 사건 또한 전통 명문정파의 부질없는 욕심과 집착에서 비롯된 것이 아니었었나.

"……!"

심각하던 국홍의 얼굴에 다시금 엷은 웃음이 떠올랐다.

고작 부적 한 장을 가지고 자신이 지나치게 심각한 반응을 보이고 있는 게 아닌가 하는 생각에서였다.

"이래서 그 작자들이 고리타분한 좀팽이라 하는 건가?"

웃음이 짙어졌다. 말버릇처럼 좀팽이라고 부르며 눈을 치뜨던 장충걸을 떠올린 직후였다.

"단순무식한 걸 애호하는 그자의 입장에서 보면 그럴 수도 있겠군."

국홍은 어깨를 으쓱했다. 장충걸의 얼굴을 떠올린 덕분인지 마음이 한결 가벼워졌다. 창가에서 돌아서서 어디론가 향하는 발걸음 역시 가벼웠다.

스윽.

서가 한편에 두었던 물건이 손에 쥐어졌다.

아란이 선물로 주었던 문제의 물건들.

부적과 밀봉된 서찰을 응시하는 국홍의 얼굴은 좀 전과 달리 편안했다.

"깨달음의 근본이 비움이라 했으니 지인의 선물을 대함에 있어서도 마음을 비우면 되지 않겠는가?"

어느덧 웃으면서 스스로에게 답을 주고 있었다.

국홍은 여유롭게 고개를 끄덕였다. 천기자께서 손수 제작하셨다 했으니 그 효능이야 한 치의 의심도 없겠지만 설혹 효

운명의 그날 밤 295

능이 없다 한들 어떨까.

선물을 준 이의 정성만으로도 이미 차고 넘치는 것을.

"알겠소. 아란 소저의 정성을 생각해서라도 그 말을 따라 보리다."

국홍은 아란을 생각하며 선뜻 결정을 내렸다.

결론을 내리자 마음 한구석엔 은근한 기대감마저 일었다.

마치 그 옛날 동심으로 돌아가 재밌는 장난을 앞둔 장난꾸러기가 된 것처럼.

국홍은 부적과 서찰을 침상 위에 내려놓았다.

그리고는 서가에서 책 한 권을 뽑아 들었다. 자시 반까진 아직 시간이 남았으니 그동안 여유롭게 책을 보며 시간을 보낼 생각이었다.

* * *

콰앙!

흑천의 비밀 연공장.

오백에 달하는 흑천의 검은 호랑이 중 오직 단 두 사람만이 이용할 수 있는 그 연공장 철문을 기세도 좋게 박차고 나온 인영이 있다.

"후아—! 개운하구먼!"

구릿빛 우람한 나신을 드러낸 상반신.

살아 있는 듯 꿈틀거리는 근육의 결을 따라 맺힌 굵은 땀방울이 치열한 수련의 흔적을 내비친다.

"이 맛에 사는 거지! 으핫핫!"

쉬잉—

호방한 궤적을 그리며 허공을 가르는 묵강대도.

포효하는 호랑이 상이 도파에 조각된 묵강대도는 천하에 딱 한 자루밖에 없다.

작년까지 주인이었던 장팔봉이 아들의 끈질긴 회유와 협박, 고집에 못 이겨 눈물을 찔끔거리며 물려준 흑천의 상징 호왕도(虎王刀).

금석을 두부처럼 베는 건 장난이고 천하의 그 어떤 특수 강철도 일도에 양단한다는 최강의 보도다. 오직 비견되는 가치의 병기는 백림의 용천검밖에 없다고 알려진 천하제일의 명도를 거침없이 휘두를 수 있는 인물은 당연히 한 명밖에 없었다.

"드디어 호왕천경이 십일성에 달했다."

츠츠츠츠츳……!

용암 같은 기파에 휩싸인 호왕도를 응시하며 충걸이 중얼거렸다.

평소에 볼 수 없이 엄숙한 표정.

짙은 검미 아래의 두 눈에서 불꽃처럼 형형한 안광이 뿜어져 나왔다. 극강의 양강기공인 호왕천경이 십일성의 화후에 이르렀음을 입증하는 눈빛이었다.

"이젠 정식으로 붙으면 화끈하게 꺾을 수 있지 않을까?"

충걸은 누군가를 잡아먹을 기세로 허공을 쏘아보았다.

하지만 얼마 못 가 바람 빠진 풍선처럼 꼬리를 말고 말았다.

"쳇, 꼰대가 십이성이 넘은 지가 언젠데. 대충 맞상대해 주는 것도 오감타 해라."

스스로의 머리를 꿍 쥐어박으면서 충걸은 본래의 모습으로 돌아왔다. 엄숙하게 분위기를 압도하던 기색은 간데없이 어느새 평소처럼 장난기 어린 표정이 자리를 잡았다.

"이거 한바탕 땀 뺐더니 목이 컬컬한데?"

호왕도를 어깨에 척 걸친 충걸은 입맛을 다셨다.

화끈한 화주 한잔이 간절하게 생각나는 순간이었다.

그때였다.

"소천주우—!"

어디선가 우렁찬 목소리가 들려왔다.

가늘게 뜬 충걸의 눈에 포착된 목표물.

낯익은 장한 하나가 달려오고 있었다. 유난히 긴 팔다리를 휙휙 내저으며 달리는 모양이 비호대주 오동팔의 오른팔 격인 '사마귀'임을 한눈에 알아볼 수 있다.

"저놈이 이 시간에 웬일이야?"

건들건들 걸어가는 충걸 앞에 곧 사마귀가 당도했다.

"연공을 끝내신 모양이군요, 소주! 하하, 제가 딱 맞춰서 왔군요!"

"오냐. 딱 맞춰 왔다. 이유가 뭐냐?"

충걸 특유의 직사포 질문.

사마귀가 헤벌쭉 웃었다.

"에이, 알고 계시면서······."

"알긴 내가 뭘 알아, 짜샤."

충걸은 냅다 사마귀의 머리통을 쥐어박았다.

머리통을 싸쥐고 부리나케 물러난 사마귀가 더 맞을세라 불었다.

"오늘이 저희 대주 귀 빠진 날이라고 며칠 전에 말씀드렸는데요!"

"귀 빠진 날? 똥파리?"

충걸은 인상을 찡그렸다.

그 모습을 본 사마귀가 입맛을 다셨다.

오동팔의 생일날 깜짝 생일상을 차려주자고 충걸에게 건의했던 게 나흘 전이다. 충걸의 취약한 기억 능력을 재차 실감한 사마귀는 한숨을 내쉬며 중얼거렸다.

"우리 대주, 무쟈게 서운하시겠네."

개미 울음소리도 듣는 충걸이 그걸 못 들을 리 없다.

따악!

"아고고!"

운명의 그날 밤

다시 머리통을 싸쥔 사마귀에게 충걸이 과장스럽게 눈을 부라렸다.
"똥파리가 애냐? 나이 먹을 만큼 처먹고 생일은 뭔 생일 타령이야? 그냥 화주나 한 사발 들이부으면 되는 거지!"
그리고는 휘적휘적 앞서 걸어갔다.
"안 그래도 목이 컬컬했는데 잘됐구먼. 핫핫!"
호탕한 웃음 끝자락으로 콧노래 소리가 따라 나왔다.
"킁."
사마귀는 혹이 난 머리통을 주무르며 충걸의 뒷모습을 째려보았다.
"저승사자는 뭐 하는지 몰라, 저런 괴물 안 잡아가고. 하긴, 저승사자도 흠씬 두들겨 패고 염라국으로 쫓아 보낼 인간이니."
행여 들을세라 소리 죽인 혼잣말이었다.
그때 앞서 가던 충걸이 갑자기 휙 돌아보았다.
제풀에 놀란 사마귀가 부동자세로 얼어붙은 순간,
"근데 술상은 다 봐놨냐?"
말이 떨어지기가 무섭게 사마귀는 눈썹이 휘날려라 내달렸다.
"물론입니닷!"

오동팔은 저녁도 거른 채 잔뜩 볼이 부어 있었다.

자신의 생일을 잊지 않은 비호도수들이 저녁 식사 시간에 맞춰 깜짝 생일상을 차려주지 않을까 내심 바라던 기대가 말 그대로 기대로 끝나 버렸기 때문이다.

 '이놈의 의리없는 자식들! 내가 제놈들을 얼마나 챙겨주고 뒷바라지를 해줬는데! 크흑!'

 적막한 외성 누각에 퍼질러 앉은 오동팔은 홀로 고독한 병나발을 불었다. 오늘따라 더 휘영청 밝은 달빛이 서러움을 부추기는 듯했다.

 "힝!"

 콧물과 함께 서러움을 풀어낸 오동팔이 다시 병나발을 불 때였다. 누구보다 믿었던 오른팔 사마귀가 그놈의 의리없는 얄미운 낯짝을 보이며 누각 위로 불쑥 등장했다.

 "아이고, 형님, 여기 계셨구만요! 지금 소주께서 형님 잡아오라고 난리가 났는데!"

 "엉? 소주께서?"

 오동팔은 놀라서 벌떡 일어났다.

 "예! 지금 막 비호대 막사로 들이닥치셨는데 무슨 일인지는 모르겠지만 잔뜩 열이 받으신 모양이더라구요! 어서 가보십쇼!"

 사마귀는 잔뜩 겁에 질린 모습이었다.

 덩달아 등골이 오싹해진 오동팔은 처연히 달을 올려다보았다.

운명의 그날 밤

'휘유우—! 귀 빠진 날 귀 빠지게 얻어터지게 생겼구나. 이 놈의 팔자가 그렇지.'

오동팔은 비장하게 이를 악물었다.

수하 생일도 안 챙겨주는 상관에게 오늘은 맞아 죽더라도 할 말은 하리라 목숨 건 다짐을 했다. 그리고선 몸을 돌리려는데 사마귀의 걱정 어린 목소리가 날아들었다.

"형님, 몸조심하십쇼!"

오동팔은 힐끔 사마귀를 째려보았다.

"이 의리없는 놈아, 앞으론 형님이라고 부르지도 마!"

그러면서 누각 아래로 휙 몸을 날리자니 다시 서러움이 밀려왔다. 서러움을 무기 삼아 오동팔은 용감히 비호대 막사로 달려갔다.

그리곤 눈앞에 다가온 막사 안으로 막 뛰어든 찰나,

"흐흐, 드디어 주인공이 등장하셨군."

막사 중간에 떡 버티고 선 건장한 장한의 으스스한 괴소.

비장한 결의는 오간 데 없이 오동팔의 얼굴이 바짝 얼어붙었다.

순간,

"정확히 한 사람당 똥파리 나이만큼씩만 패줘라. 흐흐."

이어진 충걸의 음흉한 웃음을 신호로 무지막지한 몰매가 오동팔에게 쏟아졌다.

"사람 살려!"

눈두덩이 시퍼렇게 부어오른 오동팔의 얼굴엔 히죽히죽 웃음이 끊이질 않았다.

역시 기대를 저버리지 않은 수하들의 깜짝 생일상이 그 첫 번째 이유였고, 까맣게 모를 줄 알았던 충걸이 생일 선물을 불쑥 코앞에 들이민 게 두 번째 이유였다.

"대장간 황노에게 부탁해서 만든 놈이다. 잘 써라."

오동팔은 감격하지 않을 수 없었다.

'젠장, 이러니까 괴물을 좋아라 할 수밖에.'

감격엔 자연히 폭주가 뒤따랐고, 반 시진도 못 돼 오동팔의 얼굴은 벌겋게 취기가 올랐다. 해롱거리는 그의 눈앞에선 충걸이 흑천인의 음주 원칙에 관해 일장 연설을 하고 있는 중이었다.

"술 먹을 때 내력 쓰는 놈은 죽는다."

과장스럽게 치뜬 눈으로 좌중을 휙 쓸어보는 충걸.

"무공 익혔답시고 내력으로 취기 조절하는 인간은 술 마실 자격이 없는 인간이다 이거야."

"옳소!"

"세상천지에 술이란 놈만큼 순수한 게 어디 있냐? 술이란 놈이 언제 거짓말하디? 마시면 마신 대로 취하는 이런 단순무식하게 순수한 술이야말로 가장 멋진 인생 스승이다 이거야. 알간?"

"옙, 소주!"

충걸은 호탕하게 웃으며 술 대접을 머리 위로 쳐들었다.

"접수됐으면 모두 들어라! 먹고 죽자!"

"먹고 죽자!"

콸콸콸콸!

폭포가 쏟아지는 듯한 소리.

수십 명이 한꺼번에 술대접을 목구멍에 들이부으니 그럴 법도 할밖에.

그중에서도 단연 돋보이는 건 역시 충걸과 오동팔이었다.

"캬아, 오늘따라 술맛 죽여주는구나. 똥파리 귀 빠진 날이라 그런가 보다. 크하하!"

기뻐하는 오동팔의 모습에 덩달아 기분이 좋아진 충걸이다.

사마귀에게 듣기 전에 이미 알고 있던 오동팔의 생일, 행여 잊어먹을까 싶어 머리맡에 적어두고 매일 확인하는 열성(?)을 발휘한 보람이 있었다.

누구보다 자주 얻어터지는 오동팔이랍시고 생일 선물에도 나름 신경을 쓴 보람도 있었고.

마침 빈 잔을 채워주던 오동팔이 딸꾹질을 하며 헤벌쭉 웃었다.

"딸꾹! 제 생일이라서 그런 것도 있지만 말임다, 딸꾹! 오늘따라 달빛이 죽여주니까… 딸꾹! 술맛도 죽여주는 거 아니겠습니까? 흐흐… 딸꾹!"

"달빛?"

충걸은 그 말에 힐끔 눈을 틀었다.

활짝 열어젖힌 막사 들창으로 휘영청 밝은 달빛이 쏟아지고 있었다.

"하! 고놈 통통하니 살이 제대로 올랐구먼."

토실토실한 달을 보며 눈을 끔뻑이는 충걸의 귀에 오동팔의 딸꾹질 소리가 다시 들려왔다.

"그러게 말입다. 딸꾹! 며칠 전만 해도 살이 반쪽이었던 녀석이, 딸꾹! 어느 틈엔가 살이 꽉 찬 만월로 변신했다 이거 아닙니까? 딸꾹!"

"……!"

갑자기 충걸이 움직임을 딱 멈췄다.

술 대접을 막 입으로 들이붓기 직전이었다.

"만월……?"

오동팔의 입에서 만월이란 소리가 흘러나온 직후에 벌어진 일이었다. 여전히 동작을 정지한 채로 충걸은 와락 인상을 찡그렸다.

"만월? 뭐가 있긴 있었는데?"

확실히 뭔가 있긴 있었다. 그런데 생각이 나질 않는다.

취약한 기억력을 더듬느라 충걸은 끙끙 앓았다.

덩달아 움직임을 멈춘 오동팔은 그 모습을 멀거니 지켜보왔다.
 순간,
 콰앙—
 벌떡 일어서는 충걸의 서슬에 술상이 박살이 났다.
 "으헉!"
 기겁한 오동팔과 비호도수들이 나자빠졌다.
 그런 그들의 귓전을 벼락같이 터져 나온 고함 소리가 다시 두들겼다.
 "맞다! 요술 부적—!"
 간질간질하다가 그제야 되살아난 기억.
 벙어리 신녀 아란!
 그녀의 선물, 요술 부적과 주문!!
 그리고 자시 중반!!
 충걸은 번쩍 치뜬 눈을 틀었다.
 만월은 중천에 조금 못 미친 곳에 자리를 잡고 있었다.
 자시가 머지않았음을 말해주는 광경이다.
 "이런 망할!"
 충걸은 똥 마려운 사람처럼 버럭 소리 질렀다.
 그리곤 냅다 자리를 박차고 달려나가려는데 누군가 급히 다리를 붙잡는 손길이 있었다. 취기로 해롱거리는 오동팔이었다.
 "술 드시다 말고 어디 가십……."

"너나 많이 처먹어!"

퍼억!

"아코!"

냅다 오동팔을 후려갈겨 떨쳐 내고선 득달같이 몸을 날린 충걸. 순식간에 들창 밖으로 그의 모습이 사라졌다.

"딸꾹……!"

마빡을 싸쥔 오동팔이 딸꾹질을 하며 들창을 보았다.

"하여간 그놈의 똘끼는… 딸꾹! 언제 발작할지 감을 잡을 수가 없으니, 딸꾹! 아이고, 골이야……."

*   *   *

탁……!

읽던 책을 조용히 덮었을 때 창밖의 만월은 거의 중천 가까이에 자리를 잡고 있었다.

"대충 물도 다 데워졌겠구나."

국홍은 서가에 책을 다시 꽂은 뒤 자리에서 일어섰다.

그와 때를 맞추어 방 밖에서 기척이 일었다.

"공자님, 시아입니다."

"그래."

"욕수가 준비되었습니다."

국홍은 미소를 지었다.

이제는 손발이 척척 맞는다.

정확히 시간을 맞추는 것도 똑똑한 시아의 능력이었다.

"고맙구나."

국홍이 방문을 열고 나서자 기다리고 있던 시아가 냉큼 고개를 숙였다. 그리고는 앞서 가는 국홍의 뒤를 종종걸음으로 따라붙었다. 설렘과 기대감을 품은 눈을 반짝이면서.

하지만 이번에도 여지없이 그녀의 기대는 빗나갔다.

"수고했다. 혼자 씻을 테니 그만 들어가 보거라."

욕간 앞에 멈춰 선 국홍의 말은 여느 때와 한 치의 다름도 없었다.

행여 목욕 시중을 들어주게 될까, 그래서 겉보기와 달리 돌덩이처럼 탄탄하다고 알려진 국홍의 속살을 직접 보게 될까 했던 기대는 실망으로 변하고 말았다.

"네……."

시무룩한 표정으로 자리를 물러나는 시아의 뒷모습을 보면서 국홍은 조용히 미소 지었다. 그리고는 더운 김이 가득한 욕간 안으로 들어섰다.

목욕을 마치고 다시 방으로 돌아온 건 이각이 조금 넘게 지난 뒤였다.

자시 반까진 반 시진 조금 못 미치게 남은 무렵.

몸이 개운한 덕분인지 마음도 가볍고 개운했다.

서가 쪽으로 향하는 국홍의 얼굴에도 부담없는 여유로움

이 감돌았고 일면 은은한 기대감도 내비치고 있었다.

"마침내 너희들이 힘을 발휘할 때가 왔구나."

서가에 챙겨둔 부적과 밀봉 서찰을 찾아 손에 쥘 때엔 평소답지 않은 농담도 선을 보였다.

탁자로 돌아와 앉은 국홍은 먼저 부적을 잠시 살핀 뒤 다시 내려놓고 밀봉 서찰을 손에 들었다.

"주문부터 확인해 볼까."

아직 시간이 여유가 있어 서찰을 뜯는 손길도 여유로웠다.

잠시 후 펼쳐진 서찰을 응시하던 국홍의 눈이 가벼운 이채를 발했다.

'아로계 아로가 아지로가… 마라 미마라 아마라?'

처음엔 어색하고 이상한 듯싶었다.

그런데 속으로 반복해서 읊을수록 주문에선 묘한 느낌이 전해졌다.

저도 모르게 마음가짐이 진지해진 것도 그 때문일까.

조심스럽게 서찰을 내려놓은 국홍은 옷매무새를 가다듬었다. 역시 무심코 이어진 행동이었다.

그때 문득 떠오르는 생각이 있었다.

'그러고 보니 소원을 아직 결정 안 했구나.'

정작 중요한 소원에 대해선 고민해 본 적이 없었다.

어떤 것이 좋을까?

국홍은 곰곰이 생각에 잠겼다.

잠시간의 고민 끝에 그는 두 가지의 소원을 일단 결정했다.

아버지와 자신을 비롯한 백림 식구들의 평안과 번영이 그 첫째고, 강호무림의 화합과 평화, 그리고 지속적인 안녕이 두 번째였다.

두 번째 것은 지난 용호지쟁에서의 사건 이후 내내 가슴 한편을 무겁게 했던 여운에서 비롯된 소원이다.

"기왕이면 둘 다 되면 좋겠지만, 한 가지라고 했으니 둘 중에 하나를 선택해야겠군."

국홍은 쓴웃음을 지었다.

이번에도 고민은 길지 않았다.

"강호무림의 안녕이 곧 백림의 안녕일 테지."

소원을 결정한 뒤 창밖을 바라보았다.

어느덧 만월이 보란 듯이 중천에 자리를 잡고 있었다.

국홍은 고개를 끄덕였다. 막상 시간이 되니 차분하던 가슴이 은은히 두근거린다.

"흐음."

가볍게 심호흡을 한 뒤 정좌를 했다.

국홍은 눈을 감고 차분히 호흡을 이끌었다.

서서히 머릿속이 명경처럼 또렷해졌다. 그리고 그 속으로 조금 전에 결정한 소원을 떠올리려는 찰나,

우르르르……!

돌연히 명상을 깨우는 육중한 소음이 있었다.

국홍은 눈을 떴다.

바로 정면으로 보이는 창밖, 달무리로 훤하던 밤하늘이 어느 틈엔가 시커멓게 변해가고 있었다. 원흉은 무서운 속도로 하늘을 뒤덮기 시작한 먹장구름.

'멀쩡하던 날씨가 갑자기 왜……?'

의문을 품기 무섭게 요란한 벽력음이 들려왔다.

우르릉! 꽝꽝!

멀쩡하던 하늘이 요동을 치고 있었다.

이렇게 갑작스럽게, 그것도 찰나지간에 변덕을 부리는 날씨는 좀처럼 볼 수 없던 것이다.

쏴아아아!

뇌성벽력에다 먹구름도 모자라 장대비가 시커먼 하늘에서 퍼붓기 시작했다.

국홍은 혀를 찼다.

"허, 묘한 시간 맞춤일세."

공교로운 일이었다.

나름 맘먹고 하기로 한 의식을 막 시작하려는 찰나에 기다렸다는 듯이 이런 난리라니.

왠지 모르게 찜찜해지는 기분이었다. 먹장구름에 가려 만월을 거의 찾아볼 수 없다는 사실이 찜찜함을 더했다.

국홍은 그냥 그만둘까 싶었다. 그러면서 눈앞에 놓인 서찰과 부적을 보자니 다시 쓴웃음이 흘러나온다.

"기왕 하기로 한 것이니."
이미 목욕재계까지 마치지 않았던가?
국홍은 가볍게 고개를 저은 뒤 눈을 감았다.
우르르! 꽈앙!
창밖에선 여전히 하늘이 요동을 치고 있었다.
그러나 차분히 호흡을 정리하는 국홍을 방해하지는 못했다.
다시금 명경처럼 또렷해진 머릿속에 소원을 떠올렸다. 그리고 난 뒤 이미 외워두었던 주문을 천천히 읊었다.
"……."
조용히 눈을 뜬 국홍의 손에 부적이 쥐어졌다.
찰나지간 부적이 살아 있는 듯 꿈틀거렸다 싶은 건 착각이었을까?
푸스스슷……!
삼매진화로 타오른 부적.
손바닥을 응시하던 국홍의 눈빛이 살짝 변했다.
응당히 남았어야 할 흔적이 보이질 않았다. 보통의 것보다 큰 부적이었음에도 한 올의 재조차 남기지 않고 깨끗하게 사라진 것이다.
"천기자 어른께선 부적도 특이한 재질을 쓰시는 모양이로구나."
국홍은 그렇게 이해를 했다.

그것으로 의식은 모두 마무리되었다.
"아니지. 아직 한 가지가 남았지."
몸을 일으킨 국홍은 창문을 닫고서 침상으로 향했다.
이불 속에 몸을 누이면서 그는 빙긋 미소 지었다.
"편안히 잠자리에 드는 것이 마지막 순서였지."
말과 함께 손가락을 튕겼다.
팟……!
유등이 꺼지면서 방 안에 어둠이 내려앉았다.
여전히 밖에선 뇌성벽력이 난리를 치고 있는 중이었지만 국홍은 전혀 동요하지 않았다.
잠시 후 고른 숨소리가 침상에서 흘러나왔다.
그리고 얼마나 더 시간이 지났을까?
웃지 못할 일이 벌어졌다.
그토록 난리법석을 떨어대던 하늘의 소란이 거짓말처럼 뚝 멎은 것이다.
마치 국홍이 잠이 들기를 기다리기라도 했다는 듯이.

*　　　*　　　*

바람처럼 거처로 돌아온 충걸은 부적과 서찰을 찾느라 법석을 떨었다. 간신히 찾아낸 부적과 밀봉 서찰을 앞에 둔 뒤에야 헤벌쭉 웃었다.

"흐흐, 똥파리 귀 빠진 날 기억하느라 하마터면 너희들을 잊을 뻔했구나."

아직 시간은 여유가 있었다.

자시 중반이라고 했으니 대충 반 시진 조금 넘게 남은 셈이었다.

"보자, 뭐부터 하라고 했더라?"

정해진 순서를 곰곰이 더듬어보았다.

"옳거니! 깨끗하게 몸부터 씻으라고 했겠다."

첫 번째 순서를 기억해 내자마자 충걸은 횡 밖으로 튀어나갔다. 찬물 몇 바가지를 후닥닥 뒤집어쓴 뒤 다시 돌아온 것은 일각 뒤.

"근데 옷을 벗고 하라고 했나 입고 하라고 했나?"

속곳만 걸친 차림으로 충걸은 다시 고민에 빠졌다.

아무리 더듬어봐도 그건 아란이 정확히 말해준 기억이 없다. 그래서 에이 모르겠다 싶어 차라리 그냥 홀라당 벗고 하기로 했다.

속곳마저 휙 벗어 던진 벌거숭이 차림으로 충걸은 다시 자리를 잡았다.

"이거 은근히 긴장되는데."

충걸은 꿀꺽 마른침을 삼켰다.

부적과 밀봉 서찰이 눈에 들어왔다.

"일단 주문부터 뜯어볼까나?"

충걸은 서찰을 손에 쥐었다.

봉인을 뜯는 손길이 평소 같지 않게 조심스럽다.

이윽고 펼쳐진 서찰에 적혀 있는 주문을 확인한 그는 입맛을 다셨다.

'마라 미마라 아마라… 아로계 아로가 아지로가? 거 주문 한번 요상하네.'

행여 소리를 내면 뭔가 잘못될까 싶어 속으로만 읽었다.

신통방통 요술 부적이라 주문이 요상한가 보다고 여긴 충걸은 힐끔 창밖을 내다보았다. 만월이 거의 중천에 다다라 있었다. 대충 일각 정도만 지나면 의식에 필요한 시간이 될 듯했다.

"가만, 근데 소원은 뭘 빌지?"

충걸은 문득 미간을 좁혔다.

결정적인 고민의 봉착.

가장 중요한 문제를 아직 생각해 보지 않았던 것이다.

손가락으로 이마를 톡톡 두드리며 생각에 잠겼던 충걸의 입가에 잠시 후 음흉한 웃음이 떠올랐다.

"흐흐, 잘 빠진 천생연분이나 점지해 달라고 해야겠다."

천생연분 하니 저도 모르게 아란의 아름다운 얼굴이 떠오른다.

충걸은 입맛을 다시며 머리를 저었다.

아란도 예쁘긴 하지만 자신의 이상형과는 다소 거리가 있었다.

"아란 소저의 미모에다 화끈한 성격, 바로 그거지. 암!"

드디어 결론을 내렸다.

소원까지 준비되었으니 남은 건 하나뿐이다.

충걸은 가슴을 들썩이며 심호흡을 한 뒤 하늘을 째려보았다. 어느덧 만월이 중천에 떡하니 자리를 잡고 있었다.

"이거 은근히 긴장되네. 흐읍!"

다시 한 번 심호흡을 한 뒤 질끈 눈을 감을 때였다.

우르르르……!

난데없이 귀를 잡아끄는 소리.

웬 뇌성벽력?

충걸은 감았던 눈을 뜨고 휙 틀었다.

한층 거센 뇌성벽력이 기다렸다는 듯 터져 나왔다.

우르르릉! 꽝꽝!

"엉?"

충걸의 눈이 휘둥그레졌다.

황당한 광경이 기다리고 있었다.

방금 전까지 멀쩡하던 하늘에 시커먼 먹장구름이 몰려오고 있는 것이 아닌가?

쏴아아―

먹구름으로도 모자라 장대 같은 폭우까지 퍼붓기 시작했다.

하늘이 갑자기 발작이라도 하는 것일까.

"뭐야? 왜 이래 이거, 갑자기?"

눈 깜짝할 사이에 밤하늘을 점거한 먹장구름과 폭우는 휘영청 밝던 달빛마저 삼켜 버렸다.

구름 사이로 나왔다 들어갔다 하는 만월을 보면서 충걸은 덜컥 불안해졌다. 변덕 부리는 날씨 탓에 요술 부적의 효과가 사라지는 게 아닌가 싶었다.

"젠장, 부정 타면 안 되는데."

시간은 이미 자시 중반이 된 참이다.

"에라, 모르겠다."

충걸은 다시 질끈 눈을 감았다.

복잡한 걸 질색하는 특기가 발휘되었다. 날씨야 어쨌거나 중요한 건 기회가 오늘밖에 없다는 사실.

천생연분을 점지받을 절호의 기회를 한낱 변덕스런 날씨 때문에 날려먹을 수는 없는 노릇이었다.

'맘속으로 소원부터 빌고 주문을 외우라고 그랬지?'

천생연분이란 말을 강력히 세 번씩이나 강조해서 마음에 품고 난 뒤 큰 소리로 주문을 외웠다.

행여 틀릴세라 한자 한자 또박또박.

그리고 마지막으로 부적을 손에 쥐었다.

충걸은 짐짓 엄숙한 표정으로 삼매진화를 일으켰다.

푸스스스……!

신묘한 영기를 발산하던 부적은 눈 깜짝할 사이에 불길에 휩싸여 사라졌다.
"엥? 재도 안 남았네?"
제법 큰 부적이었음에도 손바닥엔 한 올 재조차 찾아볼 수 없었다. 과연 천기자란 양반이 만든 부적은 뭔가 달라도 다른 모양이었다.
"쩝! 어째 기분이 좀 껄쩍지근하네."
충걸은 찜찜한 표정으로 중얼거렸다.
자리에서 일어서서 잠자리로 향하자니 선뜻 발길이 떨어지질 않는다. 잠이 올 것 같기는커녕 눈만 말똥말똥할 따름이고.
"벙어리 신녀는 곧바로 드러누워 자라고 했는데 말이지. 으음… 아까 마시다 만 술이 고픈데 어쩌남?"
충걸은 입맛을 다셨다.
오동팔과 함께 먹던 화주가 눈앞에 어른거렸다.
갈등은 벌거숭이 몸뚱이에 슬그머니 옷을 찾아 입혀주었다.
"딱 한 잔만 먹고 오자구!"
말과 동시에 충걸의 신형이 후닥닥 방 안에서 사라졌다.
그러자 희한한 일이 뒤이어 벌어졌다.
그때껏 요란스럽게 난리법석을 떨던 하늘이 거짓말처럼 잠잠해지는 것이 아닌가?
마치 충걸이 의식을 끝마치길 기다리기라도 했다는 듯이.

第十章
마른하늘에 날벼락

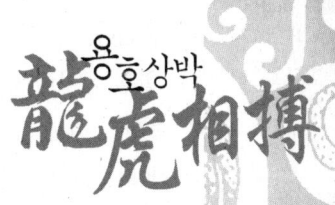

龍虎相搏 용호상박

 춘희가 눈을 뜬 것은 아직 날도 밝지 않은 새벽이었다.
 평소보다 훨씬 이른 시간에 그녀가 일어난 이유는 자신이 모시는 말썽꾸러기 젊은 주인을 챙기기 위해서였다.
 "하여간 못 말리신다니까. 생일은 비호대주님인데 왜 공자님이 그렇게 술을 드시냐고."
 춘희는 설레설레 고개를 저으며 자리에서 일어섰다.
 오동팔의 생일을 축하해 준답시고 간밤 늦게까지 술고래의 위용을 발휘한 장충걸이 행여 새벽에 갈증으로 잠을 깰까 싶어 숙취에 좋은 철관음을 미리 준비해 둘 참이었다.
 잠시 후, 큼직한 찻주전자를 받쳐 든 그녀는 장충걸의 처소로 향했다.

"한참 꿈나라에 계시겠구나."

춘희는 혀를 쏙 내밀었다.

안 봐도 눈에 선한 광경이다. 세상모르고 대 자로 뻗어 있을 충걸의 모습. 거기다 침실을 날려 보낼 기세로 요란하게 진동하고 있을 코골이까지.

'설마 속곳까지 다 벗고 주무시는 건 아니겠지?'

춘희는 갑작스런 걱정에 빠졌다.

안 그래도 사람 잡게 거대한 '그것'을 만약 실물로 보게 된다면 놀라 자빠질지도 몰랐다.

혼자만의 상상으로 얼굴을 붉히는 사이 어느덧 충걸의 처소가 눈앞으로 다가왔다.

'음?'

춘희는 갑자기 제자리에 멈춰 섰다.

설마 길을 잘못 왔나 싶어 오던 길을 되돌아보았다. 분명 충걸의 처소가 틀림없었다.

그런데 이게 무슨 조화일까?

'어머, 이게 웬일이람? 오늘 해가 서쪽에서 뜨려나?'

춘희는 충걸의 침실을 쳐다보며 눈을 깜빡였다.

당연히 들려와야 할 소음이 없다. 바깥까지 요란스럽게 울려 퍼지고 있어야 할 코골이 소리가 들리지 않는 것이다.

"설마 벌써 일어나신 건 아니겠지?"

아직 동이 트지도 않은 새벽이다. 늦잠의 화신인 장충걸이 이 시간에 일어난다는 건 도저히 믿을 수 없는 얘기였다.

춘희는 급격히 불어난 호기심을 이끌고 침실 문 앞으로 다가갔다. 그리곤 조심스럽게 문을 밀었다.

'……!'

깜짝 놀란 그녀의 눈이 커졌다.

침실 안에서 기다리고 있는 정녕 믿지 못할 광경.

천하에 잠버릇 고약하기로 소문난 장충걸이 얌전히 이불을 덮고, 그것도 모자라 코도 골지 않고 잠을 자고 있다니?

"어머머, 이게 웬일이야!"

무심코 소리친 춘희는 급히 손으로 입을 틀어막았다.

와중에도 놀란 눈은 정신없이 깜빡이고 있었다.

'내가 지금 꿈을 꾸고 있는 거야? 진짜 공자님 맞아?'

아무래도 가까이에서 확인을 해봐야겠다 싶었다.

춘희는 까치발을 하고 살금살금 침상으로 다가갔다.

그러던 그녀의 얼굴이 곧장 빨갛게 달아올랐다. 아랫도리 쪽 이불을 뚫을 기세로 불룩 솟구친 육중한 봉우리(?).

틀림없는 장충걸이었다.

질끈 감았던 눈을 살포시 뜬 춘희는 충걸의 얼굴도 확인하고 싶은 마음에 조심스럽게 목을 뺐다.

'어쩜! 진짜 공자님이시네!'

반듯하게 잠이 든 청년의 얼굴.

세상에서 하나뿐인 호형지상의 선 굵은 얼굴은 과연 충걸의 것이 틀림없었다.

숨소리도 고르게 잠든 충걸의 믿기 힘든 모습을 춘희는 정신없이 들여다보았다. 그 와중에 문득 묘한 기분에 휩싸였다.

'이렇게 보니 정말… 딴사람 같아. 평소엔 사납고 엉뚱하기만 했는데 지금 보니… 사내답고 멋져.'

그러면서 자신도 모르게 아래쪽으로 향하는 시선.

육중하게 치솟은 동산(?)이 눈에 들어온 순간 가슴이 쿵쾅거리기 시작했다.

'난 몰라!'

두 근 반 세 근 반, 콩닥콩닥.

가슴을 뛰게 만든 장본인의 얼굴을 다시 돌아보려던 순간이었다.

"어멋!"

춘희는 깜짝 놀라 뾰족한 비명을 질렀다.

그리곤 뒷걸음질을 치다 제풀에 걸려 넘어지고 말았다.

어찌 놀라지 않을까? 얌전히 자고 있던 장충걸이 어느 틈엔가 눈을 뜨고 쳐다보고 있었으니.

"고, 공자님, 언제……?"

얼마나 놀랐는지 말도 나오질 않는다.

"죄, 죄송해요, 공자님. 일부러 보려고 한 게 아니라 저도 모르게 그만……."

춘희는 울상을 한 채 열심히 변명을 했다. 하지만 말을 끝맺지 못했다. 누워 있던 충걸이 소리없이 몸을 일으키고 있었기 때문이다. 마치 화난 사람처럼 냉엄한 표정으로.

춘희는 질끈 눈을 감았다.

충걸이 저런 표정을 지을 땐 진짜 화가 났을 때뿐이다. 그런데 바짝 얼어붙은 그녀의 귀에 들려온 건 엉뚱한 말이었다.

"소저는 뉘시오? 뉘신데 이곳에서 소생이 잠자는 모습을 훔쳐보고 있는 것이오?"

춘희는 일순 멍해졌다.

자신이 잘못 들었나 싶었다.

"공자님… 지금… 뭐라고 하셨어요?"

충걸의 표정이 한층 냉엄해졌다.

"뉘시기에 이 시간에 소생의 방에 들어와 있느냐고 물었소이다."

'……?'

춘희가 눈을 깜빡이는 속도도 덩달아 빨라졌다.

"공자님, 지금 무슨 말씀 하시는 거예요? 저 춘희잖아요. 공자님 시비……."

"…춘희?"

이번엔 충걸의 짙은 검미가 꿈틀했다.

"소저야말로 무슨 말씀을 하는 것이오? 소생의 시비는 시아라는 아이이거늘. 밤사이에 시비가 바뀌기라도 했다는 말이오?"

춘희는 황당함을 감추지 못했다.

시아라니?

엉뚱한 이름에다 영문도 모를 말을 하는 충걸을 도무지 이해할 수가 없었다.

충걸의 근엄한 얼굴을 빤히 쳐다보던 중에 춘희는 퍼뜩 생각난 것이 있었다. 그녀는 생긋 웃으며 자리에서 일어났다.

"피이! 내가 공자님 장난에 속을 줄 알았어요?"

도톰한 입술 사이로 날름 혀까지 내밀었다.

그 모습에 충걸의 검미가 다시 한 번 꿈틀거렸다.

은은한 노기까지 어린 분위기.

하지만 춘희는 넘어가지 않았다.

"아이, 그만 하시라니까요! 저 안 속는단 말이에요."

"이보시오, 소저."

말이 끝나기가 무섭게 나직이 방 안을 울린 호령.

흠칫한 춘희는 입을 다물었다.

"소생이 지금 장난하는 것으로 보이시오? 장난하는 사람은 내가 아니라 소저가 아니오? 당장 신분을 밝히도록 하시오."

말과 함께 성큼 침상에서 일어선 충걸.

순간 스르륵 이불이 흘러내리면서 속곳만 걸친 우람한 나신이 한눈에 모습을 드러냈다.

"엄마야!"

춘희는 황급히 눈을 가리고 돌아섰다. 그런 그녀의 행동에 무심코 자신의 몸을 내려다보던 충걸. 냉엄하던 눈매가 단박에 튀어나올 듯 커졌다.

"헛! 이런!"

춘희보다 더 놀란 얼굴이 시뻘겋게 변했다. 황급히 주위를 둘러보던 충걸은 급한 김에 이불로 몸을 가렸다.

"아니, 대체 이게 어떻게 된 노릇……!"

황망히 중얼거리다가 춘희를 돌아보던 얼굴이 무슨 생각에선지 딱딱하게 굳어졌다.

"설마 소생이 소저와 같은 잠자리를……?"

돌아서 있던 춘희가 움찔했다.

급히 되돌아선 그녀가 충걸보다 더 황망한 얼굴로 소리쳤다.

"지금 무슨 말씀 하시는 거예요, 공자님? 잠자리라니요? 장난 그만 하시라니까요!"

그러면서 울먹이기 시작하니 당황한 충걸이 급히 입을 열었다.

"진정하시오, 소저. 당황스럽긴 소생이 더하오. 분명 소생의 거처에서 잠이 들었는데 낯선 장소에다 낯선… 사람까지 함께 있으니……."

"낯설긴 뭐가 낯설어요! 여기는 흑천성이고 이 방은 공자님의 침실, 그리고 저는 시비인 춘희잖아요!"

울먹이던 춘희가 빽 소리치더니 그 길로 밖으로 달려나가 버렸다. 단단히 토라진 모양이었다.

그러나 충걸은 춘희를 잡을 생각이 없어 보였다. 잡기는커녕

마른하늘에 날벼락 327

이불로 몸을 가린 채 장승처럼 서서 꼼짝달싹도 하지 않았다.

마치 마른하늘의 날벼락이라도 맞은 것처럼.

"흑천성……? 공자님……?"

정신 나간 사람처럼 중얼거리는 충걸의 손에서 이불이 스르륵 미끄러져 내렸다.

적나라한 모습을 다시 드러낸 나신.

그 우람한 나신을 내려다보던 충걸의 눈이 서서히 충격으로 물들어 커지기 시작했다.

"이, 이건……!"

멍하니 더듬거리던 충걸은 번쩍 고개를 쳐들었다.

사방을 둘러보던 그가 갑자기 어디론가 몸을 날렸다. 아무런 장식도 없는 투박하고 큼지막한 전신경(全身鏡)이 벽에 걸려 있는 곳이었다.

"으으……!"

신음 소리가 흘러나왔다.

충격으로 억눌린 신음 소리의 장본인.

전신경 속 충걸의 얼굴은 하얗게 질려 있었다.

그야말로 마른하늘에서 떨어진 날벼락을 얻어맞은 모습이었다.

* * *

찻잔을 받쳐 들고 총총걸음을 옮기는 시아는 피곤한 기색이 역력했다.
"휴, 몸살 기운이 있나 봐. 몸이 무겁고 머리가 아픈 걸 보니."
이런 날은 약 먹고 늦게까지 푹 자면 좋으련만 해가 뜨기 전에 칼같이 일어나는 주인에게 차를 대령해야 하는 입장이니 그럴 엄두를 낼 수가 없다.
동료 시비에게 부탁을 해서 오후에라도 좀 쉬어야겠다고 생각했다. 그 와중에 국홍의 처소가 눈앞으로 다가왔다.
'당연히 벌써 일어나셨겠지?'
보나마나 당연한 생각을 하고 막 문을 두드리려 할 때였다.
"드르렁! 드르르렁—!"
깜짝 놀란 시아는 하마터면 찻주전자를 떨어뜨릴 뻔했다.
'이, 이게 무슨 소리지?'
"드르러러렁!"
'설마… 코 고는 소리?'
시아는 황당한 표정을 지었다.
잠시 머뭇거리던 그녀는 조심스럽게 문을 밀었다. 이어 눈에 빨려 들어온 광경에 그녀는 다시 한 번 찻주전자를 떨어뜨릴 뻔했다.
'어머나!'
두 눈으로 보고도 믿지 못할 광경이 눈앞에 펼쳐져 있었다.
얌전히 침상에 있어야 할 이불이 활개를 치고 있는 방바닥.

그리고 그 너머 이불이 달아난 침상 위에 대 자로 뻗어 세상모르고 잠에 취해 있는 인물.

벼락 소리를 방불케 한 코골이의 장본인, 그는 다름 아닌 예국홍이었다.

'아니, 이게 무슨 난리야?'

시아는 동그랗게 뜬 눈을 정신없이 깜빡였다.

'저게… 진짜 우리 공자님이란 말이야?'

도저히 믿을 수가 없었다.

천하제일 예의공자 예국홍이 늦잠을, 그것도 술 취한 난봉꾼 같은 저런 모습으로?

자신의 눈을 믿지 못한 시아는 저도 모르게 침상으로 몇 발짝 다가섰다. 그러다 '어머낫!' 하는 비명과 함께 득달같이 돌아섰다.

상상을 뒤집는 예국홍의 잠자리 자세에 정신이 팔린 나머지 그보다 더 충격적인 옷차림을 인지하지 못했다. 속곳만 걸친 반 벌거숭이, 그 무엇보다 충격적인 광경은 속곳을 뚫을 듯 불끈 솟구친 사내의 상징.

쿵쾅쿵쾅!

놀란 가슴이 정신없이 방망이질했다.

시아는 간신히 숨을 내쉬었다. 조금씩 놀란 가슴이 진정되어 갔다. 이윽고 용기를 내고 조심스럽게 다시 돌아섰다. 두 손으로 눈을 가린 채로.

'어쩜! 난 몰라!'

시아는 홍당무로 변했다. 손으로 가리려고 해도 자꾸만 눈길이 불룩 치솟은 국홍의 아랫도리로 향하고 있었다.

'어떡해! 잠 깨워 드려야 하는데.'

고민 끝에 질끈 눈을 감고 침상 쪽으로 한 걸음 다가섰다. 그리고는 떨리는 목소리로 간신히 입을 열었다.

"공자님… 그만 일어나세요……."

"드르렁! 드르르렁!"

제꺽 돌아온 대답은 화통 같은 코골이.

시아는 다시 힘을 짜내어 입을 열었다.

"고, 공자님, 그만 일어나세요……!"

평소의 국홍이라면 당연히 일어났을 것이다.

하지만 오늘의 예국홍은 요지부동이었다.

"드르렁—! 드르르르르렁—!"

'휴우!'

시아는 한숨을 폭 내쉬었다. 결국 남은 방법은 하나뿐이었다. 질끈 눈을 감은 그녀는 침상으로 한 발짝 더 다가섰다. 그리곤 조심스럽게 손을 내뻗었다.

허공으로 뻗어가던 손끝에 낯선 촉감이 느껴진 순간 시아는 움찔했다.

꿈속에서 상상을 해본 적은 있지만 실제로 만져 보기는 난생처음인 국홍의 속살. 꿈속에서 새털처럼 부드러웠던 그 속살은 놀랍게도 돌덩이처럼 단단하고 용암처럼 뜨거웠다.
'아, 미치겠어.'
오금이 저려왔다. 눈앞이 어질어질했다.
시아는 아랫입술을 질끈 깨물고 손에 힘을 주었다.
"공자님! 그만 일어나세요!"
얼마나 세게 흔들었는지 팔이 아플 지경이었다.
그렇게 세차게 몇 번 흔든 뒤 달아나듯 재빨리 뒤로 물러섰다.
"으으음, 뭐야. 왜 벌써 깨우고 난리야."
국홍이 눈을 감은 채 웅얼거리고 있었다.
시아는 반쯤 몸을 돌리고 서서 서둘러 입을 열었다.
"공자님답지 않게 늦잠을 다 주무시고… 어, 어서 일어나세요."
"아직 해도 안 떴잖아. 춘희 너, 혼나고 싶으냐."
'춘희?'
시아는 눈을 깜박였다.
생전 처음 들어보는 이름. 기루에서나 들어볼 법한 이름이었다. 천하의 예국홍도 결국은 사내란 생각에 시아는 갑자기 뾰로통해져 소리쳤다.
"춘희가 누군데 여기서 찾으시는 거예요!"
"음냐, 얘가 아침부터 뭘 잘못 먹었나. 왜 바락바락 소리는 지르고 난리야?"

소리친 게 효과가 있었던지 마침내 국홍이 눈을 떴다.

 부스스한 그의 얼굴과 시아의 뾰로통한 얼굴이 정면으로 딱 맞부딪쳤다.

 "어라? 이 못 보던 귀염둥이는 누구여? 춘희 대신 새로 온 아이인감?"

 아직도 잠에 덜 깬 눈을 비비는 국홍.

 시아는 더 열이 받았다.

 "공자님, 오늘따라 왜 그러세요? 저 시아잖아요! 왜 자꾸 없는 춘희를 찾으시냐구요!"

 국홍이 눈을 끔뻑끔뻑했다.

 "어, 그 녀석, 춘희보다 얼굴만 더 예쁜 줄 알았더니 목청도 실하네."

 시아의 인내심을 한계에 다다르게 만든 발언이었다.

 "공자님, 미워요!"

 팩 돌아서서 방을 뛰쳐나가는 시아.

 그 모습을 멀뚱히 쳐다보던 국홍은 사방으로 뻗친 머리를 벅벅 긁으며 중얼거렸다.

 "뭐야. 저런 성질이 이상한 애를 왜 데려다 놨어?"

 어젯밤에만 해도 멀쩡히 있던 춘희를 바꾼 이유가 궁금해졌다.

 "우 총관 그 영감이 또 제 맘대로 바꾼 거 아냐?"

 툴툴거리는 국홍의 손이 머리에서 아랫도리로 이동했다.

언제 봐도 듬직한 '그것'을 흐뭇하게 쓰다듬다 말고 국홍은 고개를 갸웃했다. 어쩐지 손에 잡힌 녀석의 질감이 달라진 듯해서였다.

"어째 좀 작아진 것 같은데?"

결코 작은 크기는 아니지만 손에 익었던 '거대한' 질감에는 미치지 못한다. 확실히 술이 덜 깬 모양이다.

침상에서 엉덩이를 뗀 국홍은 어기적어기적 어딘가로 걸어갔다. 햇살이 비추기 시작한 창문 쪽이었다.

"엥? 웬 창문이 여기 있냐?"

침상에서 왼쪽, 일어나면 버릇처럼 제일 먼저 하는 것이 다탁 위의 찻물을 들이켜는 것이다. 그런데 있어야 할 다탁은 간데없고 창문이 떡하니 자리를 잡고 있다.

"젠장, 어젯밤에 술이 너무 과했나?"

국홍은 인상을 찡그리며 주변을 휘휘 둘러보았다.

다탁은 반대쪽에 있었다. 다시 어기적어기적 걸어간 그는 찻주전자를 움켜쥐고 입 안으로 들이부었다.

벌컥벌컥!

'어, 시원하다'라고 원래는 말을 해야 되는데 오늘은 아니다. 국홍은 눈 깜짝할 사이에 바닥을 드러낸 찻주전자를 흔들어대며 투덜거렸다.

"뭐야, 이게? 이건 또 왜 이렇게 작아졌어?"

찻주전자도 코딱지만 하게 변했다. 아무래도 아까 본 그 성격 이상한 시비가 바꿔놓은 게 틀림없었다.

국홍은 입맛을 다시며 찻주전자를 내려놓았다. 그러면서 고개를 드는데 바로 코앞에 낯선 물건이 떡 버티고 있었다.

고풍스럽게 장식된 면경(面鏡).

"응? 이건 또 뭐 하는 물건이야?"

언제 이렇게 낯간지러운 면경―꼭 아녀자들이 쓰는 것 같은―을 방구석에 떡하니 걸어두었단 말인가?

자신이 쓰던 투박하고 큼직한 전신경은 어디 가고?

국홍은 불만이 가득한 얼굴을 쓱 면경 앞에 들이밀었다.

"……?"

아직 완전히 초점이 잡히지 않은 눈이 몇 차례 끔뻑였다.

국홍은 면경을 들이박을 듯이 바짝 얼굴을 들이댔다.

촌각의 시간이 흘렀다.

어느덧 초점이 완전히 돌아온 두 눈이 갑자기 와락 커졌다.

"너… 좀팽이 이 자식! 네놈이 왜 여기 있어!"

버럭 고함을 친 국홍은 다짜고짜 주먹을 쳐들었다.

면경 속의 얼굴을 갈길 기세이던 그가 주먹을 든 채로 흠칫 굳어졌다.

"이거… 거울인데……?"

국홍은 멍하니 중얼거리면서 주먹을 내렸다.

그리곤 면경에 비친 자신의 얼굴을 우악스럽게 이리저리 잡아당겼다. 그것도 모자라 아직 술이 덜 깼나 싶어 냅다 주

마른하늘에 날벼락

먹으로 머리통을 후려갈겼다.

쾅!

"아이고!"

면경 속의 얼굴이 오만상을 찡그렸다.

눈이 번쩍 뜨일 만큼 반듯하고 준수한 얼굴.

서서히 얼빠진 표정으로 변하기 시작한 그 얼굴이 퍼뜩 아래로 향했다.

"……!"

탄탄하지만 야성미의 상징인 털이 없어 아쉬운 가슴팍.

불쑥 들친 속곳 속에서 드러난 적당한 크기의 '그것' 까지 확인한 뒤 국홍은 천천히 얼굴을 들었다.

구겨진 얼굴로 괴상망측한 웃음을 흘리면서.

"하하, 이건… 꿈인 거다. 이 장충걸이가 꿈을 꾸고 있는 거라고. 아하하!"

우는 것도 웃는 것도 아닌 국홍의 구겨진 얼굴.

그의 머릿속에서 요란한 굉음이 메아리치고 있었다.

우르릉! 꽝꽝!

마른하늘에서 날벼락이 떨어지는 소리였다.

『용호상박』 2권에 계속…

Golden Key

박이수 소설
황금열쇠

「달의 아이」,「붉은 소금성」의 작가 박이수.
그가 또 하나의 기대작「황금열쇠」로 나타났다.

우연한 만남이란 단어는 그들에겐 존재하지 않았다.
얽혀 있는 사람들… 그리고 피할 수 없는 운명의 굴레!

뒤틀려 버린 운명의 주인공 셰이엔 가이스카 리베 폰 라시에…
한순간 인생이 뒤바뀐 불운의 주인공 듀이 덴코!
그리고… 유일하게 그녀를 기억하는 단 한 사람 이샤무딘!

이제 운명의 주사위는 던져졌다.
엇갈린 운명 속에 모든 사건은 하나로 연결된다!
황금열쇠를 차지하기 위한 그들의 위험한 모험이 지금 시작된다.

유행이 아닌 자유추구 -
WWW.chungeoram.com

Book Publishing CHUNGEORAM

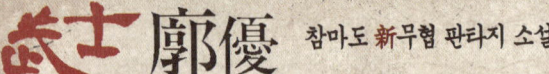

무사 곽우

참마도 新무협 판타지 소설

『무정지로』, 『십삼월무』, 『화산진도』의
작가 참마도, 그가 돌아왔다!!

새롭게 시작되는 그의 네 번째 강호 이야기!!

"힘이 있는 자가 없는 자를 돕는 것입니다.
또한 힘이 없다면 돕기 위해 노력이라도 하는 것입니다.
그것이 진정한 협 아니겠습니까?"
"호오……."
송완은 다시 봤다는 듯 곽우를 바라보았고 담고위는
무슨 케케묵은 보물단지 보는 듯한 얼굴을 만들었다.
송완은 살짝 킥킥거리며 웃다가 이내 곽우에게 말했다.
"틀렸다. 협이란 무공이 높은 자의 중얼거림일 뿐이야.
무공이 낮은 자는 그저 그 협을 바라만 보고 있어야 하는 것이지.
그래서 세상은 협사가 널렸고 그 협사의 주변엔 구더기들이 들끓고 있는 거야."

강호라는 세상 속에서 지금 한 사람이 그 눈을 뜨려 한다.
한 자루의 부러진 검과 함께 곽우라는 이름을 가지고……

유행이 아닌 자유추구
WWW.chungeoram.com

Book Publishing CHUNGEORAM